DU MÊME AUTEUR

Aux Éditions Gallimard

HEUREUX COMME DIEU EN FRANCE, 2002. Prix Terre de France - La Vie, 2002 (Folio n° 4019).

LA MALÉDICTION D'EDGAR, 2005 (Folio n° 4417).

UNE EXÉCUTION ORDINAIRE, 2007 (Folio n° 4693).

L'INSOMNIE DES ÉTOILES, 2010 (Folio n° 5387).

AVENUE DES GÉANTS, 2012. Prix des lycéennes de *Elle*, 2013 (Folio n° 5647 et Écoutez lire).

L'EMPRISE, 2014. Prix du Roman-News, 2014 (Folio n° 5925).

LES VITAMINES DU SOLEIL (nouvelle extraite du recueil *En bas, les nuages*, Folio 2 €, 2015).

Aux Éditions Gallimard Loisirs

SOUSS MASSA DRÂA. L'étoile du Sud marocain (avec les photographies de Thomas Goisque), 2005.

Chez d'autres éditeurs

LA CHAMBRE DES OFFICIERS, Éditions J. C. Lattès, 1998.

CAMPAGNE ANGLAISE, Éditions J. C. Lattès, 2000.

EN BAS, LES NUAGES, Éditions Flammarion, 2008 (Folio n° 5108).

QUINQUENNAT

MARC DUGAIN

QUINQUENNAT

Trilogie de L'emprise, II

roman

GALLIMARD

© Éditions Gallimard, 2015.

« La vérité n'est jamais insultante, sauf
pour les faibles. »

Myles CONNOLLY

« Dans l'éternité, la postérité n'existe
pas ; tout est contemporain. »
« L'époque et le monde, l'argent et le
pouvoir appartiennent aux médiocres et
aux faibles. »

Hermann HESSE, *Le loup des steppes*

1

Plus près de la chamoisine que de la peau. Un vieux daim jaune usé, fripé par l'humidité. Ça, c'est pour le teint. Blanc de l'œil attaqué à proportion de ce que le foie doit l'être. Les angles du visage sont nets désormais. Pommettes, arête du nez, tout pointe. Les lèvres desséchées ont commencé leur repli. La vie a bel et bien compris ce qu'elle risquait à rester là. Elle le quitte.

Les métastases ont pris leur dimanche. Pourtant personne n'aime le dimanche. Trop près de basculer dans le lundi. Repos mérité. Quatorze ans de labeur pour venir à bout de cet homme-là. Un gros dépassement. Six mois prévus à l'origine. Pas ordinaire, le bonhomme. N'a pas voulu que le cancer lui casse son jouet. L'avait attendu cinquante ans au bas mot, le jouet. Cinquante ans, poussé dans le dos par le même vent. L'arbre esseulé sur une colline où ne souffle que le mistral.

Pour le moment, il tourne lentement la tête de chaque côté, le menton un peu haut pour l'effort requis dans son état. Son regard suit le mouvement en évitant de se poser. Doit craindre de manquer de force pour redécoller. Les autres convives, la cour, vont d'aparté en aparté, détendus, penchés sur le voisin si longtemps détesté par peur qu'il ne plaise plus qu'eux. La question n'est plus là, on s'accorde sur ce point. Bientôt mort et son mandat fini. C'est trop pour susciter plus que de la nostalgie.

La caméra ne le quitte pas. Il fait chaud apparemment. Mais il garde son blouson de toile, trop grand. De cette terrasse haut placée, le voilà qui toise l'horizon. À la recherche de ces courbes qu'il a tant vénérées. Difficile de lire la joie sur cet épouvantail. Pourtant elle est là, enfouie. Une lettre d'amoureuse ne serait pas plus accessible. On l'imagine penser : « Étonnant, cette manie qu'a la nature de tuer tout ce qui est vivant et de laisser vivre tout ce qui est mort. »

2

En le regardant, Launay loue le sens qu'il a donné à tout cela. S'y être tenu, sans jamais avoir dévié. Les idées, les convictions se sont pliées à l'ambition. Mais ce pays qu'embrasse son regard lavé et dont il va bientôt rejoindre la terre, il en a tout aimé, des grandes futaies aux petites haies, les bocages comme les pierriers brûlés, sa prétendue histoire dont il a été l'acteur autant que la vraisemblable qu'il reconnaîtrait si on le lui demandait poliment. Bien sûr, il est seul. Mais seul, il l'a toujours été. Les destins forgés à plusieurs s'atomisent. Les autres, il s'est contenté de les caresser. Le chien a-t-il jamais sifflé son maître ? Relation utile toujours, sincère parfois. L'intimité ? Oui, celle de l'encre et de son buvard. Son regard cette fois, s'attardant sur le faîte des arbres qui s'étendent sur les crêtes. Assez longtemps pour se rappeler Grossouvre ? Un notable de province. S'était vu grand patron du renseignement pour finir sans tarder directeur des chasses présidentielles. La vanité ne suffit pas à tuer. A fini le travail tout seul, dans son bureau de l'Élysée, d'une balle de gros calibre dans la tête. Une maîtresse délaissée qui se supprime pensant culpabiliser son amant. Foutaise ! Elle le débarrasse. Reste une esthétique déplorable. Matières cérébrales collées sur les murs restaurés à grands frais il n'y avait pas si longtemps. S'était mis à parler à la première sollicitation judiciaire. Jusqu'à l'incontinence. Est-ce là seulement un souvenir pour celui qui a gagné la postérité de haute lutte sur le cancer ? Lui offre ce qui reste de son corps, mais la voilà flouée, la maudite maladie, l'esprit a déjà migré. Dans les dictionnaires, la plus grande longévité présidentielle. Le souvenir institutionnel. Le plus sûr. La mémoire des parents, des êtres aimés a de drôles d'amnésies et résiste mal au temps qui passe. Il revient sur terre. La cour passe un beau dimanche. On devine la légèreté de l'air et la simplicité des mets. Chacun s'est déjà replacé avec l'appui du maître. La reconnaissance va jusqu'à lui sourire à l'occasion. Avant de replonger dans des conversations dont il s'est exclu. S'il lui venait l'idée d'y participer, on l'éconduirait, le pauvre, il est à peine audible avec sa bouche pâteuse. L'enfer pour lui, ce serait une fois mort retrouver Grossouvre avec ses airs de conspirateur. Ou, un jour plus lointain, Rocard dont la religion a contesté ce qui a fait le suc du jésuite qu'il était, lui. Que l'esprit cartésien se soit propagé dans des paysages aussi peu tourmentés, il n'en fallait pas plus pour créer un esprit de système à l'intransigeance corruptrice. La mention de son nom dans le dictionnaire pour deux mandats consécutifs ne suffira pas. Reste aussi l'abolition de la peine de mort, l'avènement de l'argent comme valeur suprême, la réunification des deux Allemagnes et quelques bâtiments à l'architecture contestable.

3

Launay met le documentaire sur « pause ». Le silence s'ensuit. Pas ordinaire, le bruit ne s'est pas arrêté, il a été aspiré. L'épaisse moquette lie-de-vin n'y est pas pour rien. Les murs de tissu tendu non plus. Et puis c'est dimanche, jour d'élection. Une grosse moitié de Français votent, prétexte à de petits déplacements. Les autres se confinent. Mais l'eau du ciel, irrésistiblement attirée par le sol, se répand oblique, poussée par un vent continu. Saint-Sulpice, cette grosse dame aux allures de palatine, retient sa cloche. Dans son bureau, fauteuils, poufs, cabriolets, recouverts de velours, lie-de-vin aussi. On s'enivre rien qu'à les regarder. Dernière refonte de la décoration de l'appartement par sa femme, Faustine. Depuis, elle a perdu la vue, d'un coup, juste après le retour de sa fille de Vancouver. Aucune raison physiologique. L'œil est en état de marche mais pas le cerveau qui le commande. La raison la plus plausible, elle ne voulait pas le voir élire. Les sondages se sont ratatinés, elle ne voit pas mieux pour autant. Hier, dans le dernier sondage commandé par l'équipe de campagne, son avance était à peine de 0,80 %. Autant parler d'égalité. Ou même de défaite possible.

Perdre est une éventualité qui n'a plus été considérée depuis onze mois. La perspective en serait presque apaisante. Pour le moment. La force de la défaite est d'infirmer tout ce qu'on avait pu envisager à son propos.

Viviane, sa fille, l'espère. Pour sa mère. Et pour elle-même, c'est certain. Sa fille aime une autre fille. Une Amérindienne, visage sculpté avec délicatesse, injustement lestée par l'obésité. Sa fille, la nuit, enfouie dans ce corps où la peau fait des vagues. Le punit-elle ? De quoi ? De sa sœur morte, pendue dans la chambre de bonne, en haut, sans laisser le moindre mot, pas même « merci pour la naissance, mais ce n'était pas pour moi » ? L'inexplicable appelle son bouc émissaire. Sa femme l'a désigné. Négation de la cadette, moins jolie, moins intelligente que sa sœur, quelque chose d'indéfinissable, de méprisable dans cette jeune fille incapable de s'épanouir. Pas une raison pour se supprimer. De l'empathie pour les lâches, les déserteurs, et puis quoi encore. Lui, Launay, il souffre. De longs cycles douloureux de dépression avant de retrouver pour un temps le goût du combat. Dans ces moments où il perd jusqu'au sens de l'existence, sa faiblesse joue sur son entourage excité comme un requin l'est par l'odeur du sang. La meute s'anime. Le mâle dominant serait-il acculé ? Quand l'idée leur vient de l'achever, il est trop tard, la phase maniaque le propulse. Jusqu'à la prochaine dépression. Ses adversaires politiques d'autant plus virulents qu'ils sont proches, « il sait les tourner », pour reprendre l'expression du défunt président dont il ne veut pas s'avouer qu'il l'admire pour avoir montré la supériorité de l'esprit sur le corps.

4

Mais il est désemparé face aux deux femmes qui lui restent. L'une, son épouse, qui se décompose près de lui plutôt que de partir. Sa fille, au contraire, l'a fui jusqu'en Colombie-Britannique. Un chèque de un million de dollars canadiens versé à son association d'aide aux Amérindiens l'a décidée à revenir, le temps de la campagne. Mais pas plus. Pour convaincre sa mère de ne pas ruiner la candidature de son père par des allégations assassines sur son rôle dans le suicide de sa deuxième fille. Elle y a renoncé, au prix de sa vue. Certains troubles ne se guérissent jamais, ils se déplacent.

Un million de dollars tirés de sa caisse noire. L'ancien président, son modèle malgré lui, méprisait l'argent. Mais pas au point d'imaginer qu'on puisse s'en passer en politique. Surtout à l'heure du spectacle. Le président défunt déléguait la levée de fonds occultes et n'en voulait rien savoir. Launay n'a considéré l'importance de la chose que tardivement. Quand, sans raison particulière, il s'est révélé favori. On allait voter pour lui. Ni pour son charisme relatif ni pour son programme aux contours vagues. Mais pour punir le sortant.

Volone, le président d'Arlena, société gigantesque résultant de la fusion de l'Électricité et de l'Atome, était un artiste en mouvements d'argent secrets, expertise acquise à l'époque où il dirigeait une société d'environnement dont les collectivités locales étaient les principales clientes. Eau potable, assainissement des déjections journalières, tri, destruction des ordures ménagères explosant sous l'effet de la promotion de l'emballage comme argument de vente, aucun village, aucune ville, aucune communauté de communes, aucune agglomération, aucun département, aucune région, aucune entité issue de la simplicité du modèle bureaucratique français n'avait échappé à ces problématiques et ne s'était félicitée d'avoir trouvé Futur Environnement sur son chemin pour les résoudre. Futur Environnement savait se montrer tout aussi efficace pour gérer l'intime, autrement dit, le financement des campagnes de certains élus ou les impasses de trésorerie d'autres élus pas proprement corrompus mais désireux d'améliorer leur ordinaire ou, autrement formulé, d'ajuster leur rémunération aux efforts fournis pour la collectivité. En toute circonstance, Futur Environnement s'était montré, pendant de longues décennies, un interlocuteur attentif et serviable. La contrepartie étant pour la société, on s'en doute, un niveau de rentabilité record, ravissement de ses actionnaires.

Volone et le président en exercice entretenaient une forte inimitié depuis les bancs de la grande école dont ils étaient sortis la même année. Une histoire de femme, apparemment. Ils s'étaient succédé auprès d'une fille de leur promotion, une belle blonde élancée au regard doux. L'un et l'autre séduisaient par leur faconde et leur ambition démesurée, qui faisaient d'eux « le train qu'on ne doit pas rater ». Pour asseoir ce pouvoir indispensable, Volone avait choisi l'entreprise alors que son « camarade » s'engageait d'autant plus en politique qu'il n'avait aucune autre aspiration que de devenir l'élu d'un peuple. La jeune femme s'était rapidement lassée de celui qui allait plus tard embrasser la France. Non sans se plaindre auprès de celui qui lui succédait de ses faibles aptitudes à donner du plaisir à une femme, desservi par un instrument employé avec trop d'empressement pour laisser l'illusion à sa partenaire de s'être soucié de son plaisir. Volone ne s'était pas privé de colporter la critique, qui avait fait le tour de l'école quelques mois avant la remise des diplômes. Les haines sont promptes à se sceller, et celle-ci prit tout de suite. Au début de son mandat, celui dont on allait savoir dans quelques heures s'il restait président ou non avait fait de Volone sa cible prioritaire. Sans succès. Même si l'État était largement majoritaire dans Arlena, s'attaquer à son PDG était une sorte de suicide politique. Volone était le pape du financement occulte, qu'il avait pratiqué avec un vrai souci d'équité, ne lésant jamais personne, écoutant les petits comme les grands, accédant à leurs demandes complexes. Le système lui-même serait intervenu auprès du président pour qu'il ne commette pas l'irréparable. Aidé par le directeur du renseignement intérieur, le président aurait peut-être pu finalement le circonvenir. Mais Corti n'avait jamais travaillé que pour lui-même. L'autre indéboulonnable de la République n'aurait jamais pris le risque de déstabiliser celle-ci pour la simple raison de se débarrasser d'un ennemi personnel du président. Qu'il méprisait, disait-on, le jugeant brouillon, indécis, faux bonhomme et tordu à l'occasion. Il préférait Launay. De peu. Assez pour se présenter en allié.

Volone déléguait depuis vingt ans ce qu'il appelait pudiquement « les opérations spéciales » à son adjoint, Deloire. Une fraternité cynique les unissait. Ces hommes incapables de confiance envers quiconque s'étaient choisis pour défier leur nature.

Un syndicaliste mû par une subite envie d'exister avait cherché à creuser le dossier « Mandarin », qui servait entre autres choses à financer l'activité politique de Launay. Obtus, il n'avait pas renoncé devant les menaces. Deloire, jugeant le risque élevé, avait fomenté un complot, de sa propre initiative. Sternfall, le syndicaliste en question, souffrait d'une vie familiale sans perspective entre une femme qu'il n'aimait pas et un enfant trisomique pour lequel, il était difficile de l'avouer, il ne ressentait rien d'autre que l'inconfort de vivre avec un adolescent imprévisible et parfois bruyant, car celui-ci ne se privait pas d'exprimer vivement sa profonde douleur. Cioran dit : « Être, c'est être coincé. » À trop l'être, on ne tient plus à être. Sternfall n'en était pas loin. Deloire l'avait devancé. On avait supprimé sa femme, son fils, et on l'avait attendu pour le suicider et faire croire à un drame familial. Se supprimer en entraînant les siens traduit une négation d'une violence inconcevable, raison pour laquelle on cherche rarement plus loin. Mais Sternfall n'avait jamais rejoint son domicile. Disparu, évaporé, rien, impossible et pourtant. Corti s'était senti défié et avait chargé un de ses agents, Lorraine, de retrouver Sternfall. Son opiniâtreté l'avait menée jusqu'en Irlande, où l'homme était retenu dans d'excellentes conditions par la CIA. Deloire se révéla travailler pour l'Agence, ce qui lui valut d'être renversé par une voiture sur un passage protégé en bas de chez lui, un matin pluvieux. Sans connaître les dessous de l'affaire, Lorraine avait mis Corti en relation avec la CIA par l'intermédiaire d'un dénommé O'Brien. Cet Irlandais mâtiné d'Anglais s'était montré charmant et, pour expliquer à Launay toute l'affaire, il avait poussé l'amabilité jusqu'à lui faire lire une note de la CIA, issue d'un bureau d'analyses politiques sur l'Europe occidentale.

5

« De tous les pays de l'Union européenne, la France nous paraît être celui qui représente le plus grand risque pour les intérêts américains. Après avoir eu longtemps un parti communiste fort, particulièrement pendant la guerre froide, la plupart des électeurs auraient suivi le chemin le plus court pour rejoindre l'extrême droite, l'extrême gauche sous forte influence trotskiste étant l'ennemi héréditaire. S'y sont joints une masse de mécontents qui éprouvent un sentiment de malaise grandissant dans le processus de globalisation auquel la France, venant d'un système composite d'économie mixte, n'était pas préparée. Son appareil de production a été frappé de plein fouet par la mise en compétition des entreprises françaises, bénéficiant de technologies avancées mais handicapées par le poids des charges publiques et par des rapports entre décideurs et employés très détériorés. Il s'ensuit que, plus que jamais, la France, habituée à amortir les crises, amortit désormais la croissance. Ses dirigeants, issus en majorité de la haute administration française, n'ayant pas eu le courage d'imposer les réformes quand il était temps, attendent maintenant la croissance comme les officiers français attendaient les Allemands sur la ligne Maginot.

Un autre phénomène nous paraît également prégnant. C'est celui du fossé entre le pays profond et ses élites, en particulier politiques, qui ajoutent à une attitude constante de suffisance un goût pour l'argent qui va jusqu'à la prévarication sur des montants considérables avec un sentiment d'impunité rare dans une démocratie de cette importance.

Il serait faux de croire que cette frange croissante de la population est majoritairement d'obédience fasciste. Que l'extrême droite n'ait jamais été aux commandes lui octroie une virginité qui, alliée à un langage simple, direct et non technocratique, en fait pour beaucoup de Français la seule alternative crédible à une classe politique non représentative favorisée par un scrutin qui exclut une grande partie de la population de la représentation nationale.

Le Mouvement patriote est clairement issu de l'extrême droite et ses dirigeants sont dans la ligne du populisme antisémite et raciste même si désormais ils s'en défendent. Nos experts sont convaincus que ce parti pourrait atteindre plus de la majorité des votants en France grâce à une abstention croissante. Le refus des partis en place d'évoluer vers des élections législatives à la proportionnelle maintient le Mouvement patriote loin du champ des responsabilités, situation qui non seulement en fait un martyr mais lui conserve sa virginité politique.

L'électorat de ce parti est pour un repli de la France sur elle-même au détriment de l'Europe, mais, pire encore, il est profondément antimondialiste et contre tout accord de libre-échange entre l'Europe et les États-Unis. Sur le plan diplomatique, leur modèle est clairement plus la Russie que les États-Unis.

La faiblesse de l'équipe gouvernementale en place nous conduit à prendre très au sérieux le risque d'élection d'un président issu du Mouvement patriote ou, dans le cas contraire, d'une déstabilisation de la France devant le non-retour à la croissance. Philippe Launay nous semble l'homme politique le plus à même de représenter nos intérêts. Notre intention est de le soutenir fermement. Les Français n'étant pas réputés pour être reconnaissants, nous avons jugé que "prendre son contrôle" a priori était plus prudent. Launay n'a pas, d'après nos renseignements, un goût prononcé pour l'argent mais il a commis l'imprudence de financer sa campagne à travers Arlena, le premier groupe énergétique français, par le biais de contrats de fourniture de combustibles nucléaires à la Chine. Les politiciens français ne sont pas contrôlables par le financement politique. Les électeurs n'y voient pas une preuve de malhonnêteté. Ce qui nous oblige à pousser plus loin. S'il était démontré à l'opinion que le financement de la campagne de Launay a causé des victimes collatérales dont une femme et un enfant anormal, ce serait là assurément la fin de sa carrière politique. Nous pensons donc être en mesure de prendre le contrôle de cet homme qui par ailleurs présente les meilleures dispositions pour coopérer avec nous. Simultanément, cette opération de *set up* permettrait de contrôler également le président du plus grand groupe français d'énergie, dont les affinités chinoises sont démontrées. »

Launay avait lu cette note sous le regard amusé d'O'Brien lapant un armagnac âgé, qui s'était empressé de reprendre le papier une fois sa lecture achevée.

— Pourquoi m'avoir montré ça ?

— Pour vous assurer que nous agissons ouvertement. Nous avons procédé ainsi, je veux dire la prise de contrôle, parce que nous ne nous connaissions pas bien. Désormais, nos rapports seront fondés sur la confiance.

Échange de sourires. Crispé pour Launay. Il s'en rend compte et l'évase.

Situation inconfortable. Son esprit politique a immédiatement calculé les avantages qu'il pouvait en tirer. Nombreux. Pas donné à tout le monde d'avoir les États-Unis derrière soi. Haute trahison. La formule rebondit. De petits sauts dans un esprit contrarié. S'en libérer. Très vite. Avec l'aide de Corti. Idée assombrie. La CIA n'est-elle pas un meilleur allié que Corti ? D'ailleurs, avait-il seulement l'idée d'agir contre les intérêts américains ? Antithèse. Tout ce chemin pour être le premier, mais un premier sous dépendance. Inacceptable. On verra. Redémarre le documentaire sur l'illustre prédécesseur. Transpirait l'intelligence. Même la mort ne parviendra pas à la lui voler. Pas si courant de nos jours.

O'Brien s'était abstenu de communiquer une autre note de la CIA concoctée par un profileur, un analyste chargé de recenser les faiblesses de caractère des principaux dirigeants ou de ceux amenés à le devenir.

« Philippe Launay a suivi le cursus habituel des grands dirigeants français. Diplômé de l'École normale supérieure de lettres, il semble avoir tourné le dos à la culture comme si elle était chez lui un sujet d'angoisse. L'homme est atteint d'un syndrome maniaco-dépressif plus lourd qu'il n'y paraît. Très à l'aise dans les situations de crise, il s'ennuie lorsque tout va bien. Ce syndrome maniaco-dépressif a été détecté par notre service. Selon nos informations, il ne s'en est ouvert à personne et n'a jamais consulté sur le sujet. Ce syndrome est antérieur au suicide de sa fille cadette. Ce drame n'a eu apparemment aucun effet sur sa maladie. Cette mort semble avoir été davantage ressentie par lui comme un abandon de poste que le résultat d'une grande détresse. [Note du supérieur hiérarchique inscrite en marge : "Comment pouvez-vous en juger ?" Réponse du rédacteur : "Écoutes de la NSA à votre disposition."] La personnalité de Launay est organisée autour d'un manque d'empathie dû au refoulement de son émotivité. Des écoutes de conversations avec son père avant son décès récent montrent qu'un sentiment d'exclusion prévaut chez lui, qui tiendrait à l'amour exclusif de sa mère pour son père. En quelque sorte, sa naissance résulterait d'une concession faite par sa mère à son père plus que d'un désir réel d'enfanter. L'amour que lui aurait apporté sa grand-mère n'aurait pas atténué son désarroi.

N'ayant à l'évidence plus de rapports conjugaux avec sa femme (voir fiche AXC 860 334 528 345 sur la proposition faite par notre bureau de Londres de l'éliminer à cause des menaces qu'elle faisait peser sur la suite de sa carrière), ses relations avec les femmes sont assez chaotiques. Après le recours aux professionnelles pendant un certain temps, on ne lui connaît plus de relations qu'avec sa conseillère en communication, Aurore Lémant, qui est elle-même mariée. On sent chez notre cible une défiance envers les femmes, son désir profond étant de séduire sa nation, d'en être l'élu, plutôt que de vivre une relation avec une femme qui, pense-t-il, finira par l'abandonner. Il existe au plus profond de lui une suspicion au regard des femmes qui le fait douter de leur sincérité à son égard. D'où cette recherche inconsciente d'un amour absolu qui se réaliserait par l'élection. Cette fixation sur le but ultime, qui lui est indispensable, presque vital, lui ôte tout état d'âme, ce qui, ajouté à son manque d'empathie naturel, en fait un allié sûr malgré ses troubles psychologiques. L'homme est aussi remarquablement dénué de toute idéologie. Son indifférence à l'argent le rend difficilement corruptible. Contrairement à certains de ses prédécesseurs qui agissaient en meute, Launay est un solitaire. L'amitié et la confiance lui sont étrangères, de même que la reconnaissance. Les risques de rébellion suite à sa prise de contrôle sont mesurés, le sentiment patriotique de l'intéressé étant faible.

Dans le panorama actuel de la classe politique française, il est à l'évidence le seul homme sur lequel les États-Unis peuvent s'appuyer pour défendre leurs intérêts dans ce pays et en Europe. »

De Céline, ils n'ont pas même lu le *Voyage*. Alors le reste, pensez… L'éducation est en panne, la culture a fusionné avec la consommation. Pétain, Laval, Brasillac, Doriot, autant de noms privés d'avenues, de boulevards, de rues, de piscines, de stades… D'ailleurs, quel rapport ? Si on ne peut pas dire qu'on a envie d'être un peu tranquille chez soi sans déterrer des morts pour lesquels on a remplacé la chaux par l'infamie… On les a vus se dresser, les intellectuels parisiens, qui de leurs journaux invendables remuent une histoire qu'ils sont les seuls à connaître. Nous, des marchepieds pour le fascisme ? Non, mais sans rire. Les frontières sautent toujours pour les mêmes. Les financiers interlopes aidés par une classe politique corrompue, les bureaucrates européens gavés par les lobbies américains, les émigrés qui fuient la pauvreté organisée par cette même engeance et qui s'encroûtent sans gêne, sans lâcher un iota de leur culture de perdants. Reste l'immobile, celui qui voyage dans sa tête, surtaxé pour subventionner la paresse, ou carrément pauvre parce que n'importe quel quidam dans le monde peut faire la même chose pour beaucoup moins cher. Prêt à obéir, à se courber, pour autant que l'élite qui le méprise apporte une solution à ses problèmes. Préfère l'excès de pouvoir à l'impuissance rémunérée à ce niveau d'indécence. Là c'en est trop.

Vraiment trop. Le président sortant s'est fait balayer au premier tour. Le candidat du Mouvement patriote a fait un score en tout point conforme à celui qu'annonçaient les instituts de sondages et auquel personne ne voulait croire. L'arithmétique du second tour est ahurissante. Launay ne peut gagner que si au moins 91 % des voix du président sortant se reportent sur lui. 91 %. Le fameux sursaut républicain. C'est compter sans une forme de voyeurisme, sans une possible envie d'expérimenter ce que cette extrême droite donnerait au pouvoir, pour la contempler se fracasser sur le rocher de la réalité. Cinq ans c'est long. Se finira forcément dans le chaos.

6

Le soir du premier tour, Corti avait proposé à Launay un déjeuner pour le lendemain. Corti n'entreprenait rien, ne décidait rien si son esprit n'était pas débarrassé de son corps. Pour l'occuper, il mangeait. Longue mastication, la bouche à moitié ouverte, le regard lointain. Ponctuée de petites gorgées d'un vin rouge corse, corsé on s'en doute. Il se plaint régulièrement de son acidité et des reflux qui vont avec. Ils n'y peuvent rien et lui non plus. On ne change pas de vignoble ni de cépage à l'approche de la soixantaine. Serait une façon de se renier. Terroir détenu par le cousin d'un cousin. Assassiné dans un bar d'Ajaccio. N'a pas été surpris mais le surgissement des tueurs l'a contrarié. Corti a aidé à le porter en terre. La même terre. Boire sa piquette, une façon de garder le contact. Même s'il n'a rien fait pour retrouver les tueurs. Son affection n'allait pas jusque-là. La serviette autour du cou. Disposition récente. Des rumeurs prétendent que le restaurant lui appartiendrait. Pourquoi cette peine ? Dix ans que Corti ne déjeune pas ailleurs. Dix ans qu'il impose aux autres, tous les autres, cette odeur de catacombes enfouie dans les effluves de mets aux contours gras. Les convives ont en commun de suspecter que sa chaise est plus haute que la leur. Indéniable. Se méprennent sur la raison. Comme on l'a dit, Corti aime regarder au loin entre chaque bouchée. Rien à voir avec une mise en scène de sa supériorité. Refuser de se déplacer pour déjeuner chez lui peut coûter cher. Le président sortant en sait quelque chose. Lui a valu d'être informé après tout le monde pendant toute la durée de son mandat. Ce restaurant est le lieu où les secrets peuvent circuler. Complètement sécurisé. Plus que son bureau à la DGSI.

« Tout être tend à persévérer dans son être. » Certains plus que d'autres. Corti plus que certains. Dans ce sens-là l'aubaine ne se représentera pas de sitôt. Jamais il n'a pris le contrôle d'un politique de ce rang aussi facilement. La CIA a mesuré ses qualités. Et l'a pris comme intermédiaire pour révéler à Launay son « emprise ». Il ne faudrait pas non plus qu'ils prennent la DGSI pour une agence locale. Il sera toujours temps de les replacer à la bonne distance.

Launay, perdu dans ses pensées, regarde la fourchette de Corti faire le chemin de son assiette à sa bouche.

— C'est vrai que je mange un peu trop, mais les fins de semaine je fais de l'exercice.

— Tu fais quoi ?

— De la moto. Tu sais, dans la montagne corse, ça grimpe drôlement. Et toi ?

— Jamais de sport. Alors dis-moi.

— Les « copains » s'inquiètent de la situation.

Corti appelait la CIA ainsi et cette convention s'était installée.

— Qu'est-ce qui les inquiète ?

— Les résultats du premier tour. L'éventualité de ta défaite. Ils la vivent très mal.

— Pourquoi ne pas me l'avoir dit directement ? O'Brien ou l'ambassade.

— Parce que c'est un peu plus compliqué et qu'ils ont besoin de moi. Ils s'interrogent, je dis bien ils s'interrogent sur la nécessité de monter un coup.

— Un coup, quel coup ?

— Les discours récents du Mouvement patriote ne le rendent pas clairement lisible pour la communauté musulmane. Les musulmans s'imaginent qu'ils sont favorables aux mal lotis et implicitement antisémites. Et comme la presse redouble d'efforts pour exhumer cet antisémitisme génétique, ils sont confortés. Leur lutte contre l'immigration clandestine joue dans le même sens. Les musulmans en règle n'ont pas envie d'être poussés par des clandestins. Ils en viennent à oublier que le Mouvement patriote est profondément raciste. Les Américains sont fair-play. Ils auraient pu agir seuls.

— Comment ?

— Un attentat contre une mosquée ou… je ne sais quoi encore. Pas besoin de moi pour cela. Mais ils veulent se montrer respectueux de leurs alliés. Ils ne feront rien sans nous.

— Qu'est-ce qu'on serait supposés faire ?

— Assassiner des fondamentalistes. On choisit des activistes sur ma liste. On les réunit, on les bute. Le discours en filigrane, d'abord les fondamentalistes et un jour, ensuite, les autres.

— C'est pas un peu gros ?

— Si, mais comme disait le maître en manipulation, le peintre autrichien qui s'était collé une brosse au-dessus de la lèvre supérieure : « Plus c'est gros, mieux ça passe. »

— Et toi, tu en penses quoi ?

— Moi, j'en pense que les sondages des renseignements généraux te donnent une avance inconfortable au second tour. Je ne pourrais pas m'entendre avec ces gens-là et surtout avec leur chef, vois-tu, j'aurais l'impression d'être sous les ordres d'un charcutier-traiteur. Ce n'est pas l'idée que je me fais de la France, même si je ne me prosternerais pas devant elle. Il faut reconnaître que si tous ces demi-solde ont pris une telle importance, c'est bien à cause de vous, les politiques. Sans idées, sans principes, sans honnêteté, sans courage, on ne tient pas le pékin éternellement à distance. Pour notre projet, à part les défenseurs des droits de l'homme, je ne vois pas qui trouverait à y redire moralement. Ce sont des djihadistes. Mais il ne faudra surtout pas les présenter comme ça, mais au contraire comme d'honnêtes fondamentalistes.

— Je ne vais pas inaugurer mon mandat en couvrant des meurtres...

— Il faudra t'y faire. C'est le quotidien d'un président. Tu verras le nombre de fois où la DGSE te sollicitera pour éliminer Untel ou Untel. Si tu veux coller aux dix commandements, fais-toi marchand de tisane.

— Sur le plan opérationnel, ça se passerait comment ?

— Rien à voir avec le bazar qu'on a connu dans le temps, Kelkal, Merah et compagnie. Je renseigne les « copains » sur les cibles. Trois agents de la CIA viennent opérer depuis Londres. Aller-retour Eurostar, ni vu ni connu. Si je dois tout faire moi-même, les risques de fuites deviennent considérables. Même si on peut toujours s'en tirer en arguant d'une opération de services secrets. Sauf que je ne suis couvert ni par mon ancienne hiérarchie ni par la nouvelle.

Corti finit de mâcher. Comme il n'aime pas parler la bouche vide, il reprend un peu de coppa.

— Quand une population est sous-représentée, elle finit par exploser, tôt ou tard. Sur le contrôle des individus, nous sommes très avancés. Twitter, Facebook, consultations Google, échanges de mails, échanges téléphoniques, sur une échelle d'alerte de 10 nous sommes à 7. Après l'élection, s'ils la perdent, ils vont se réveiller avec plus de 45 % des voix et à peine cinq sièges à l'Assemblée. Les groupuscules d'activistes vont se trouver légitimés à agir. Si un attentat a déjà eu lieu entre les deux tours, au prétexte de l'enquête, on peut ratisser dans les milieux d'extrême droite les plus radicaux. Le meilleur moyen de pourrir le Mouvement patriote, c'est de valoriser sa frange néofasciste. Si on brandit le spectre du terrorisme d'extrême droite entre les deux tours, tu as les cartes en main immédiatement.

Il s'interrompt brutalement, fait une grimace comique inspirée par un bout de viande coincée entre deux molaires. Sans plus de cérémonie, il s'empare de son couteau dont il introduit la pointe dans sa bouche. Le morceau résiste, Corti s'obstine sans ciller. Il finit par vaincre. Mais trop tard, le sujet s'est éteint. En trouver un autre demande un temps pendant lequel ils s'observent.

7

Des rires de femmes, il y a peu encore des jeunes filles. Launay s'était habitué aux pleurs de Faustine, à ses râles, aux cloches sourdes et inquiétantes de Saint-Sulpice qui battent le rappel du jugement dernier, aux cris désespérés des alcooliques chaloupant autour de la fontaine, mais de rires, point.

Viviane s'est imperméabilisée. Le suicide de sa sœur, la cécité de sa mère, tout ruisselle.

L'amour lie sa fille et Amy. Non qu'il s'en offusque, mais il peine à en appréhender la réalité. Lui-même n'a jamais aimé, il n'en disconvient pas. L'imaginer chez les autres, déjà. Mais chez sa fille, pour une autre fille.

La presse à sensations, à frissons scandaleux, s'en est saisie. La sympathie que lui vaut cette union acceptée à gauche a causé des dégâts chez les défenseurs de la famille traditionnelle. Que l'attendrissement provoqué par la divulgation de la cécité de sa femme (à la demande d'Aurore, chargée de sa communication) n'est pas parvenu à compenser.

Leurs rires l'attirent. À leur arrivée en France, quand sa femme y voyait encore, elles faisaient chambre à part. Une fois Faustine aveugle, elles se sont rejointes. Dans la chambre qui fait face à son bureau.

La mort l'avait préoccupé depuis son plus jeune âge. Elle l'avait même obsédé dans ce qu'elle ôtait de sens à la vie. Elle infirmait tout ce qui avait été affirmé jusque-là, jetant sur toute chose l'anathème du dérisoire. L'art était une façon de lutter contre cette hémorragie du signifiant, à défaut de croire qu'un Dieu tout-puissant peut repousser indéfiniment les limites de ce temps trop court. La postérité est souvent illusoire, ce qui semble inscrit s'efface. Son esprit était structuré autour de la conquête du pouvoir et de la postérité qui en découlait. Il ne s'en expliquait pas la cause, faute de parvenir à s'en dissocier.

Cette fois, la question n'était pas sa mort, mais celle de trois djihadistes, revenus de camps d'entraînement au Soudan et qui, depuis, vivaient en bons musulmans dans un département limitrophe de Paris. Selon Corti, ils étaient entrés dans une phase dormante, pendant laquelle ils étaient chargés de monter un système de financement durable de leurs activités. Apparemment, le trafic de drogue avait eu leur préférence et ils géraient le bout d'une chaîne de cannabis qui trouvait son origine dans les montagnes du Rif, au Maroc. Aucun des trois n'avait de casier judiciaire. Pour la communauté musulmane, il s'agissait d'hommes pieux, fondamentalistes mais pacifiques. Deux d'entre eux étaient mariés à des femmes voilées, dont l'une était enceinte de sept mois.

Il fit une pause dans sa réflexion et se dirigea vers les rires, dans le mouvement d'un insecte attiré par la lumière. Les deux femmes étaient assises l'une contre l'autre et tournaient les pages d'un beau livre sur Edward S. Curtis. Elles ne riaient plus. Discussion animée autour du photographe des Amérindiens. Alors qu'il ne restait plus que 250 000 Amérindiens en Amérique du Nord, Curtis, craignant certainement leur dilution ou leur disparition, avait entrepris dès la fin du XIXᵉ un vaste recensement de ces peuples vaincus par l'avidité brutale. Les Blancs d'Amérique, modèles de monothéistes matérialistes, avaient réussi à convaincre la planète un siècle plus tard des bénéfices pour l'humanité entière d'un système obsédant de création / destruction de richesses.

Viviane suspectait une mise en scène des photos alors que son amante jurait le contraire. Viviane, qui tenait de son père un réalisme aride, prétendait que Curtis avait voulu montrer ces Indiens meilleurs qu'ils n'étaient et que cette idéalisation ne jouait pas en leur faveur. Pourtant, Viviane s'était engagée pour leur cause comme peu de Blancs l'avaient fait. Mais était-ce par conviction ou pour plaire à Amy ? Difficile de le savoir. Les deux filles ne lui avaient pas extorqué un million de dollars canadiens, car c'est ainsi qu'il voyait la chose, pour redonner vie à une civilisation dissoute dans l'alcool et la pauvreté mais pour rendre cet irréversible déclin plus décent. D'ailleurs, elles n'avaient pas logé leur couple dans une de ces réserves à mi-chemin entre le terrain vague et la décharge. Elles ne dormaient ni sous un tipi ni dans un *trailer* sur cales, mais dans une maison construite en dur, face à la mer près de Horseshoe Bay à quelques miles de Vancouver. Launay retrouvait chez sa fille sa résistance naturelle aux convictions et il s'en réjouit.

Viviane s'était allumé un pétard pendant la discussion. La fumée montait vers le plafond en fleurissant avant de bifurquer, aspirée par la fenêtre ouverte. Amy attendit qu'elle ait tiré deux ou trois fois dessus pour le prendre à son tour. Elle le tendit à Launay qui déclina :

— J'ai besoin d'avoir les idées claires.

Difficile de leur expliquer pourquoi. Il lui restait une heure pour décider du sort des djihadistes. Pour la première fois de son existence, il expérimentait le pouvoir absolu de l'homme. Celui de la femme est de donner la vie, celui de l'homme de la reprendre, raison pour laquelle les deux ne s'entendront jamais.

Launay ne parvenait pas à se décider. Une lutte s'était engagée dans son esprit aux confins de la morale et de l'intérêt, de ses aspirations profondes ou immédiates. Il en jouissait. Rien ne prouvait le bénéfice politique qu'il pourrait tirer du meurtre de ces trois individus dont il avait voulu voir les visages. La CIA en était persuadée, Corti aussi. Corti l'était-il parce que la CIA en était convaincue ? Ces trois hommes étaient-ils sur le point de commettre des actes criminels en Europe ? En était-on certain ?

La nécessité de ce complot lui paraissait d'autant moins évidente que les nouveaux sondages qui circulaient sous le manteau voyaient son avance augmenter.

Il essayait de se les imaginer morts. L'œil vitreux, fixe. La vie partie. Hébétude totale. Négation de tout ce qui a été dit ou fait avant. Enterrement, décomposition, oubli. Plus de preuve. Épitaphe : « S'est débattu comme il a pu, parmi tant d'autres. » Sans résultat. Le pari de l'au-delà. Gagné : les mille vierges. Perdu : la chute libre dans l'infini, indéfiniment.

Si Corti l'informait bien, ces hommes se préparaient à semer la terreur. Mais rien ne permettait d'en avoir la certitude. Dans le pire des cas, des innocents qui ne l'étaient pas tout à fait allaient être exécutés. Dans la meilleure hypothèse, « un crime odieux commis sur de sages fondamentalistes par l'extrême droite, qui laisse sur la scène de crime tous les indices corroborant cette thèse ».

La conviction que les Américains agiraient de toute façon le décida. Sa décision prise, il en fit part à Corti et revint vers les filles qui s'étaient assoupies l'une contre l'autre, assommées. Amy dormait assise, les jambes écartées, les bras en croix sur le dossier du canapé. La tête de Viviane reposait sur ses amples cuisses, les cheveux épars. Le radeau de la *Méduse*, les derniers jours. Cette image fugace lui traversa l'esprit. On sonna. Launay attendait sa plume, pour préparer son discours du lendemain dans un grand meeting électoral coûteux au palais des sports de Bercy. L'employée de maison ouvrit sur un homme autre que celui attendu par Launay. Un demi-chauve, ce qui lui restait de cheveux, longs, noirs et ondulés comme une route de campagne. D'assez grandes jambes pour sa petite taille empiétaient sur son torse. Une veste trop ample retombait de part et d'autre de ses épaules, qu'il avait anormalement larges. Il regardait par-dessus ses lunettes comme au-dessus d'un mur. Un cartable en cuir de vache prolongeait un bras tenu serré contre lui. Launay aurait pu s'approcher mais il n'en fit rien, laissant Maria mener l'homme jusqu'à la chambre de Faustine.

8

— Connaissez-vous l'histoire de Mme Kohl, docteur, la femme du chancelier allemand, celui de la réunification ? Elle a été violée en 1945 dans un train par un détachement de Russes. Puis ils l'ont jetée du train. Elle avait 12 ans. Elle s'est mariée avec le colosse germanique. Lui a donné deux fils. Et puis un jour, elle n'a plus supporté la lumière. Elle s'est enfermée dans l'obscurité et ne l'a plus quittée jusqu'à son suicide, assez tardif. On dit que Kohl a eu une maîtresse pendant tout ce temps, sa secrétaire. C'est elle qu'il aurait chargée d'annoncer à ses fils la triste nouvelle de la mort de leur mère. Croyez-vous qu'il y ait entre le cas de cette femme et le mien quelque similitude, docteur ?

Le docteur Stambouli s'éclaircit la voix en se frisant machinalement les cheveux dans le cou, puis, selon une technique bien connue des psychanalystes, il répondit par une question.

— Croyez-vous qu'il y ait une similitude ? Où seraient d'après vous les points de chevauchement entre son histoire et la vôtre ?

Faustine Launay réfléchit longuement.

— Elle ne supportait plus la lumière et j'ai perdu la vue sans raison physiologique, d'après les experts.

— Certes. Quoi d'autre ?

— Mon mari a une maîtresse et continue de la voir bien que je sois sans défense.

— Sans défense ?

— Oui. Quand je suis seule dans cette chambre, je ne peux pas me déplacer. Rien ne l'empêche de recevoir sa maîtresse dans son bureau. Une fois, voyez-vous, parce que mon odorat s'est développé à la suite de ma cécité, alors que j'étais couchée depuis un moment, j'ai subitement senti le parfum d'une autre femme dans l'appartement. Ma fille et son amie indienne étaient sorties. Je me suis dirigée vers son bureau avec ma canne blanche. J'ai fouillé le bureau centimètre carré par centimètre carré, jusqu'aux placards, un vrai vaudeville. Je sentais son parfum. Je ne l'ai pas trouvée. J'ai beaucoup réfléchi depuis. Je pense qu'elle est restée collée dans son dos, qu'elle tournait en même temps que lui.

— D'après vous, en a-t-il toujours eu une ou seulement depuis votre cécité ?

— Depuis longtemps. C'est d'autant plus déconcertant qu'il n'est pas porté sur la chose. Je ne suis pas jalouse de leurs frasques, je suis jalouse de l'intimité qui les réunit.

— Vous n'avez jamais connu cette intimité ?

— Jamais… Je dois m'abuser, ma cécité m'aveugle, il ne peut pas avoir créé d'intimité avec cette femme, il en est incapable. Donner ne serait-ce qu'une toute petite parcelle de lui-même dans une relation, il en est incapable. Regardez ma fille Viviane. Elle lui ressemble, c'est indéniable. Mais elle est capable de sentiments. Elle a une vraie amitié pour cette jeune Indienne qu'elle a ramenée du Canada.

— Vous-même, avez-vous des amis ?

— J'en ai eu, il me semble. De bonnes relations tout au moins. Je viens d'un milieu où l'amitié n'est pas quelque chose de naturel. Je ne vois plus personne depuis le suicide de ma fille cadette. La conversation m'est trop pesante. La futilité fait beaucoup pour la survie des gens en général, et dans certaines circonstances dramatiques, cette façon de meubler le vide devient insupportable. On préfère se rapprocher de l'essentiel. Mais toute la question est de savoir ce qui est essentiel. Pour moi. Mon mari ne l'est pas. Viviane est ailleurs. C'est le portrait de son père, un soupçon de générosité en plus. Ma fille cadette l'était, je l'ai perdue.

— L'était-elle ou l'est-elle devenue depuis sa mort ?

— Elle l'a toujours été.

— En êtes-vous certaine ? Pardonnez-moi d'être un peu direct, ce qui va suivre n'est qu'une question, mais ne pensez-vous pas que l'une des raisons de votre cécité psychosomatique pourrait être qu'au fond de vous-même vous voulez vous punir de ne pas l'avoir considérée comme essentielle ?

Faustine se troubla, et resta longtemps sans rien dire. Stambouli en profita pour observer la pièce dont les rideaux étaient tirés, comme s'il fallait ajouter la pénombre au noir dans lequel était plongée sa patiente. Le mobilier, les objets étaient ceux d'un intérieur bourgeois sans originalité. Deux tableaux de petits maîtres du XVIIIᵉ sans profondeur ornaient les murs. Aucun d'eux n'attirait vraiment le regard et la nature y était peinte avec ennui. Dans le premier, deux jeunes femmes aux joues rosées et aux yeux globuleux attendaient on ne sait quoi dans un cabriolet tiré par un cheval de petite taille. Elles caressaient chacune mollement un king-charles. Les meubles Louis XVI finissant imposaient à la pièce un formalisme désuet.

Stambouli se fit la remarque que cet intérieur que revendiquait Mme Launay en disait plus long sur cette femme que sa propre confession. Elle était étriquée au sens où Nietzsche l'entendait, « chez ces gens-là rien de bon, pire encore, rien de mauvais ». Cette femme n'avait jamais été bonne, il n'en doutait déjà plus, même si cette réflexion ne relevait pas de ses attributions présentes. Elle n'avait jamais été bonne, faute d'en avoir eu

39

la force ou le courage. Le milieu bourgeois dont elle venait l'avait déminéralisée, il en était convaincu. Très tôt dans son enfance, elle avait tout eu, sans excès, et cette situation l'avait conduite à ne rien désirer en particulier. Elle essayait de se démarquer de son mari, mais elle n'y parvenait pas. L'un et l'autre se ressemblaient trop. Enfance dans un milieu aisé, bien traités sans véritable amour. On pense parfois que ces schémas peuvent se reproduire à l'infini. Mais leur fragilité originelle fait qu'au moment souvent le plus inattendu ils rompent. Faustine essayait de s'extraire de sa ressemblance avec son mari. Mais elle n'avait pas d'autre force que celle de s'en punir. L'inconscient lorsqu'il fait son chemin demande moins d'énergie que la volonté.

Même s'il ne pouvait s'en prévaloir, Stambouli ressentait une indicible fierté à soigner la femme du futur président de la République selon toute vraisemblance. Le défi était de taille même pour lui, psychiatre et analyste réputé. L'analyse de Faustine Launay allait le conduire à en savoir plus sur elle et le président que n'importe qui dans le pays. Il n'avait pas l'intention de s'en servir ni de le monnayer d'aucune façon.

Stambouli aimait terminer ses séances sur une question dont la réponse exigeait une longue réflexion de ses patients. Une question souvent douloureuse. Il prit congé de Faustine Launay et se dirigea vers la porte d'entrée de l'appartement. Philippe l'interpella et l'attira dans son bureau.

— Je ne veux pas abuser de votre temps, docteur Stambouli, mais je voudrais vous entretenir de deux points. Je sais que vous êtes tenu au secret professionnel. Le médecin de Mitterrand l'était. On sait ce qu'il est advenu. Votre mission dépasse le secret professionnel désormais. Si je deviens président la semaine prochaine, vous aurez entre vos mains des informations qui s'apparentent au secret d'État. Qui dit secret d'État dit convoitise.

Launay fit asseoir Stambouli, qui s'en trouva soulagé.

— La convoitise est sans fin. Journalistes, presse à scandale, hommes politiques de l'opposition, services secrets étrangers, bref tous ceux qui pensent avoir un intérêt financier ou politique ou même stratégique à lire dans mon jeu. Ce ne sera pas sans contraintes pour vous.

— De quel genre ?

— On vous écoutera, on vous pistera, on évaluera vos points de faiblesse pour exercer sur vous un effet de levier, on tentera de vous corrompre, de vous soudoyer, de vous intimider. Je vais être clair avec vous, docteur Stambouli. Comme beaucoup d'hommes politiques, je n'ai pas d'inclination particulière pour la psychologie et ses dérivés. Ma femme va mal, je veux lui donner les meilleures chances de se rétablir, de recouvrer la vue. Les choses ne sont pas simples entre nous, vous l'aurez remarqué ?

— Les choses sont rarement simples dans un couple.

— Le nôtre est particulièrement compliqué.

— Autant que je puisse en juger, pas tellement. Quand deux droites se croisent en un point, l'écart mesurable entre elles avant ce croisement n'a fait que décroître. Puis il se remet à croître dans les mêmes proportions. C'est ce qui prévaut dans la majorité des couples qui connaissent des problèmes. Exprimé autrement, ils n'avaient rien à faire ensemble. Les conditions de leur rencontre, les illusions habituelles sur soi-même et sur l'autre rendent l'union possible un certain temps. Court généralement. Ce n'est pas le cas de votre couple, monsieur Launay. Quand votre femme me parle de vous, elle parle d'elle. Vous êtes deux personnes très semblables. Et le drame que vous avez connu pousse votre femme à chercher en vous la responsabilité de cette tragédie. Or, je pense qu'elle est en vous deux. De même, votre femme ne cesse de répéter que votre fille aînée vous ressemble, donc lui ressemble. Votre fille cadette s'est supprimée car elle ne ressemblait à aucun de vous trois.

41

Launay fit celui qui n'avait rien entendu. Son regard s'était mystérieusement vidé et ne reprit consistance que quand il revint à son propos.

— Toujours est-il que le travail que vous avez accepté, il y a quelques semaines, alors que je n'étais qu'un simple candidat, prend une tout autre dimension si je deviens président.

— Je vois très bien ce que vous voulez dire, monsieur Launay, mais que puis-je y faire ?

— Être sur vos gardes, connaître vos points faibles, les évaluer honnêtement, et si vous pensez que quelqu'un serait à même de prendre le contrôle sur vous, me le dire, là, maintenant, non que je vous demanderais alors de renoncer, mais je saurais vous conseiller.

Pendant que Stambouli réfléchissait, Launay se dit que quelque chose de Quasimodo émanait de lui car, contrairement à la majorité des individus, tout chez lui semblait une atteinte à la symétrie dont on pensait, avant les cubistes, qu'elle était une réussite esthétique éclatante. Launay, doté d'une grande mémoire, qualité souvent confondue en France avec l'intelligence — même confusion qu'entre érudition et culture —, se souvint de ces mots de Richard III sur lui-même : « Moi que la nature a envoyé avant le temps dans le monde des vivants, difforme, inachevé, tout au plus à moitié fini, tellement estropié et contrefait que les chiens aboient quand je m'arrête près d'eux ! » Ce déséquilibre dégageait une force surprenante chez cet individu contrefait. Rien ne semblait pouvoir l'impressionner ni l'atteindre, source d'inquiétude pour Launay. Cet homme devait forcément prendre sa revanche sur la nature. Sa grande intelligence, immédiate, indiscutable, ne pouvait suffire à compenser dans son esprit l'insultant manque de proportion dont il était la victime.

— Je voulais vous dire que je souhaite très sincèrement que ma femme guérisse. Si je suis appelé aux plus hautes fonctions, ce qui est encore loin d'être fait, je n'aurai certainement pas beaucoup de temps à vous consacrer, mais quand vous aurez besoin de moi, je serai là. Entre nous, sans que cela ne vous engage aucunement, pensez-vous que ma femme a une chance de recouvrer la vue ?

— Physiologiquement, rien ne s'y oppose. Pardonnez-moi si je vous choque mais ce n'est pas l'essentiel dans ma démarche. Je vais tenter de remettre de l'ordre dans une personnalité… confuse, qui se ment énormément, de bonne foi. Ensuite, nous verrons si l'esprit et le corps se réconcilient. Votre épouse est au bout d'un long processus dépressif. Elle a tiré le signal d'alarme. À moi de faire redémarrer le train, si vous m'accordez cette métaphore.

— Je crois beaucoup à la force de l'esprit.

— Vous avez raison. Pour moi, l'inconscient est beaucoup plus fort que la conscience parce que moins inhibé. J'imagine que pour vous l'esprit c'est la conscience. C'est là toute la différence entre un homme politique et un praticien de mon espèce. En tout état de cause, cela demandera du temps, beaucoup de temps, car, je ne vous le cache pas, c'est une pathologie lourde. Mais on ne peut pas réparer en quelques semaines ce qui s'est détérioré durant plusieurs dizaines d'années.

Launay le regarda, narquois.

— Vous allez voter dimanche en huit ?

— Certainement. Pour vous. Et pour une raison essentielle. Parmi les émigrés qu'on affuble de tous les maux, j'imagine qu'il y a un petit Stambouli quelque part et j'aimerais qu'on lui donne sa chance comme on me l'a donnée.

Launay était déjà ailleurs. Comme souvent quand un politique pose une question, il ne se sentait pas obligé d'écouter la réponse. Il nota tout de même que Stambouli justifiait son vote pour lui, ce qui l'irrita.

— Bien que je ne sois pas féru de psychologie, j'aurai peut-être besoin de vous solliciter à l'occasion.

Stambouli sourit, signe qu'il était disposé à l'aider, puis se rembrunit :

— Toutefois, s'il s'agit de vous, il m'est difficile d'avoir comme patients les deux époux.

— Il n'est pas question de m'avoir comme patient. Imaginez un président en psychanalyse ! Juste quelques conseils.

— Comme il vous plaira.

Ce disant, sans y avoir été invité, Stambouli se leva et prit congé. Launay s'assura que son visiteur était bien sorti. Puis il saisit un petit appareil électronique, une merveille de technologie. Il brancha un casque audio et écouta la conversation entre son épouse et le thérapeute enregistrée un peu plus tôt.

9

Affalée dans un cabriolet, Viviane se tenait les jambes écartées en se caressant machinalement l'entrejambe. Mais son esprit était ailleurs.

— J'imagine que ça ne doit pas être facile pour toi.

— Non, c'est le moins qu'on puisse dire.

— Je sais pourquoi tu as perdu subitement la vue : pour ne pas être distraite.

— De quoi ?

— De toi-même. Il paraît que quand on est atteint de cécité on ne voit que soi, de l'intérieur. Quand tu te seras vue, profondément, honnêtement telle que tu es, tu recouvreras la vue.

Faustine Launay ne répondit rien à sa fille et resta hébétée un long moment.

— Pourquoi tu es partie si loin ? À cause de ta sœur, n'est-ce pas ?

— Non, j'en avais marre de me voir en vous. Ou plutôt je commençais à m'habituer à cette façon que l'on a dans cette famille de ne pas s'aimer les uns les autres et je me suis imaginée répétant avec ma descendance les mêmes erreurs que vous avez faites et qui ont conduit à la mort de ma sœur. J'ai très envie d'avoir un enfant.

— Enfin une bonne nouvelle.

— Mais je ne veux pas qu'il soit de moi. Je ne veux pas lui transmettre mes gènes.

— Et tu feras comment ?

— C'est elle qui se fera féconder, pas moi.

— Elle ? Qui ?

— Amy.

— Tu veux dire, elle et toi ?

Faustine se mit à sangloter doucement.

— Oh non, je ne veux pas entendre cela.

— Tu ne vas pas t'infliger la surdité, en plus ! Et cet enfant, je pourrai lui donner de l'amour, j'en suis sûre. J'ai hâte. En même temps, pour notre lignée… paf… fin de partie. C'est mieux comme ça, tu ne crois pas, maman ?

Les doigts de Faustine se crispèrent sur les accoudoirs comme si elle allait se lever. Mais elle n'en fit rien.

— Vous voulez me tuer, c'est ça ? Pourquoi tu es revenue ?

— C'est un contrat entre mon père et moi. Je fleuris les magazines à ses côtés pendant que la France profonde pleure sur ton malheur. Si papa est élu dimanche prochain, je retourne à Vancouver avec Amy, je reprends mon travail, on lui fait un enfant, et on continue à s'occuper de son peuple qui disparaît parce que les gens comme vous de par le monde prennent toute la place. Je n'aime pas ce pays, je n'y vivrai plus jamais.

— Tu es revenue pour m'amadouer, c'est ça, pour m'empêcher de dire aux gens qui est ton père…

— Je ne suis pas venue pour le défendre. Mais je ne voulais pas que tu puisses dire devant la « nation assemblée » qu'il est responsable de la mort de sa fille, parce que vous l'êtes tous les deux. Comme je le suis de m'être laissé flatter par vous à ses dépens. J'étais plus belle, plus douée à l'école, j'aurais pu trouver un bon mari, beau gosse et cérébral, sorti d'une grande école, et faire des enfants que j'aurais élevés comme vous m'avez élevée. Au lieu de cela, je me suis mise avec une Amérindienne obèse et, cerise sur le gâteau, je l'aime. Et tu sais quoi, ça va t'achever, je suis heureuse. C'est quelque chose qui vous est complètement étranger à l'un comme à l'autre. Vous avez attendu que le bonheur vienne à vous, au lieu d'aller le chercher. Vous n'avez aucun courage.

Viviane se leva et se posta à la fenêtre.

— Tu sais pourquoi vous avez eu des enfants ? Tu ne t'es jamais posé la question de savoir pourquoi vous avez fait des enfants aussi tard ? Vous m'avez eue à 37 ans. Vous étiez mariés depuis treize ans. Treize ans à vous interroger sur la nécessité de procréer ? Même pas. Trop égoïstes pour ça. Papa faisait une carrière politique fulgurante. Le soleil brillait pour deux. Pas de place pour des gamins, pas envie. Beaucoup de couples pensent que faire un enfant leur réglera un problème, le dérivera. Vous deviez avoir un problème. Lequel ? Je n'en sais rien, je finirai peut-être par le découvrir. Quand les enfants sont là, non seulement le problème ne se règle pas, mais il s'en crée un nouveau.

Viviane reprit son souffle.

— Dans le noir, tu fais la différence entre la lumière et l'obscurité ?

Faustine répondit non d'une petite voix noyée par les larmes.

— Dommage. C'est la première fois que je vois le ciel de Paris dégagé, sans ces gros nuages blancs aux contours noirs.

Elle ouvrit la fenêtre et inspira à fond.

— Tu devrais arrêter de te mutiler, de te martyriser. Tu veux quoi ? Qu'on te plaigne ?

— Tu sais que ton père a une maîtresse ?

— Non. Mais tu sais bien que les hommes ont une mécanique des fluides impitoyable. C'est pour cela que je les évite, je crains les individus soumis à des pressions organiques impératives. Compte tenu de vos rapports, ou plutôt de votre absence de rapports depuis des années, ça devait arriver. Mais j'ai une bonne nouvelle... il ne te quittera jamais pour elle. Et ça n'a

47

rien à voir avec le qu'en-dira-t-on. Il est incapable d'aimer et la seule femme capable de vivre avec lui sans être aimée c'est toi. Donc ne t'inquiète pas, tu as déjà bien assez à faire pour te rétablir.

— Tu... vous ne voulez vraiment pas rester après ?

— Le contrat n'inclut pas l'investiture. Non, sincèrement, cette ville, ce pays, vous, tout cela remue en moi des souvenirs et me rend mauvaise, tu vois bien. Quand tu auras recouvré la vue, tu pourras venir chez nous à Horseshoe Bay. On te conduira sur l'île de Vancouver, en face de la ville, ça te changera de cette confiserie historique qu'est ce quartier, de cette place sans âme, de cette église posée comme un gâteau dominical, de tous ces élégants conformistes qui vivent dans la peur de perdre ce qu'ils ont sans se demander s'ils l'ont mérité. C'est un bel endroit pour se préparer à mourir, rien d'autre.

— Pourquoi tu me proposes de venir te voir après m'avoir fait autant de reproches ?

— Un réflexe anglo-saxon. On vole les pauvres jusqu'à l'os pour le plaisir de leur en restituer une infime partie par la charité.

10

Ne rien manger ni boire, du lever du soleil jusqu'à son coucher. Et les journées sont longues en ce mois de mai. Un rituel très ancien où chacun se prive le jour pour s'empiffrer la nuit. Suffit à créer de par le monde une communauté d'individus sans spiritualité, soudés dans la déférence à un Dieu unique et fouettard. La peur, toujours la peur, la mise au pas. On n'a pas inventé mieux comme instrument d'asservissement. Le consumérisme peut-être. Se marie bien avec le monothéisme, d'ailleurs. Jouissance maximum ici-bas, garanties pour l'au-delà.

Corti ne voyait pas les musulmans autrement. Les trois assassinés dans leur voiture en sortant de la prière du vendredi, en plein ramadan, ne faisaient pas exception. Trois hommes en cagoule avaient vidé leur chargeur d'arme automatique sur ces fondamentalistes alors qu'ils s'apprêtaient à quitter leur stationnement dans une petite Renault des années quatre-vingt.

Dans les heures qui suivirent la tuerie, Corti fut sollicité par les médias. Il accepta de répondre à plusieurs d'entre eux. Toujours la même fable. Les hommes abattus étaient d'honnêtes musulmans sans lien avec le terrorisme. Dès le lendemain, une perquisition effectuée chez des activistes d'extrême droite avait permis de retrouver des armes dont le calibre, rare, était celui employé par les tueurs. L'enquête promettait de durer.

Les sondages réalisés par les renseignements généraux le surlendemain montrèrent un léger recul des intentions de vote des musulmans en faveur du Mouvement patriote. Il fallait attendre que les médias martèlent le public de leurs analyses sur le risque que les musulmans deviennent la cible des extrémistes du parti. Ce qui advint très vite. Deux jours plus tard, le Mouvement patriote perdait 1,75 % d'intentions de vote des musulmans et chez les autres électeurs près de 1,5 %. Dans cette frange de la population des pays occidentaux, l'insatisfaction, le racisme assumé ne peuvent pas aller jusqu'à la violence, et encore moins jusqu'au meurtre.

Corti s'estima satisfait. Il fit appeler Lorraine K par sa secrétaire.

Lorraine avait pensé quitter la Direction générale de la sécurité intérieure. Mais un contrôle fiscal inopiné sur l'héritage de son père, soldé par un redressement copieux, l'avait affaiblie financièrement. Le contrôle fiscal avait été diligenté par Corti, elle en était convaincue. À l'évidence, il ne pouvait se résoudre à la voir le quitter. Non qu'il l'appréciât particulièrement, mais depuis qu'elle avait retrouvé Sternfall en Irlande, caché par la CIA, même si elle ne connaissait pas le fin mot de l'histoire, elle présentait un danger. D'autant moins maîtrisable si elle devait quitter la DGSI. Lorraine avait pleine conscience d'en savoir trop pour que quelqu'un n'ait pas la tentation de l'éliminer et en même temps pas assez pour pouvoir se protéger. Cet inconfort lui pesait depuis des mois. Corti n'avait jamais cherché à la revoir en tête à tête. Téléphone sur écoute, sonorisation à distance de son appartement, filatures par sa propre maison, rien n'avait été épargné à Lorraine. Quand la secrétaire de Corti la fit demander, elle s'en trouva presque soulagée.

Comme à son habitude, Corti regarda par-dessus son interlocutrice pendant qu'elle parlait. Ce qui permettait à ses yeux de se reposer sur la photo encadrée d'une moto dont il avait fait l'acquisition récemment. Un Sportster Harley-Davidson de 1957, année de sa naissance, millésime impératif pour qu'une moto puisse entrer dans sa collection. À l'arrière de la moto, sur le siège passager, était disposé un panier en osier d'où sortait la tête d'un fox-terrier, gueule ouverte, yeux écarquillés. Quand Lorraine en eut terminé, Corti fit pivoter son siège pour lui répondre en regardant par la fenêtre. Le gris uniforme du ciel parisien et de cette banlieue aux marches d'un département raisonnablement bourgeois mais déraisonnablement gangréné par la corruption semblait percé en son milieu par une tentative du soleil de rappeler sa contribution au jour. Mais il peinait. Corti se plaisait à contempler cet effort.

— En Corse, le soleil ne ferait pas tant de manières, il s'imposerait. Question de tempérament.

— Vous voulez dire qu'il aurait rançonné les nuages ou qu'il aurait envoyé une bande de tueurs les crever en leur balançant des rafales de mitraillette dans le dos.

Lorraine se surprit elle-même de son impertinence. Corti se tourna vers elle.

— N'allez pas trop loin.

— Je ne suis jamais allée trop loin, monsieur. Vous m'en avez empêchée. Et j'ai été plus discrète qu'une tombe, vous le savez parfaitement, cela fait près de dix mois que je suis sous surveillance interne.

— Je vous protège. Vous vous souvenez d'O'Brien ? Il était favorable à votre élimination physique. Je m'y suis opposé comme condition de notre transaction. Je sais que vous avez eu des velléités de quitter le renseignement. Je trouve que ce n'est pas une bonne idée. Cela vous mettrait à découvert, vous et votre fils. Je n'ai pas envie qu'on vous retrouve noyée sur une plage de Saint-Lunaire après un pseudo-accident de kitesurf.

Je ne vous considère pas comme un agent exceptionnel, pour la simple raison que je n'en ai jamais rencontré. Et pour cause, l'intelligence n'est pas le critère de sélection. Il faut être tordu, c'est tout, et avoir de la méthode dans la sinuosité. Et si j'ai pu en juger, vous êtes capable en ce domaine. Admettons que vous quittiez le renseignement. À part un commissariat dans le quartier chinois du 13ᵉ, qu'est-ce que vous pourriez faire ?

— Il n'y a pas que la police, monsieur.

Corti leva les yeux au ciel dans l'attitude d'une madone éplorée.

— Si vous en êtes là, alors… Dans cinq ans.

— Quoi ? Dans cinq ans ?

— J'ai besoin de vous les cinq années qui viennent. Le temps du quinquennat. Vous ne travaillerez que pour moi, vous ne rapporterez qu'à moi. Ensuite, vous pourrez partir à la retraite, très confortablement. Si vous marchez, je peux arranger le coup, vous savez, votre redressement fiscal… évaporé, je traite directement avec le grand patron. Surtout que vous n'y êtes pour rien. C'est votre père qui n'a pas été prévoyant. Vous quittez la sous-direction Asie, je vous mets hors hiérarchie. Vous ne m'encombrez pas à venir rapporter tous les matins, je veux l'essentiel, rien que l'essentiel. C'est d'accord ?

Lorraine ne répondit rien. Corti reprit :

— Puisque c'est d'accord, j'ai quelque chose de très sensible à vous confier. La surveillance d'un psychiatre. Le docteur Stambouli. C'est en dehors de tout cadre légal. Je n'ai pas l'intention, vous l'imaginez bien, de demander l'autorisation au futur Premier ministre ni à la commission même si je me suis arrangé pour qu'elle désigne un président atteint d'Alzheimer. Ce thérapeute est celui de Faustine Launay. La femme du plus que probable futur président a été frappée de cécité, récemment. Apparemment sans cause physiologique. Stambouli, qui est à la fois psychiatre et analyste, est chargé de l'allonger sur le divan. Voilà un homme qui va apprendre beaucoup de choses sur le président. La chambre où Faustine Launay le reçoit est sonorisée. Au bénéfice de son seul mari. Du moins le croit-il. Stambouli peut devenir une source intéressante pour des services étrangers agissant sur le territoire. D'autant plus que la femme de Launay n'est pas particulièrement disposée à l'égard de son mari. Ils ont perdu une fille qui s'est suicidée et Faustine en rend son mari responsable. Elle est un peu désespérée. On sait dans notre métier que les désemparés sont difficilement contrôlables.

Lorraine resta longuement circonspecte. Corti en avait fini, tout sur son visage le disait. Elle osa une question.

— Existe-t-il un lien entre ce Stambouli et l'enquête que vous m'aviez confiée ?

Corti fit une moue hostile. Il attendit son effet sur Lorraine sans rien dire. Quand elle lui parut suffisamment déstabilisée, il répondit.

— Il n'y a aucun rapport entre ces deux affaires, et si c'était le cas, il ne vous appartiendrait pas d'en chercher le lien, ce n'est pas de votre niveau hiérarchique.

Lorraine n'insista pas.

11

Comme son père, Viviane Launay se levait tôt, à l'heure où Paris se remet des excès de la veille, avant que les ouvriers, de moins en moins nombreux et de plus en plus pauvres, ne prennent leur premier café dans les bars aux portes de la ville. Ils se retrouvaient dans la cuisine où chacun préparait son petit déjeuner sans se préoccuper de l'autre. Puis ils s'attablaient. Les premières gorgées d'arabica avalées, ils se testaient du regard. Puis l'un ou l'autre entamait la conversation, souvent profonde malgré l'heure.

Viviane peinait à se réveiller complètement. Elle se frotta les yeux, regarda son père penché sur sa tasse, remarqua que sa tonsure s'élargissait, puis se décida à parler.

— Il paraît que tu as une maîtresse.

Launay, fatigué, leva la tête, intrigué.

— Qui t'a dit une chose pareille ?

— Ma mère.

Launay n'essaya pas de se défendre. Sa nature ne se prêtait pas plus à la justification de ses actes qu'à la culpabilité.

— Comment pourrait-elle en être certaine ?

— Elle dit que tu l'as reçue dans ton bureau, l'autre soir. Elle pouvait la suivre à la trace que laissait son parfum. Puisque je suis un peu ta conseillère, que tu m'as payée cher pour régler le problème « maman », si je peux donner un conseil à ta conseillère en communication – il suffit de la voir une seconde pour savoir que c'est elle –, c'est de ne plus se parfumer quand elle te rend visite ici.

— La campagne est bientôt terminée, elle n'aura plus de raison de venir.

— Pas à moi, papa.

Launay haussa les sourcils.

— Je te connais et je me mets à ta place. Aurore est ta maîtresse. Une fois élu, si on te suspecte d'une relation avec elle, ce sera difficile à gérer. Délaisser une pauvre femme aveugle au profit d'une conseillère en communication plus jeune, pimpante, tes adversaires ne manqueront pas d'en tirer un profit médiatique. Tu vas t'arranger pour ne plus la voir en dehors de cet appartement. Quand elle viendra ici, sachant que ta femme aveugle est clouée dans ce domicile, personne ne pourra suspecter autre chose que du travail. Et ma mère pourra se pointer autant qu'elle voudra, l'autre se faufilera comme un chat. Je parie qu'elle s'en amusera. Moins que toi, mais tout de même.

Launay ne dit rien. Il tenta de plonger une tranche de pain largement beurrée dans sa tasse de café. N'y parvenant pas, il la coupa en deux dans le sens de la longueur. Puis il mastiqua en évitant le regard de sa fille.

— Sinon, j'ai eu une longue discussion avec ma mère. Pour la convaincre de sa responsabilité dans la mort de ma sœur.

— Je sais.

— Comment tu sais ? Elle t'en a parlé ?

— Non, je sais, c'est tout.

— Tu nous as écoutées ?

— Non. Je ne vous ai pas particulièrement écoutées. Un système installé dans sa chambre me permet de savoir ce qui se dit entre elle et le docteur Stambouli. Pour des raisons que tu peux comprendre.

— Donc, tu nous as écoutées.

— Si on veut.

— Je voudrais que tu saches que je ne le pensais pas vraiment.

— Quoi ?

— Que vous êtes responsables à parts égales. Même si vous êtes faits l'un et l'autre sur le même moule, c'est toi qui as acculé ma sœur. Tu ne lui as laissé aucune chance. Inconsciemment, j'ai dû m'en réjouir, flattée d'être la seule à compter. J'ai été complice, trop heureuse que tu me fasses sentir que je te ressemblais, que nous étions du même bois, de la même veine. Tu avais raison, malheureusement. Je passe mes journées à lutter contre mon héritage. Pourquoi crois-tu que je me suis lancée dans le caritatif pour les Amérindiens ? Afin de lutter contre un manque viscéral de compassion, d'empathie. Je me fous du sort des autres. Comme chez toi, l'autre n'est là que pour aider à ma propre mise en perspective.

Launay se frotta les tempes.

— En tout cas, tu as fait un bon travail auprès de ta mère depuis ton arrivée. Elle n'a plus jamais menacé de me vilipender devant les journalistes.

— En contrepartie, elle s'est rendue aveugle. Je ne sais pas si on peut se réjouir et encore moins se congratuler, même si c'est complètement psychosomatique. Gare au jour où elle recouvrera la vue.

Viviane se leva, ouvrit le robinet de l'évier et se passa la tête sous l'eau.

— On part le lendemain de l'élection.

— Je voudrais que vous soyez là pour l'investiture.

— Non.

— Même si je vous donne une rallonge ?

— Ce n'est pas une question d'argent.

12

Lubiak n'était pas le premier homme politique français à vivre à Paris dans un appartement propriété d'un chef d'État étranger. En réalité, l'immeuble lui appartenait mais il ne pouvait le reconnaître étant donné l'origine des fonds qui avaient servi à l'acheter, aussi le Premier ministre d'un émirat le portait-il pour son compte. Pour être parfaitement en règle, il lui payait un loyer. Si l'élection présidentielle se déroulait selon ses vœux, Launay allait gagner et accéder à sa demande de le nommer ministre des Finances. Une position idéale pour lui permettre de développer ses affaires avec son correspondant des Émirats, le cheik Al Jawad. Mais que cet homme soit son logeur créait une suspicion de collusion que quelques journalistes d'investigation malintentionnés à son égard ne manqueraient pas de souligner dès sa prise de fonction. Déménager d'une surface de 435 mètres carrés au dernier étage d'un lumineux appartement haussmannien du 8e auquel il avait adjoint une terrasse aménagée pour accueillir une quarantaine de personnes les jours de réception, il ne pouvait l'envisager sans contrariété. Son installation était récente, elle datait de quelques mois.

— Il faudrait trouver un autre porteur. Et rapidement.

Al Jawad lissa une barbe noire et rêche, préoccupé.

La réception battait son plein, les invités étaient agglutinés contre le buffet où un serveur en livrée distribuait du caviar à la louche comme un marchand de glace. 42 000 euros de béluga offert par le cheik, qui de sa table regardait blasé les minuscules œufs de poisson atterrir en grappes dans des assiettes immaculées. Lubiak craignait que tout soit mangé, et qu'Al Jawad le sache. Et pense qu'on puisse le suspecter d'avoir vu trop petit, une insulte dont il est difficile pour un Occidental de mesurer la violence. Dans leurs tête-à-tête au restaurant, près de l'Étoile ou place de la Madeleine, Al Jawad commandait généralement trois ou quatre fois ce qui était nécessaire, faisait tout poser sur la table pour que chacun puisse témoigner après le repas qu'il en restait.

— Je peux vous trouver un porteur israélien, si vous voulez, ou canadien.

— Il faudrait se dépêcher. Avant, les journalistes nous laissaient une période de grâce. Maintenant, ils se ruent.

— Demain ce sera réglé et la vente interviendra derrière.

Pour le cheik, le problème avait sa solution, et il ne s'éternisa pas en conjectures.

— Que disent les sondages ?

— Launay remonte, je ne vois pas comment la victoire pourrait nous échapper. Et puis les Français ne sont pas d'extrême droite.

Al Jawad regardait Lubiak les yeux vides. La seule évocation d'une idéologie l'ennuyait. Une organisation tribale où l'avidité régnait en maître lui paraissait le seul système adapté à l'homme.

— Je pense qu'il y aura une réponse.

— Une réponse à quoi ?

— À l'assassinat des trois musulmans. Ce n'était pas des pèlerins ordinaires. C'est une opération des services secrets. On peut contrôler la riposte, c'est un atout de plus.

Il arrivait que, parmi ses œuvres caritatives, Al Jawad finance des camps d'entraînement de djihadistes. Sans conviction, si ce

58

n'était celle de la nécessaire solidarité entre musulmans, et avec un plaisir à brouiller les pistes qui dépassait l'entendement.

Lubiak pensa que Corti était bien assez tordu pour fomenter un tel complot dans le seul but d'aider son favori à l'élection. Le résultat de cette opération le servait autant que Launay, et sur le moment, rien d'autre ne lui importa.

La discussion entre les deux hommes se poursuivit sur la stratégie économique qu'ils allaient suivre. L'émirat, dont les ressources pétrolières n'étaient pas infinies dans un contexte de remise en cause des énergies fossiles pour des raisons écologiques, préparait sa reconversion. La France constituait une cible d'investissement prioritaire. La législation sociale y était certes lourde et coûteuse, mais l'immobilier, l'industrie du luxe, l'énergie, le football, la télévision constituaient de bonnes opportunités qui, appuyées par le gouvernement français, devaient se révéler profitables.

Un peu plus tard, comme il en avait l'habitude, le cheik prit congé brutalement. Les affaires avaient certes leur importance, mais passé une certaine heure, il n'en était plus question. Deux filles d'escorte devaient le rejoindre dans son hôtel et son impatience à les retrouver était devenue impérative. Avec lui se levèrent une dizaine d'hommes, cheveux noirs plaqués, gominés, costumes et lunettes noirs, bagues et chaînes en or massif.

La femme de Lubiak, restée à l'écart pour animer une autre table, vint rejoindre son mari. Ses préoccupations faisaient une ombre sur son visage et elle s'en était inquiétée. Lubiak la rassura d'un geste de la main, le sourire n'étant pas d'usage dans leurs échanges. Il était réservé aux autres et figurait en bonne place dans leur panoplie de l'hypocrisie commune. Edwige Lubiak, en bonne maîtresse de maison, retourna à ses obligations.

Un éclair traversa l'esprit de Lubiak. Sous la forme d'une cote de popularité. Une des plus faibles de la classe politique. Les Français ne l'aimaient pas. Aucune étude ne permettait de savoir pourquoi. En réalité, quelque chose chez lui ne collait pas. Son attitude corporelle contredisait ses propos, comme ces valets de comédies classiques qui s'adressent directement au public pour dénoncer la supercherie. Quand il voulait se montrer ferme sur un sujet, sa bouche se ramollissait à la commissure des lèvres, offrant à l'auditeur un démenti immédiat. Alors que sa silhouette aurait pu en charmer plus d'un, il suffisait de se rapprocher de lui pour découvrir une expression hautaine, un mépris des autres pathologique et un profond sentiment d'insécurité.

Il avait fait ses preuves à ses débuts au sein du parti en se proposant spontanément pour les basses œuvres. Très jeune, il s'en était retrouvé le trésorier adjoint, chargé de collecter les fonds douteux. Cette maîtrise des financements occultes lui avait conféré un pouvoir immédiat. On le respectait pour son efficacité et pour sa capacité de nuisance. Pendant plusieurs années, l'argent collecté l'avait été pour le parti, exclusivement. Puis il avait prélevé sa dîme. Un faible pourcentage au début, qui avait augmenté au fil des ans. Au point que Launay, lorsqu'il avait pris la tête de l'organisation, lui avait demandé de quitter son poste. Lubiak en savait trop pour qu'on lui ordonne quoi que ce soit. Un arrangement intervint entre les deux hommes qui, sans le supprimer, réduisit significativement le champ d'action de Lubiak.

Le patrimoine qu'il avait accumulé dans ses fonctions de trésorier, tout en étant conséquent, ne lui permettait pas de rivaliser avec les grandes fortunes de ce monde qu'il croisait à Monaco en été ou à Gstaad en hiver. En France, il faisait profil bas pour que son train de vie corresponde précisément aux revenus qu'il déclarait, une misère, 12 000 euros par mois, total de la rémunération de ses mandats. Cette impécuniosité de façade ne l'autorisait pas à payer un loyer supérieur à 4 000 euros, lequel, comparé à la surface qu'il occupait, devenait proprement ridicule. Ce qu'il aurait dû débourser était supérieur aux revenus déclarés en France. Vivre dans une surface plus raisonnable était au-dessus de ses forces et de celles de sa femme. L'un comme l'autre partageaient la phobie de la déchéance sociale, qui se mêlait étroitement au sentiment d'impunité. Le monde leur devait la richesse. Que cet axiome puisse être contesté par des journalistes, « ces cloportes affamés », ou par des juges, « ces moralistes jaloux », pouvait les contrarier mais, au fond, ils se pensaient inattaquables dans leur conviction viscérale qu'ils étaient élus par une force supérieure pour être financièrement élevés au-dessus du commun des mortels.

Le temps du « véritable argent » était venu. Celui qui dans une dizaine d'années leur permettrait de se retirer à l'étranger et de vivre dans le grand luxe jusqu'à la fin de leurs jours. Mais avant cela, Lubiak avait une revanche à prendre. Il forcerait l'électorat à l'aimer, jusqu'à l'élire à la tête de l'État. Edwige Lubiak était tentée de dédaigner cette étape. Seul l'argent comptait pour elle. Mais Lubiak ne concevait pas de se retirer de la vie politique, même richissime, sans avoir arraché leur amour aux Français.

La solitude dans laquelle l'avait plongé sa réflexion décida Gérard Bénigot à en profiter. Un verre de champagne à la main, il glissa sa proéminence abdominale parmi les convives. Il suait abondamment, le cercle que la transpiration faisait sous ses aisselles s'était élargi jusqu'à ses côtes flottantes, transformant sa chemise en un vaste buvard. En se dirigeant vers Lubiak, il rajusta plusieurs fois ses petites lunettes rondes. Leurs verres grossissants donnaient à la couperose qui envahissait son nez des airs de varices. Le faible effort pour se faufiler du buffet à la table de Lubiak l'avait essoufflé. Il tira la chaise vide à côté de Lubiak, lui demanda s'il pouvait s'asseoir et le fit sans attendre la réponse. Lubiak ne lui accorda pas un regard, signe de familiarité entre les deux hommes.

— Juste pour te dire que le fouille-merde progresse à Cayenne. Il est sur nos talons.

Lubiak ne sembla pas s'en émouvoir.

— Il ne pourra jamais rien prouver. Ce qui est arrivé à son père est fâcheux, mais nous ne l'avons pas décidé.

Le sénateur de Guyane se leva alors sans que la contrariété ait disparu de son visage. L'effort lui avait donné une couleur violacée.

13

Launay n'avait pas le trac. Plus l'enjeu était de taille, plus son organisme se régulait. La sérénité l'envahissait doucement, accompagnée d'un sentiment de supériorité. Il profitait de la chaleur des lumières du plateau avec la volupté d'un reptile. Son adversaire allait souffrir. Sa surcharge pondérale l'exposait à la transpiration alors que Launay ne suait jamais, pas même lorsqu'il produisait un effort. Il croisa ses mains à plat devant lui, dans l'attitude d'un sphinx, respira profondément mais sans excès avec le ventre. Jacques Magnin manquait d'expérience, de culture et de confiance en lui.

Pour préparer le débat crucial du second tour, Launay s'était débarrassé des professionnels du verbe pour ne prendre qu'un seul conseiller : Stambouli. Bien que peu féru de psychologie comme nombre d'hommes politiques, les conversations du thérapeute avec sa femme, enregistrées à leur insu, l'avaient impressionné. Stambouli s'était dans un premier temps refusé à l'exercice mais, devant la somme proposée par le trésorier de campagne, il s'y était finalement plié de bon cœur. Les deux hommes avaient passé une journée à visionner des extraits de documents sur Magnin. Stambouli s'était gardé du moindre commentaire. À la fin, sa mine réjouie augurait d'un diagnostic imminent. Qu'il délivra sans tarder.

— Vous ne le savez peut-être pas, monsieur Launay, mais la relation au père est fondamentale chez les hommes ou les femmes qui participent à la course au pouvoir. Père défaillant, absent, décevant, pervers, vous avez à peu près toute la panoplie de géniteurs tels qu'ils sont perçus ou ont été vécus par ceux dont la seule motivation est de s'installer au-dessus des autres. Le père participant à la structuration du surmoi – l'instance morale de chaque individu –, sa défaillance ouvre la porte à un besoin de reconnaissance doublé d'un sentiment d'impunité conforté par l'intuition que le père en défaillant vous laisse le soin de diriger le curseur entre le bien et le mal.

Stambouli s'arrêta pour respirer et rétablir ce sourire que sa longue digression l'avait obligé à négliger. Puis il reprit :

— Magnin n'est pas dans ce cas. Il a aimé son père, l'a respecté, mais beaucoup craint aussi. Selon moi, il s'est rendu compte un peu tardivement que son père n'était pas aussi bien qu'il le pensait, ce qui a laissé un peu d'espace à son développement personnel. Il ne supporte pas l'autorité des autres, c'est normal, la seule autorité légitime est celle de son père. Cela ne suffirait pas à en faire un homme d'extrême droite, si certaines atteintes paranoïaques n'altéraient significativement son objectivité, ce phénomène étant accentué par une intelligence moyenne, très moyenne. Dès lors qu'on se sent inapte à débrouiller la complexité, on l'évite, on simplifie, on caricature, on asservit le réel à ses propres capacités. C'est humain, et il ne fait pas exception. Je serais vous, je le traiterais comme son père devait le traiter, avec autorité, condescendance, en insistant sur ses limites intellectuelles. Avec un peu de chance, il perdra son calme. C'est un sanguin, comme beaucoup de fils brimés. Et je parie qu'une fois l'explosion passée il sera complètement désemparé.

Stambouli s'accorda une pause, se frotta longuement le lobe de l'oreille comme s'il remontait le mécanisme d'une montre.

— Je pense que vous auriez aussi avantage à le pousser dans les recoins de son racisme et de son antisémitisme. Il sera coincé, pour la simple raison qu'il n'est au fond de lui-même ni l'un ni l'autre, et le confronter violemment à ce qu'il tolère sans y adhérer profondément peut conduire à une formule chimique intéressante. Il est issu de la branche « présentable » du Mouvement patriote. Le ramener vers ses origines peut être bénéfique. Mais là il faut être énergique et bref. Si vous insistez trop, il reprendra l'avantage. Car la question pour vous n'est pas de répondre à la frange saumâtre de leur idéologie mais à celle qui se veut « non fasciste », nationaliste et autoritaire. C'est celle qui progresse.

Magnin commença le premier, tendu, multipliant les sourires crispés. Il fit l'erreur de vilipender le pouvoir précédent aussi longuement. Launay, quand vint son tour, approuva le bilan catastrophique de son prédécesseur, puis il se lança dans une analyse scrupuleuse du programme de son adversaire, avec calme et méthode, posant sa voix grave comme il savait le faire. Il en démonta tous les excès, l'absence de réalisme. Il fit un compte précis des conséquences d'une sortie de l'euro, de l'Europe, du retour au protectionnisme. Il en vint ensuite à ce qu'il appela « la stigmatisation de l'autre » comme processus de résolution de ses propres problèmes, une forme de lâcheté selon lui. De la lâcheté, il fit ainsi son fil conducteur pour mener à la conclusion habile qu'il était l'héritier de la résistance quand son adversaire était celui de la collaboration. Son adversaire eut alors le tort de conduire le débat sur le sujet de la corruption en tentant d'exhumer de vieilles affaires qui avaient éclaboussé autrefois le parti de Launay.

— Monsieur Magnin, je comprends très bien que vous essayiez de m'emmener sur ce terrain. Alors dites-moi, ai-je personnellement été cité une seule fois dans une affaire judiciaire ?

— Non, mais…

— Il n'y a pas de non mais. Ai-je été cité une seule fois dans une affaire judiciaire ?

— Évidemment, vous et vos amis aviez la main sur le parquet.

— Pendant le dernier quinquennat, avais-je la main sur le parquet ? Non. En revanche… (il déplia lentement et soigneusement devant lui une feuille de papier)… j'ai ici la liste de vos élus locaux, particulièrement dans le Sud. 65 % d'entre eux font l'objet d'une enquête pour des malversations dont la plupart sont en lien avec le Milieu. Vous savez à quoi me fait penser votre parti ? À ces formations politiques qu'on trouve dans les pays de l'Est et qui ont avec la mafia certaines connivences coupables. Je ne vais pas lire cette liste, ce serait trop fastidieux, en revanche… (il sortit une autre feuille)… j'ai la preuve que la campagne du numéro deux de votre parti a été copieusement financée par un gros bonnet du Milieu corse. Ce document va être transmis à la justice qui fera, si je suis élu, son travail dans la plus parfaite indépendance, ce qui ne sera pas forcément le cas si vous l'êtes. Je vois qu'il me reste peu de temps avant de vous rendre la parole. Pour conclure, je voudrais également dire à ceux qui nous regardent que les premiers éléments de l'enquête sur le malheureux assassinat de paisibles musulmans à la sortie de la prière impliquent des extrémistes de droite. L'un d'eux serait un ancien membre de votre parti, qui juge que votre mouvement, en voulant plaire à tout le monde, finit par oublier les haines qui l'ont fondé, j'entends celles des juifs et des musulmans. Si vous êtes élu, monsieur Magnin, je ne vous donne pas un an pour que le pays soit économiquement ruiné et la France mise à feu et à sang.

La colère de Magnin qui s'ensuivit relevait moins des attaques de Launay que des informations supposées confidentielles dont il disposait. Il lui reprocha d'être informé en sous-main. Launay lui rétorqua qu'un futur président se devait de tout savoir. Puis Magnin commit l'irréparable, il menaça d'attaquer Launay en justice pour diffamation.

— Vous avez raison, ce débat est décidément trop court. Si nous pouvions le poursuivre ailleurs, ce serait formidable pour nos électeurs. Malheureusement, j'ignore si vous le savez mais nous devons élire un président d'ici à dimanche soir et nous sommes déjà mercredi. Vous pourrez toujours me rendre visite à l'Élysée, mais je crains que d'ici là vous ne soyez plus représentatif de rien, que vos électeurs aient déserté en prenant conscience que la démagogie est la seule substance de votre discours.

La question fut seulement de savoir si Launay avait gagné aux points ou par KO. Qu'importe, il avait gagné. Launay fut amplement congratulé. Par Lubiak en particulier, qui avait fait le déplacement jusqu'au studio.

— Je m'attendais à ce que ce soit plus difficile, lui confia Launay.

— Les grands champions surestiment généralement les difficultés.

— Avec toi dans le gouvernement, aucun risque que je surestime mes difficultés.

Les deux hommes se sourirent, mais d'un seul côté.

Seule Aurore, sa conseillère en communication, avait été autorisée à l'accompagner sur le chemin du retour vers le quartier général de campagne. Une foule hétéroclite de jeunes militants, de vieux cadres, de sponsors célébraient la victoire. Leur joie rendue excessive par l'alcool servi au buffet contrastait avec la morosité de Launay. La victoire se rapprochait, une victoire qui lui était indispensable mais qui, il en était convaincu, allait le précipiter dans la dépression, dont il lui faudrait se relever cette fois sans le moteur qui l'animait depuis plusieurs années.

La conquête tirait à sa fin et avec elle une chimère devenue au fil du temps sa principale raison de vivre. Il n'était pas certain de jouir de son nouveau pouvoir, il doutait d'en avoir la capacité. Cette proximité favorisait la familiarité, certains militants s'y essayèrent et se firent sèchement repousser. D'autres, hommes comme femmes, déployaient des trésors d'énergie pour se faire remarquer dans l'espoir d'être appelés plus tard à l'Élysée. Launay, lassé du monde dont il s'accommodait mal, fit connaître son intention de quitter la soirée. Aurore lui demanda de patienter un peu, Arbois était en chemin pour le féliciter. Arbois s'était prononcé pour lui dès le premier tour et n'avait pas ménagé ses efforts financiers pour la campagne. Il se murmurait qu'il réglait même directement certaines dépenses, celles qui n'entraient pas dans le cadre réglementaire. Arbois, à un peu plus de 65 ans, détenait un groupe considérable qu'il avait bâti de toutes pièces. Au cours des vingt dernières années, il avait diversifié ses investissements, qui fructifiaient dans la distribution, le luxe, les grands vignobles et plus récemment la téléphonie mobile et Internet. Il détenait aussi un hebdomadaire qui lui coûtait de l'argent et dont il menaçait régulièrement de se débarrasser comme si, coquetterie de ce fils de paysan jurassien, il voulait qu'on le supplie de le garder. Il y intervenait peu, disait-on, même si le journal avait ouvertement soutenu Launay bien avant la campagne électorale par un tir de barrage nourri contre l'ancien président. Lubiak arriva au même moment que Germinal Arbois, qui lui serra la main sans chaleur mais sans sous-estimer l'intérêt qu'il allait présenter dans un futur proche.

— L'avantage d'avoir l'extrême droite en face de soi au second tour, c'est qu'on n'a même pas besoin d'avoir un programme. Il suffit de démonter le leur. D'ailleurs, je n'ai pas de programme.

— C'est bien pour cela que je vous soutiens, répondit Arbois en souriant.

Launay lui sourit à son tour. Les deux hommes se connaissaient mal.

— Et si je ne me trompe, la Constitution nous donne cinq ans pour en construire un.

— Que votre successeur se fera un plaisir d'exécuter pour vous, surtout s'il vous a battu à l'élection, renchérit Arbois qui appréciait visiblement cette forme d'humour.

— On me dit de vous remercier, alors je profite de votre présence pour le faire, votre ralliement m'est précieux, même si au fond vous n'aviez pas tellement le choix.

— On a toujours le choix de ne soutenir personne mais quand on est certain de ne pas se tromper, ce serait dommage.

Lubiak s'était rapproché.

— On parle de vous pour les finances, cela se confirme-t-il ?

Lubiak regarda Launay, qui dans un premier temps ne répondit rien, jusqu'à créer la gêne autour de lui, avant de lâcher :

— Il a mon soutien. Mais c'est au Premier ministre de me le proposer. Ce serait bien le diable s'il n'y parvenait pas.

Volone, le président d'Arlena, entra à son tour. Il salua Launay puis Arbois, qui le détestait assez pour regarder ailleurs quand il lui serra la main. Volone représentait pour lui une forme d'abjection assez courante dans l'industrie française, de parvenu issu des grandes écoles qui se comportait en propriétaire dans une entreprise où il n'avait jamais investi personnellement le moindre centime mais où il se servait abondamment. « Ces gens-là sont entrés une fois dans les grandes écoles mais en sortent toute leur vie. Leur diplôme est un droit qui leur confère les mêmes privilèges qu'un titre nobiliaire avant la Révolution », disait-il. « Cette aristocratie de la compétition intellectuelle n'est pas vraiment celle de l'intelligence, sinon on s'en serait rendu compte », avait-il l'habitude d'ajouter, raillant les quelques énarques qu'il maintenait dans son groupe uniquement pour qu'ils assurent le lien avec les administrations, dont les règles de fonctionnement obéissaient à des rites particuliers. Le recrutement des élites du secteur privé, comme de celles de la politique, dans les grandes administrations était, selon lui, le mal français par excellence.

Le regard de Volone furetait dans l'assemblée, se posant là sur une paire de fesses moulées par une robe seyante, ici sur une tête connue, mais le plus souvent sur le parquet dont le point de Hongrie l'intriguait. Il vint serrer la main à Launay, mais pour les observateurs présents leur échange de regard était celui de deux personnes qui ne s'étaient jamais quittées. La conversation continua, concours de modestie des uns et des autres, de Launay en particulier qui se pressa d'enjoindre le cercle formé autour de lui de ne pas se réjouir trop vite, même si les probabilités étaient largement en leur faveur.

— Toujours est-il que, si nous gagnons, il faudra réconcilier les élites de ce pays avec les gens ordinaires. C'est la priorité. Contrairement à ce qu'on pense, les masses populaires n'ont rien contre les élites et leur domination tant qu'elles les respectent. Pour cela, ces élites doivent être utiles.

Tout le monde opina, le cercle de concentrique se fit excentrique et Launay ressortit avec Arbois, suivi d'Aurore qui monta en voiture avec lui.

14

Le match avait été suivi comme une finale de coupe du monde par autant de spectateurs. Puis, les uns après les autres, les Parisiens étaient allés se coucher. Cette joute à l'ancienne les avait distraits.

— Il ne faudrait pas que les électeurs pensent que c'est gagné et oublient de se lever dimanche. C'est le risque après un débat dont le résultat ne fait aucun doute.

— Où va-t-on ? demanda Aurore même si elle connaissait la réponse.

Launay ne répondit donc pas. Il se contenta de regarder par la vitre, de laisser défiler les lanternes du pont Alexandre-III, leurs ombres sur les trottoirs.

Il pensait à elle. À sa surprenante relation avec son mari, auquel elle avait confessé ses déboires avec son amant. Lui. La chose avait dû l'exciter, puis il s'était lassé. Il venait de la quitter. Elle attendait beaucoup de Launay désormais. Même si elle ne pouvait pas lui conseiller de divorcer. Abandonner une femme aveugle, l'opinion ne lui pardonnerait jamais.

— On va passer la nuit chez moi.

— Chez toi ?

— Je l'ai mérité.

Sans appel.

— Et ta femme ?

— Il faudra qu'elle s'y habitue. Je veux qu'on vive ensemble sous mon toit. Maria vient assez tard le matin, il suffit que tu partes avant son arrivée.

Aurore ne savait quoi penser.

— Elle saura forcément.

— Ne t'inquiète pas, elle sait déjà. Mais elle n'a pas de preuve. Elle a inventé une histoire à son thérapeute, selon laquelle elle est venue dans ma chambre et a senti ta présence, ton parfum. Cela ne risque pas d'arriver, je ferme la porte à clé. Pour des raisons de sécurité. Tu sais, c'est beaucoup moins risqué que tu viennes chez moi plutôt qu'on se retrouve ailleurs en ville. Jamais personne n'aura le cran de m'accuser de dormir avec ma maîtresse dans mon propre appartement, sous le même toit que ma femme. Tu emprunteras l'entrée de service pour sortir selon l'heure. Elle sera sécurisée par un homme de confiance.

— Tu ne crains pas qu'elle revienne à la charge, qu'elle menace à nouveau de dire du mal de toi ?

— Bientôt je serai élu. Je ne sais même pas si j'aurai envie de l'être une seconde fois. Elle peut toujours me calomnier. Et puis elle est suivie par un psychiatre qui l'en dissuadera. Ma fille aussi a fait un très bon travail. Mon désir pour toi est plus fort maintenant que je vais être élu, je ne saurais expliquer pourquoi.

— Mais tu as pensé à moi ?

— Dans quel sens ?

— Je vais travailler pour toi toute la journée, et puis le soir je me retrouverai soit avec mes enfants mes jours de garde, soit avec toi, dans ton lit, dans le même appartement que ta femme. Tu veux que je finisse dingue, enfermée ?

— Allons, Aurore, enfermée tu l'es déjà. Nous le sommes tous. Au moins tu as conscience de ta servitude. Ce n'est pas le cas de tout le monde. Et puis n'oublie pas les voyages officiels.

On va vivre dans les avions, sur les routes, comme des roi et reine.

— Roi et maîtresse de roi.

— C'est mieux pour toi, crois-moi, l'histoire n'en fait pas mystère. D'autant que Faustine ne sera d'aucun déplacement, avec sa cécité. Et si elle recouvre la vue, j'attends un peu et je divorce. Je lui ai beaucoup pardonné. Mais m'accuser d'avoir par mon comportement poussé ma fille au suicide... C'est du même ordre que quand les Allemands de l'entre-deux-guerres rendaient les juifs responsables de leur défaite en 18. Quand je l'ai épousée, j'ai senti très vite les limites de son intelligence. Je ne sais plus comment Gide a formulé cela : « Ce qui frotte légèrement au début du mariage finit par brûler avec le temps », ou quelque chose comme ça. Le recours au bouc émissaire est par essence l'aveu de la limite de sa propre intelligence.

Le chauffeur les laissa devant l'immeuble de la place Saint-Sulpice. Il était déjà bien tard. Le couple s'enferma dans la chambre de Launay et se mit au lit. Launay ouvrit un essai d'économie, le referma après avoir lu deux pages et éteignit la lumière sans souhaiter la bonne nuit à son invitée. Lorsque, dans le noir, elle se rapprocha de lui, il se retourna. Il put ainsi sentir sa poitrine imposante contre son dos. Il se félicita un court moment du pouvoir qu'il avait sur les gens et les choses. Puis il s'endormit.

15

La moto n'avait pas bougé. Elle était toujours sur sa béquille, le long du parapet. Mais l'antivol qui la reliait la veille encore à la grille avait disparu. Terence Absalon fut pris d'un fou rire. L'idée qu'on parvienne à lui voler sa moto lui était souvent venue à l'esprit. Il s'y attendait d'ailleurs un jour ou l'autre, avec un fatalisme raisonnable. Mais lui tirer un antivol aussi sophistiqué que la moto était ancienne, sans toucher à cette dernière, lui parut ubuesque. Son fou rire passé, il y vit un signe. Quelqu'un essayait de l'avertir. Ou de le menacer. Ce qui n'altéra en rien sa bonne humeur. Il fit le tour de la machine, s'attendant à de nouvelles surprises. Rien. Si lui voler son antivol était une façon de le prévenir, il était envisageable que la moto soit piégée. Le réservoir bourré d'explosifs, par exemple. De telles méthodes étaient employées au Moyen-Orient, en Sicile, mais en France non. En Corse peut-être, encore qu'il en doutât. Il mit la clé de contact et la tourna non sans une légère appréhension qui disparut aussitôt. Tout était normal. Actionner le démarreur dans un tel contexte n'était pas non plus sans risque. La moto s'ébroua dans des convulsions dues à son âge, puis le moteur, d'abord hésitant, trouva sa cadence, celle d'un bicylindre à quatre temps. Absalon ajusta son casque et enfourcha son engin qui fumait. Il emprunta la rue Campagne-Première jusqu'au boulevard Raspail. La pluie avait cessé d'un coup, une demi-heure avant, mais l'impression générale restait celle d'une humidité pénétrante. À l'angle, une voiture de police stationnait de travers, mais sans gêner la circulation, faible en ce dimanche d'élection. Deux policiers se tenaient debout, adossés à la voiture. Le plus grand des deux s'avança vers Absalon au moment où il se préparait à tourner et lui fit signe de s'arrêter. Il fit le tour de la moto puis s'adressa à Terence.

— Vous savez que le bruit de votre moto est bien au-delà de ce qui est autorisé ?

Absalon ôta son casque.

— Comment pouvez-vous le savoir, vous n'avez pas d'appareil pour mesurer le bruit ?

Le policier, un imposant métis aux traits fins, se posta devant lui.

— Vous savez, monsieur, cela fait vingt ans que j'ai quitté Cayenne pour rejoindre la police en métropole, et je me suis fait une spécialité des infractions au bruit. Et je peux vous dire avec certitude que votre moto dépasse la norme autorisée.

— Mais sans appareil, vous ne pouvez pas me verbaliser ?

— Non, mais ce n'est pas mon intention. Mon intention est de vous donner un avertissement. La prochaine fois, vous n'y couperez pas.

— 80 % des deux-roues ne respectent pas les normes de bruit dans Paris, vous avez remarqué ?

— Je sais. C'est une drôle de dérive. J'ai lu dans un article que moins les gens ont le sentiment d'exister socialement, plus ils ont besoin de faire du bruit. Je ne sais pas si c'est vrai mais il faut se rendre à l'évidence, les gens font de plus en plus de bruit. C'est un des aspects de l'incivilité croissante. Voilà, il n'y aura pas de second avertissement.

Le policier sourit puis retourna à sa voiture sans se presser. Absalon repartit dans la direction de son journal. Sur le moment, le lien entre les deux évènements de son début de matinée ne lui sauta pas aux yeux. Mais chemin faisant, tout devint limpide. Son enquête à Cayenne dérangeait. On le lui faisait savoir, sans oublier de préciser qu'elle gênait en haut lieu. Seules les hautes sphères étaient capables de mobiliser une voiture de police pour lui notifier l'avertissement. C'était une façon de lui faire comprendre que ses adversaires étaient plus puissants qu'il ne l'imaginait. Il en vint à la conclusion que les commanditaires de cette intimidation maladroite devaient mal le connaître ou n'avaient jamais eu affaire à lui.

La Bible et le dictionnaire des proverbes peuvent suffire pour accompagner un homme tout au long de son existence. On y puise la matière pour se tenir droit. Celui qui disait cela, son grand-père, n'avait jamais lu ni l'un ni l'autre, bonne raison pour en parler si bien. En revanche, Terence s'y était attelé et il reconnaissait volontiers la difficulté de prendre les proverbes en défaut. « Jamais deux sans trois » lui vint naturellement à l'esprit. Les nuages s'étaient écartés du ciel parisien, la chaussée humide séchait en fumant. Sa moto croisait dans un ronflement de notable. Elle était le lieu où il s'apaisait, où il fertilisait son optimisme. Un troisième avertissement dans la journée était probable.

Une guerre de tranchées l'opposait à nombre de pouvoirs constitués, politiques, policiers, industriels. Le nom qu'il avait choisi pour ce conflit était « la guerre des bouffons », référence à Louis Pergaud, un auteur qui avait compté dans son enfance. Le harcèlement de ses adversaires ne cessait jamais, tout comme les tentatives pour le déstabiliser par un espionnage permanent. Son appartement avait été sonorisé. Trois contrôles fiscaux s'étaient succédé en cinq ans. La matière était suffisante pour sombrer dans la paranoïa. Sa nature l'en prémunissait. Il ne craignait ni pour lui ni pour les siens. De siens, il n'avait que son grand-père : à 99 ans, les indignités de l'âge l'avaient épargné et il continuait à peindre dans l'appartement qu'ils partageaient. L'angoisse, la peur, la lâcheté, ces sentiments qui fragilisent l'être humain jusqu'à la confusion lui étaient étrangers. Sans faire pour autant de lui un homme courageux. Le courage demande de se dépasser alors que chez lui tout semblait naturel. Il était programmé pour enquêter et le faisait avec méthode et détermination. Il avait dépassé la trentaine mais rien dans son visage ne l'indiquait. De sa mère brésilienne il avait hérité le teint mat, une allure athlétique et aérienne. De son père, une pugnacité névrotique et un goût pour la vérité rare dans sa génération nourrie à l'à-peu-près. Son honnêteté lumineuse lui avait gagné des amis dans tous les milieux, y compris ceux qui répugnaient à parler, au point que Corti l'avait surnommé « le Confesseur ». L'ensemble s'accordait avec une modestie déconcertante.

Aux environs de midi, un jour d'élection présidentielle, le journal grouillait. En quelques minutes, Terence croisa plus de journalistes qu'il n'en croisait d'ordinaire en une semaine. Tous ceux que l'actualité immédiate concernait s'agglutinaient dans l'attente de chiffres sur l'abstention. Le directeur de la rédaction, habillé comme pour une noce, était planté devant des écrans de télévision diffusant des chaînes d'information en continu, les bras croisés. Un groupe l'entourait, essentiellement des journalistes politiques. Chacun manifestait son impatience à sa façon. On évoquait un taux d'abstention supérieur à la moitié des électeurs inscrits. Pour la première fois dans une élection présidentielle, le président allait tenir sa légitimité de moins de 50 % des Français. Attendre que le chiffre soit confirmé, puis réfléchir, puis commenter.

Terence se tint en retrait. Sa présence était passée inaperçue. L'immédiat ne concernait apparemment pas ses longues enquêtes de fond. Il n'était pourtant pas sans incidence. Tout en regardant distraitement l'écran où un travail de mise en scène de l'information s'effectuait sous ses yeux, il pensait à la nouvelle enquête qu'il venait d'initier sur l'attentat commis contre des musulmans entre les deux tours. Launay au cours du débat avait parlé d'un groupe d'extrême droite. Ce groupe, Terence le connaissait. Il avait revendiqué l'attentat meurtrier sous le pseudonyme « Entre les deux tours », référence à l'attentat du 11 septembre 2001 perpétré « contre les deux tours ». Une pointe d'humour diversement remarquée et appréciée. Ça ne collait pas. Terence avait comme informateur à la DGSI de Marseille l'homme chargé de surveiller ce groupuscule implanté dans la cité phocéenne. Cette organisation coopérait franchement avec la DGSI tout autant qu'elle était liée au Milieu marseillais et corse. Aucun des hommes incriminés a priori dans l'attentat n'avait démenti dans les premières auditions sa présence sur la région parisienne le jour des crimes, alors que tous étaient à Calvi ce jour-là. Terence en était certain, avant la fin de la semaine suivante, cette bande serait disculpée. La présomption qui avait pesé sur elle jusqu'à l'élection avait permis à Launay de brandir la menace de l'extrême droite activiste. Et d'en tirer un avantage politique immédiat. Le maillage de la fausse piste corse désignait Corti comme son instigateur. La question restait pendante. Qui étaient les véritables tueurs ? Et qui étaient les victimes ? Le chiffre tomba. 50,03 % à 12 h 15. Lamarck se détourna des écrans. En se retournant, il vit Terence, assis sur un bureau, dubitatif. Les deux hommes ne s'aimaient pas. À ce point d'incompatibilité, dans un même métier, on est difficilement autre chose que navré. Chacun regardait l'autre comme une curiosité. L'esprit de sacerdoce avec lequel Terence exerçait son métier de journaliste semblait infantile à Lamarck. Quand ils s'accrochaient, Lamarck était tenté de lui dire : « Tu devrais grandir. » En même temps, cet adolescent attardé, incorruptible, dédié à son métier comme un rail l'est au train, lui faisait peur car pour lui, dans un monde d'invertébrés, sa colonne vertébrale était sans proportion avec le corps qu'elle supportait. Lamarck méprisait les jacobins. Sa rondeur girondine, région dont il était originaire, créait une aversion immédiate pour toute personnalité qui ne s'épanouissait pas autour du compromis. Toutes sortes de compromis avec le pouvoir et ses détenteurs pouvaient être envisagées. La fréquentation même distanciée des réseaux d'influence lui donnait un fort sentiment d'appartenir à un monde parallèle, celui où les vraies décisions se prennent. Il avait abdiqué depuis longtemps toute conviction politique, au nom de la réalité d'une société où l'intérêt, plus que l'argent, régnait désormais en maître malgré tous les démentis que les uns et les autres s'efforçaient, souvent maladroitement, de produire. Pour lui, l'investigation n'était rien d'autre qu'une arme qu'on sortait quand la nécessité politique ou commerciale l'imposait. Un scoop au parfum de scandale relançait les ventes. Autant qu'une enquête bien menée sur l'un ou sur l'autre donnait au journal une monnaie d'échange. Mais cette façon qu'avait Absalon de s'en prendre au système sans discernement lui déplaisait. Au cours des cinq dernières années, Lamarck avait pensé à plusieurs reprises se défaire d'Absalon. Aux premières attaques, Absalon était entré dans le bureau de Lamarck et avec une autorité surprenante s'était expliqué avec lui :

— Je te vois faire. Je sais que tu aimerais me voir quitter le journal. Je le comprends très bien. Mais enlève-toi cette idée de l'esprit. L'inconvénient, pour les autres, du métier de journaliste d'investigation, c'est qu'au fil du temps on apprend beaucoup de choses, volontairement ou incidemment. Si on me force à partir, je te fais sauter et le journal avec. Je connais les liens, les intérêts de chacun.

— Tu ne travailleras plus jamais.

— Toi non plus. Je vis avec moins d'argent que toi, avec beaucoup moins.

Lamarck n'avait pas insisté. Le statu quo avait duré un temps. Lorsqu'une enquête aboutie, sur le point d'être publiée, encombrait Lamarck parce qu'elle touchait des intérêts qu'il ne voulait pas gêner, il en transmettait la teneur à la concurrence, soit un autre journal, soit une radio, pour ne pas être responsable de la divulgation.

Terence était habitué à travailler avec une assistante méticuleuse, qui était partie après sa première grossesse pour élever son enfant. Son souhait de recruter une remplaçante ne fut pas exaucé. Des compressions de personnel s'imposaient. On lui transféra une stagiaire du service politique. Il apparut rapidement qu'elle espionnait pour le compte de Lamarck. De plus, elle était la maîtresse d'un policier de la brigade des mœurs, en lien avec la DGSI. Aussi Absalon ne s'étonna-t-il pas quand la jeune femme l'accusa de harcèlement sexuel.

— Je n'y peux rien, Terence, j'ai essayé de la raisonner.

Absalon regardait par la fenêtre en tournant le dos à Lamarck assis derrière son bureau.

— Si elle porte plainte, je passe à un collègue les preuves d'un arrangement entre le directeur général des services fiscaux et Arbois sur des droits de succession le concernant. Soit demain cette traîtresse a quitté le bureau, sans oublier ses petites affaires, soit je transmets. Si à midi elle n'est pas partie, je prends rendez-vous avec Arbois et je lui montre mon dossier.

Terence passa alors de l'autre côté du bureau de Lamarck et s'appuya sur les mains, courbé, en attendant la réponse.

— Je dois admettre que tu as gagné.

— Ce n'est pas tout. C'est moi qui recrute celui ou celle qui la remplace.

— À l'intérieur du journal. Raisons budgétaires, tu le sais.

— À l'intérieur du journal.

Pragmatique sans honneur, Lamarck eut le sentiment de bien s'en sortir. Il aurait pu en tenir rigueur à Absalon. Mais cette perspective ombrageait son humeur à l'approche des vacances. Dans un magnifique hôtel appartenant à un annonceur du journal.

16

Absalon débaucha Sylvia, du service culture. Une jolie fille occupée à lire et à critiquer des polars à longueur de journée et désireuse de revenir dans ce monde que ses auteurs décrivaient si diversement. Elle commencerait le lundi suivant l'élection. Ils se croisèrent à la rédaction. Terence lui proposa de l'emmener déjeuner sur une terrasse qui jouxtait la grande place dominée par le bâtiment du journal, une construction des années soixante-dix aux allures de paquebot entamé par la rouille.

— Les informations les plus importantes, il est préférable de ne pas les échanger au bureau. Tout le monde nous y écoute. À l'extérieur comme à l'intérieur, portable, ordinateur. Les dossiers importants, tu les gardes chez toi sur un ordinateur sans connexion réseau. Tu aurais une grosse faiblesse, tu me la dirais ?

Terence se réjouissait de travailler avec cette femme dont le bleu des yeux invitait à la plongée dans une eau claire et fraîche.

Elle éclata de rire.

— Des faiblesses, mais je n'ai que ça !

— Une faiblesse qui permettrait de te faire chanter ?

Elle rit encore, elle n'était pas avare de joie même si la tristesse perlait derrière son regard océanique.

— Non, je ne crois pas.

— Tu n'as pas de liens avec des personnes susceptibles de te créer un conflit d'intérêts ?

— Non plus.

— J'aime bien ton profil. Journaliste économique puis critique littéraire. Et maintenant...

Un couple venait de s'installer à la table voisine. La femme, grande, pulpeuse, pommettes proéminentes, yeux de chat, les mains se touchant, se détachant, ballet de timidité. Lui encore plus grand, sec, un soin particulier à éviter toute fantaisie, les mains jointes droites, fixes, le nez appuyé sur la marche d'escalier laissée entre le majeur et l'index. Il la regarda sans complaisance puis prit la carte qu'il ouvrit d'un coup. Elle fit de même. Il la reposa, visiblement satisfait de sa célérité à choisir. Elle fut plus hésitante. Lui demanda ce qu'il allait prendre et s'aligna sur lui, naturellement. Il jeta un œil autour de lui, pour prendre quelques assurances sur l'environnement, puis il se lança.

— Tu as des enfants ?

Elle se hâta de répondre, presque essoufflée.

— Oui, une fille.

— Je n'en ai jamais eu. C'est le seul point sur lequel on s'entendait, avec mon ex. Ni enfants ni animaux, le couple avant tout.

— Et pourquoi cela n'a pas marché ?

— Pas la même ambition. Et toi ?

Elle reprit la carte pour se donner une contenance avant de réaliser qu'elle avait déjà choisi, la reposa, embarrassée.

— Oh... tout allait bien jusqu'au jour...

Elle était au bord des larmes. Il lui fit signe de poursuivre, d'un geste militaire.

— Jusqu'au jour...

Terence et Sylvia ne se parlaient pas, fascinés par la conversation de leurs voisins.

83

— Jusqu'au jour où je suis partie en week-end avec ma fille chez mes parents. Mon mari ne pouvait pas nous accompagner. Arrivée sur l'autoroute de l'Ouest, j'ai réalisé que j'avais oublié les médicaments de ma fille contre l'asthme. J'ai fait demi-tour. En arrivant chez moi, j'ai trouvé mon mari avec un autre homme.

Son interlocuteur regarda ailleurs, puis il changea de sujet.

— Ta fille, aujourd'hui… elle vit avec qui ?

— Avec moi.

— En admettant que toi et moi… tu penses que ta fille pourrait habiter chez son père ou chez tes parents ?

Elle joua le tout pour le tout.

— Oh… oui, je crois que mon ex… et puis, elle aussi…

Elle se grisa et s'emballa.

— C'est vrai, après tout, les enfants… voilà sept ans que je sacrifie tout pour elle… J'ai bien le droit de vivre.

Le type prit acte.

Terence baissa la voix.

— Ça ne te rappelle rien ?

— Par rapport à quoi ?

— Littérature.

— Carver ?

— Exactement. Ni l'un ni l'autre ne liront nos articles.

— Tu as commencé comment ?

— Photographe de guerre, en agence. J'ai eu très vite peur de mourir. Je voyais que mon grand-père n'allait pas bien.

— Ton grand-père ?

— Oui, on vit ensemble. On est la seule famille l'un pour l'autre. Il avait dépassé les 90 ans à l'époque et s'il m'était arrivé quelque chose…

— Absalon le peintre, c'est lui ?

— Oui, il peint moins maintenant, il a 99 ans. Et ce qu'il fait est moins bon. Ensuite j'ai été correspondant de guerre.

Un peu moins risqué. Puis je suis entré, comme journaliste au service étranger, dans une grande rédaction, puis aux enquêtes.

— Tout ça en combien de temps ?

— Neuf ans.

— Pourquoi l'enquête ?

— C'est la base de notre métier. Et je crois au contre-pouvoir qui est le nôtre. Dans une démocratie où le législatif mange dans la main de l'exécutif, où le parquet est à la botte dudit exécutif, où certains journalistes politiques se laissent endormir par ce même exécutif, où les services secrets travaillent pour le parti au pouvoir, où les syndicats ne sont pas représentatifs, on peut avoir une utilité. Au journal, tu vas voir, on a une place très à part. Eux, leur problème c'est de vendre des journaux, donc de la publicité. Le scandale qui peut résulter d'une enquête les intéresse, ça pousse les ventes. Mais si nos enquêtes gênent des annonceurs, ou notre actionnaire, ou leurs copains… Je vis dans un équilibre de la terreur avec le journal. Lamarck ne parvenant pas à me contrôler, il rêve de me virer. Sauf que je sais tout sur tout, les amitiés contestables, les amours illicites, les liaisons dangereuses. Lamarck n'aime pas déplaire, c'est contre sa nature profondément consensuelle pour ne pas dire arrangeante. Il aime son prochain. N'importe quel prochain. Il ne voit le mal nulle part. Il a été très loin pour essayer de me virer. Il m'avait collé une collaboratrice liée à un type de la DGSI. C'est énorme, non ? Ils ont monté un complot minable pour harcèlement sexuel, mais ça ne tenait pas, ensuite ils ont essayé de me sucrer mon budget d'enquête. Mais je résiste. Régulièrement, ils essayent de me déstabiliser. Je me défends et je continue. C'est à la fois épuisant et gratifiant. Et ce n'est pas le moment de lâcher. Depuis la chute du mur, la dérive mafieuse en politique n'a fait que s'accentuer. À l'Est, le pouvoir est aux mains d'oligarchies sans scrupule à peu près partout. Le phénomène tend à se propager à l'Ouest. J'ai une explication. Le sommet de l'État est le lieu où on prend le moins de risques physiques et judiciaires. En plus, on dispose de la police et de l'armée pour se protéger.

— Tu ne trouves pas que tu vas un peu loin ?

— Pour certains, non.

— Qui chez nous, par exemple ?

— Lubiak. S'il obtient les finances comme Launay le lui a promis, c'est la mainmise d'une bande sur un appareil d'État qui va se mettre en place.

— Et Launay ?

— Je ne le crois pas malhonnête. L'argent n'a aucune valeur pour lui. Et s'il en a eu besoin pour ses campagnes, il est assez fin pour ne pas avoir lui-même mis les doigts dans le pot de confiture.

— Tiens, j'ai rencontré récemment l'épouse d'un de mes cousins qui dirige une grosse boîte de travaux publics. Elle m'a dit qu'elle pouvait me donner des informations essentielles sur un homme politique.

— Tu crois qu'elle est fiable ?

— Je crois.

— Tu peux toujours l'écouter. On peut la recevoir ensemble. Tu es sûre que ce n'est pas un délire de femme au foyer qui s'ennuie ?

— Tu ne serais pas un peu misogyne ?

— Non, mais 80 % des informateurs spontanés sont des mythomanes. Voyons-la, si tu veux.

Le charme de Terence, allié à un physique d'aventurier, faisait effet sur Sylvia. Il semblait n'en avoir aucune conscience et donc n'en tirer aucun profit, ce qui laissait une impression de modestie troublante.

— On va travailler ensemble sur tous les dossiers en cours et à venir. À l'exception d'un vieux dossier que je traite seul. Ce serait trop long à expliquer et son importance est relative. Je continue à m'en occuper au cas où.

Le couple à côté d'eux était sur le point de payer. L'homme

se saisit de l'addition que la serveuse avait posée devant lui. Il sortit ses lunettes d'un cartable en cuir dur. Il examina minutieusement le bout de papier. Puis il ôta ses lunettes, les replia dans leur étui. Il tira une carte de crédit de son portefeuille et la garda suspendue, au bout de ses doigts. Puis il se racla la gorge.

— J'avais l'intention de t'inviter si nous avions dû aller plus loin. Mais je crois que ce ne sera pas possible. Dans notre conversation, j'ai senti poindre les germes de nos désaccords futurs. Sincèrement, depuis qu'on s'est rencontrés sur le site, j'y croyais, je sentais de bonnes ondes. Mais tu me parais indécise, un peu floue sur certains sujets…

— Comme quoi ?

La femme semblait bouleversée.

— Comme ta fille…

— Mais je te l'ai dit, son père, mes parents, elle ne sera pas…

— Non, non, laisse tomber, tu n'as pas besoin de te défendre, je n'y crois pas, voilà, et… on partage l'addition ?

17

Lorraine sentait son cœur battre dans sa poitrine. Des mouvements amples et rapides sur lesquels elle n'avait aucune influence. Il s'emballait devant l'enjeu. Gaspard donnait sa première représentation dans son école de théâtre. Son professeur avait préféré lui écrire un « seul en scène » plutôt que de lui donner un rôle dans une pièce au milieu de ses camarades. Quelques jours avant le spectacle, Gaspard avait décidé d'écrire lui-même son texte. La salle n'était pas grande mais Lorraine la scruta dans un mouvement circulaire à la recherche du père de Gaspard, son ancien mari, lui-même comédien. Elle ne lui pardonnerait jamais de ne pas avoir été là pour le premier spectacle de Gaspard depuis qu'il avait quitté l'école publique, poussé par un système qui ne le reconnaissait pas parmi les siens. « Votre fils est absolument charmant, madame K. Il ne manque pas de qualités intellectuelles et encore moins de qualités morales. Mais il est inadapté au système d'acquisition des connaissances tel que défini par nos institutions. » Frappé d'anormalité, incapable de s'insérer par manque de duplicité, de second degré, par excès de polarité. Ne sera jamais capable de subvenir à ses propres besoins. Mauvais sujet pour l'appareil productif. Binôme producteur-consommateur voilé comme la roue d'un vieux vélo. Cette société qu'elle défend, elle, ne veut pas de son fils. Écœurant. Lui donne envie de tout plaquer. Mais comment assurer l'avenir de Gaspard ? Avec son seul héritage ? Insuffisant. Son père ? Comédien narcissique cultivant la détestation de lui-même. Travaille constamment sur des projets d'importance qui ne voient jamais le jour.

On s'agite sur scène autour du rideau. Le spectacle ne devrait pas tarder. Juste le temps pour elle de faire un rapide point sur son existence. Désastre sentimental et sexuel. Désire les hommes mais ne tombe amoureuse que des femmes. Du brouillard psychanalytique se dessinent des ombres. Celle de sa mère, morte trop jeune d'un cancer. Son père médecin l'a laissée mourir, pour épouser sa maîtresse qui mourra de la même maladie, sans que cette fois son père y soit pour rien. Le vieux est mort. Celui qu'on croyait sans cœur en avait un. Mais complètement affaissé. Mou comme un calamar sur un étal de poissonnier. Plus de quoi le maintenir en vie. Une vie qui ne laisse de regrets à personne. L'antipostérité. Grosse envie de tout plaquer. Mais elle est retenue en otage par Corti. Otage de quoi ? Le savoir la mettrait-il en danger plus que de ne rien savoir ? Elle en sait tout de même beaucoup. Que le syndicaliste d'Arlena qui a fait la une de tous les journaux n'a pas tué femme et enfant avant de fuir comme beaucoup de journalistes l'ont écrit. D'autres les ont supprimés à sa place. Quels autres ? Sûrement pas les services irlandais qui cachent Sternfall sur leur territoire. Quel lien avec Li ? Elle la suivait à cause de sa relation avec le numéro deux d'Arlena. Tiens ! Il est mort celui-là. Écrasé sur un passage clouté. À voir comment les gens conduisent dans Paris, pas étonnant. Il pleuvait, en plus, et beaucoup. Coïncidence ou...

Jour d'élection. Le spectacle ne devrait plus tarder et son père n'est toujours pas là. Regarde ses SMS. Dès demain, écoutes, filatures, sonorisation du psy de la femme du probable président. Corti ne lui donne que de l'ultrasensible. Il sera bien tenté de se débarrasser d'elle pour de bon, un jour. Accident de voiture à l'étranger. Suicide arrangé. Il en est capable. Pense à la mort. Laisser Gaspard derrière elle. Qui s'en occuperait ? Son père ? La blague. Lien de cause à effet. Penser à la mort ressuscite son désir pour Li. Et si elle cherchait à la revoir ?

Elle fait un nouveau tour de la salle. Il n'est pas là. L'égoïsme, à ce point. Bien vétuste, cette salle. Les sièges élimés grincent drôlement quand on les déplie. Plus d'argent pour la culture.

Le rideau se lève. Le professeur de théâtre explique, félicite, remercie, donne le programme. C'est Gaspard qui s'y colle le premier. Il est là tout droit, dans sa chemise blanche, ses traits d'enfant mal recouverts par ceux de l'adolescence, ses yeux qui regardent le monde comme personne ne le regarde. Elle éclate en sanglots. Puis se reprend.

— J'ai écrit ce texte à partir de la réflexion d'une écrivaine contemporaine, Annie Ernaux, sur l'idée qu'aujourd'hui les gens confondent avoir et être.

Puis il enchaîne :

— C'est vrai qu'aujourd'hui on n'a jamais tant eu tout en étant si peu. La preuve que les deux ne vont pas bien ensemble, c'est qu'on ne peut être et avoir été. Dès qu'on place le verbe avoir, on n'est plus rien…

Il continua de la même voix monocorde, complètement figé. Mais son immobilité donnait aux mots une force inespérée. Seule Lorraine mesurait l'effort qu'il avait fourni pour écrire ce texte qui allait à l'encontre de sa nature. Il finit épuisé, hagard, applaudi. Lorraine pleura à nouveau, pleine d'amour.

Quand ils ressortirent, elle le serra contre lui. Troublé par l'émotion de sa mère, il se mit à regarder partout et nulle part. Il était plus de 20 heures. Les derniers bureaux de vote parisiens avaient fermé.

18

Launay attendait ce moment, inconsciemment ou consciemment, depuis cinquante ans. L'ennui de son enfance, la désaffection de ses parents l'avaient porté là. Plus encore que l'échec politique de son père entravé par son passé dans la collaboration. Cet homme qu'il se reprochait d'avoir aimé plus qu'il n'en avait été aimé n'avait pas réussi à prendre la mairie de son village de Haute-Savoie. La voix des résistants de la première comme de la dernière heure s'était élevée pour lui interdire un rôle autre que celui d'un honnête entrepreneur dans la transformation des résineux.

En fin d'après-midi, il ne douta plus. Il allait gagner. Avec une avance plutôt confortable. Les fuites sur les sondages avaient été organisées de façon à faire croire à une lutte serrée, cela pour motiver les abstentionnistes à voter contre la droite radicale. Corti fut catégorique. La victoire était assurée, avec une avance d'au moins 6 %. Une abstention de plus de la moitié des inscrits, des votes blancs record : il allait devoir gouverner avec un support réel de moins de 26 % des Français, dont à peine plus de la moitié était de sa mouvance politique. Cette dépression qui devait s'abattre sur lui comme un ouragan sur la Caroline du Nord, il l'attendait. Aussi violente que le plaisir qu'il aurait dû logiquement tirer de sa victoire. Mais il en était incapable, empêché. Le succès comme l'échec passaient dans le broyeur de son insensibilité. Il allait devoir rejoindre son quartier général de campagne, y simuler la joie, y dissimuler la détresse d'avoir atteint l'objectif qu'il s'était assigné sans être capable d'en jouir. Pas plus qu'il ne jouissait vraiment d'Aurore, qu'il ne gardait à ses côtés que pour la sensation d'être désiré. Le vertige des profondeurs le saisit une nouvelle fois. Après un court moment de panique, il s'en accommoda, même s'il avait encore du mal à respirer. Il s'habilla pour sortir. Alors qu'il ajustait sa cravate devant la glace en pied de son bureau, il s'examina minutieusement, ce qu'il ne s'était pas accordé depuis des années. Ses traits étaient sur le point de basculer. On y lisait sans peine les prémices du crépuscule.

Il avait promis de ne faire qu'un seul mandat pour donner à Lubiak l'espoir de lui succéder. Cet engagement, il l'avait pris solennellement devant les plus grands médias au début de sa campagne. Maintenant il allait lui falloir s'en libérer. Cette perspective surgit comme un picotement sur un membre paralysé. Renier sa parole, trouver d'excellentes raisons de le faire, terrasser Lubiak, être élu une nouvelle fois. Tel un apothicaire méticuleux, il plaçait devant lui les ingrédients de l'antidote à sa dépression. Sa rancune à l'égard de Lubiak n'était pas de nature émotionnelle mais purement reptilienne. Le tuer, au moins symboliquement, ne relevait pas d'une vengeance mais d'une remise en ordre des choses. La feinte du mâle dominant avait marché. Il s'agissait désormais d'anéantir celui qui le défiait. En attendant, il allait le nommer ministre des Finances.

Ses lacets noués, il se regarda une dernière fois dans la glace puis se rendit dans la chambre de Faustine.

Elle y écoutait de la musique baroque. À un niveau trop bas pour faire honneur à l'œuvre. Launay reconnut la *Musique pour les funérailles de la reine Mary* de Purcell, cette jeune reine morte prématurément qui précéda de peu le compositeur dans le néant, à un âge où tout est possible mais rien n'est fait.

Launay alla à la fenêtre, les mains dans les poches, et laissa tomber, grave :

— Je suis élu président.

— Pourquoi, tu en as douté ?

— Un peu.

— Pour que les Français basculent dans la droite radicale, il faudrait des circonstances exceptionnelles. Elles ne sont pas réunies.

Elle laissa s'installer un long silence qu'elle n'interrompit qu'après avoir baissé un peu plus la musique.

— Tu vas t'installer à l'Élysée ?

— Non.

— Pourquoi ?

— Parce que tu as toujours dit que tu n'y viendrais pas.

Faustine s'esclaffa soudainement.

— Quel politique tu fais ! Tu vas pouvoir rouler les Français dans la farine pendant cinq ans. Mais épargne-moi, je t'en prie. Je sais bien ce que tu trames.

— Et qu'est-ce que je trame, d'après toi ?

— À l'Élysée, tu ne pourras pas recevoir ta maîtresse comme tu le fais ici. Elle dort dans ta chambre. Je sais qu'on t'a conseillé de fermer la porte pour des raisons de sécurité, mais je ne suis pas dupe. Si je ne vois pas, je sens.

— Tu sens quoi ?

— Je vais dans ta chambre le matin, je flaire un parfum de femme et aussi parfois, je dis « parfois » sachant que tu n'es pas très porté sur la chose, des effluves de… mélange entre les corps. Même le plus tordu des paparazzis de la presse people ne pourrait imaginer que le président amène sa maîtresse sous le toit de sa femme. Alors qu'est-ce qu'il se dit, le président ? Qu'à l'Élysée il se fera tout de suite piéger. Dans un appartement en ville, n'en parlons pas. Alors il se vautre dans le sordide. Car voilà le personnage. Parce qu'il est ivre de désir comme

93

d'autres hommes politiques priapiques qui éjaculent comme ils mentent ? Rien de cela. Notre homme aime le pouvoir. Sur sa femme, sur sa maîtresse, défier la morale et la bienséance, s'en torcher. Alors mauvaise nouvelle, président, la vieille aveugle déménage à l'Élysée, pour y créer une ambiance de fin de règne alors que celui-ci ne fait que commencer.

Launay ne répondit rien. Puis :

— On reprend la guerre ?

— Non. Tu as réussi à te débarrasser de tes deux filles. La première en l'envoyant au ciel, la seconde en la précipitant dans les bras d'une Amérindienne au Canada. Tu ne te débarrasseras pas de moi. Tu ne vivras pas avec cette femme. D'ailleurs, dis-lui de changer de parfum, ses effluves trahissent la basse extraction de celle qui le porte.

L'échange s'était fait sans élever la voix. Parler haut, c'est souvent penser bas, et aucun des deux ne voulait y succomber.

Son chauffeur le conduisit jusqu'à son quartier général. Tout Paris s'y pressait déjà. Industriels, artistes, écrivains, opportunistes de tout poil attirés par la lumière d'un pouvoir naissant. Tout allait se jouer, se nouer dans les prochaines semaines et la confluence d'intérêts individuels créait cette grappe réjouie. Une grande partie de la superstructure d'État allait changer dans un ballet de dossiers et de cartons. De nouveaux cercles allaient se former, de plus en plus réduits jusqu'à celui du président lui-même, une cour de hauts fonctionnaires et de militaires sortis des mêmes écoles, d'industriels espérant les faveurs du nouveau régime, un mélange de facilités légales et d'exemptions fiscales. La culture, exception française dans tout ce qu'elle a de bon et de mauvais, allait voir ses cadres renouvelés. Le robinet à subventions allait changer de mains, d'affinités, de réseaux, et même si la nostalgie d'autres époques était

94

plus forte que l'espoir des temps nouveaux, chacun se devait d'en profiter.

En deux semaines, une nuée de collaborateurs de l'ancien régime allaient céder leur place à d'autres, ils seraient dignement recasés, par tradition nationale, en attendant de revenir aux affaires et de traiter ceux qu'ils remplaceraient avec les mêmes égards. Le changement des hommes ne doit jamais compromettre la pérennité du système et le doux ronronnement de ses privilèges, dont les règles d'attribution ont apparemment peu varié depuis 1789. Les diplômes ont remplacé la naissance au bémol près que les titulaires des diplômes sont nés pour la plupart dans les mêmes milieux. L'égalité des chances qui faisait le socle de la République s'est érodée. Les hautes sphères de l'Éducation nationale vivent dans leur propre monde en gérant des concepts et des avantages qui excluent les enfants et nombre d'enseignants.

Bref, tout ce qui crée l'inertie française paraissait sur le point de se renouveler selon une version nationale du jeu de la chaise musicale, où l'on compte autant de chaises que de gens qui tournent autour.

19

— Bonjour, madame, j'aurais souhaité parler à M. Benarbi.

— Attendez, je vais voir.

Au mur, deux affiches. *Les hommes du président*, et *Les trois jours du condor*.

Sylvia tapote la table avec la gomme de son crayon. Une minute plus tard :

— M. Benarbi ne travaille plus chez nous, madame.

— Pouvez-vous me dire où il est parti ?

— On n'en sait rien, vous savez, il a donné son préavis, et après, cela ne nous regarde pas.

— Vous devez quand même avoir des contacts avec lui suite à son accident, non ?

— Non, madame.

— Donc vous ne savez pas où je peux le joindre ?

— Je n'en ai pas la moindre idée.

Terence Absalon est absorbé par la lecture d'un document. Il lève la tête.

— Ne lâche pas, elle ment.

Sylvia pose sa main sur le combiné.

— Comment tu peux le savoir ?

— Elle ment, je le sens.

Sylvia reprend :

— Est-ce que nous pourrions nous voir ?

— Je ne crois pas que ce soit possible, madame.

— Pourtant, c'est votre intérêt. Vous ne voulez pas que votre société soit citée dans le plus grand hebdomadaire français sans que vous ayez pu vous expliquer ? Non ? Au moins donnez-moi quelques informations ! Ce monsieur Benarbi, depuis combien de temps était-il dans votre société avant l'accident ?

— Euh… cinq jours.

— Et il en est parti combien de jours après l'accident ?

— Il a été licencié.

— Tout à l'heure vous parliez d'un départ volontaire.

— Oui… enfin non. Après l'accident, nous avons décidé de nous séparer de lui.

— Mais il n'en était pas responsable ?

— Si, la victime n'était pas sur le passage clouté mais tout près, et il roulait trop vite. Nous avons jugé que, s'il n'était pas responsable, il avait commis l'imprudence de conduire trop vite avec une camionnette par temps de forte pluie.

— Pourtant, il venait de démarrer.

— Ça, je n'en sais rien.

— Un témoin de l'accident, le seul, nous a dit qu'il avait quitté un stationnement à peine trente mètres plus tôt, avant de s'engager dans la rue à pleine vitesse. Et curieusement, ce témoignage s'est perdu.

— C'est possible, je n'en sais rien.

— Saviez-vous qu'il avait un casier judiciaire ?

— Non.

— Vous ne savez pas non plus qu'il fait l'objet d'une enquête à propos d'un meurtre commis sur un dealer en Seine-Saint-Denis ?

— Non, comment voulez-vous que je le sache ?

— En revanche, comme DRH adjointe, vous savez peut-être comment il a été embauché ? Par qui ?

— Euh... je ne peux pas vous le dire.

— Mais si... et puis vous verrez, cela vous soulagera. Il a été embauché sur ordre du patron directement, c'est cela ? Ne répondez que si je me trompe.

Un blanc s'ensuivit.

— Bien, merci beaucoup, madame.

Sylvia raccrocha et soupira d'aise.

— Ça va dans la bonne direction, non ?

Absalon leva les yeux de son dossier.

— Et si j'ajoute qu'un contact à la DGSI m'a confirmé que ton Benarbi travaillait pour eux comme indicateur sur les milieux islamistes de la Seine-Saint-Denis, et qu'il était en particulier en contact avec les pèlerins qui se sont fait effacer entre les deux tours de l'élection... C'est lui qui les aiguillait chez les dealers pour financer leurs projets. Comme ça, si on n'arrivait pas à les arrêter pour leur entreprise terroriste, on pouvait les coffrer pour le financement de celle-ci. Mais on n'a pas eu besoin de les coffrer. La DGSI est forcément derrière leur assassinat, comme elle est derrière l'accident de Deloire. Le numéro deux du groupe Arlena, le fidèle d'entre les fidèles de Volone a été assassiné, c'est évident. Reste à savoir pourquoi, à faire le lien. On est sur du lourd, Sylvia, du très lourd, pas un mot à l'extérieur et tu ne travailles que sur ton ordi hors réseau. Dès que Corti saura qu'on est aussi avancés, ils vont nous tomber dessus comme la grêle de mai sur les vieilles vignes. Pas un mot à Lamarck, il essaierait de nous tirer les vers du nez, rien, enquêtes de routine. Pas plus qu'aux amis. Les amis, même les mieux intentionnés, finissent par parler.

Il s'interrompit pour regarder à travers la lucarne de leur bureau qui donnait sur un jardin intérieur, mélange de galets et de plantes déprimées par l'absence de lumière.

— On continue comme ça.

Il regarda sa montre.

— C'est l'heure de déjeuner.

Rendez-vous avait été pris par Sylvia avec cette femme qui avait apparemment des révélations à faire sur un homme politique. Ce genre de témoignage spontané ne débouchait généralement sur rien. Il entrait dans la catégorie des centaines de petits poissons qui passaient à travers les mailles de son filet. Sylvia avait insisté, et même si elle ne connaissait pas encore bien le métier, il avait une confiance instinctive dans ses intuitions.

— Tu sais pourquoi je t'ai dit que ton interlocutrice mentait tout à l'heure ? Parce qu'elle a fait mine d'aller chercher des informations qu'elle avait déjà. On lui a dit de se taire, c'est évident. Notre métier est semblable à la recherche scientifique. Il est hypothético-déductif.

— C'est-à-dire ?

— Quand Deloire meurt de mort accidentelle, sachant quel homme c'était, on se pose immédiatement la question de la conspiration. Idem pour les islamistes. Leur assassinat entre les deux tours ? C'est énorme. Et pourtant les coups montés les moins fins sont souvent l'œuvre de services secrets sophistiqués qui parient sur la crédulité de la masse. La masse croit que c'est fortuit. Ne pas y croire lui demande un effort trop important. Elle se dédouane de son laxisme en se disant : « Si c'était un coup monté, ce serait vraiment trop gros pour être vrai. » Le champ de la servitude volontaire qui s'ouvre est infini, tu verras. Et ceux qui veulent lutter contre, une infime minorité.

D'une beauté évidente, elle évoluait au milieu de la quarantaine sans inquiétude pour la suite. Elle n'était pas le genre de femme à se précipiter dans un nid de guêpes pour retendre maladroitement des lignes qui n'en faisaient de toute façon qu'à leur tête. Il semblait qu'elle n'en aurait jamais besoin, tant l'architecture de son visage était forte. La candeur non jouée et une profonde tristesse cohabitaient pacifiquement derrière ces traits d'une exquise franchise. Elle plut immédiatement à Terence. Ce qui déplut à Sylvia. Sa voix grave et douce ne répondait à aucun calcul. Elle raconta son histoire sur un ton d'une étonnante neutralité.

Les faits remontaient à vingt-sept ans. Le contexte était celui d'un rallye entre enfants de grandes familles. Le lieu, un appartement spacieux du 6e arrondissement. L'heure… Elle s'interrompit. Un homme seul de type moyen-oriental s'était placé dans son champ de vision.

— Je suis suivie en permanence. Il me fait suivre.

— Qui ?

— Vous le découvrirez vous-même.

L'heure donc. Nuit finissante, jour qui n'ose pas. Au fond de l'appartement. Elle s'y est endormie vaincue par l'alcool. Ou presque. Ils entrent, deux, ivres. Un dominant, un dominé, veule et obéissant. Un Corse, pas d'autre souvenir de lui. Ils lui parlent. Elle n'est pas en état de soutenir une conversation. Le dominant lui soulève sa robe, lui arrache sa culotte, la pénètre, tout en conservant son verre à la main. Un défi, aller et venir en elle sans le renverser. Il y parvient. Il se retire et reprend la cigarette qu'il avait posée dans un cendrier. L'autre, le Corse, voyant le chemin libéré, s'y engage. Il peine, peine. Le dominant le raille. Il termine enfin. Les deux se redressent, difficilement. Ils se rajustent. Le dominant réalise qu'il fume le filtre. Il éteint la cigarette. Dans l'intimité de la fille. Ils sortent.

— Vous êtes prêts à commander ?

— Pas tout à fait.

Échange triangulaire de regards consternés. L'homme est toujours là. Chemise près du corps, costume ajusté, chaussures vernies, bout pointu, immaculées. Bel homme, barbe de trois jours uniforme.

— Vous avez porté plainte ?

— Non, peur du scandale.

— Vous en avez parlé à d'autres ?

— Jamais.

— Pourquoi maintenant ?

— Parce qu'il se prépare à accéder à des fonctions qu'il ne mérite pas.

— Vous imaginez bien qu'on ne pourra jamais rien prouver. On serait sous le coup de la diffamation. Quel intérêt pour nous ?

— Vous saurez à qui vous avez affaire. Et puis vous pouvez peut-être retrouver le deuxième, le Corse. Je ne sais pas. En parler, c'est pour moi une façon d'en finir. J'ai réussi tout de même à faire trois enfants et malgré deux cancers je suis toujours en vie.

— Votre mari le sait ?

— Non.

— Vous ne voulez pas nous dire qui c'est ?

— C'est quelqu'un qui prend quand on ne lui donne pas.

— Pardonnez-moi, mais des politiques comme ça, il y en a pléthore. Vous l'avez revu ?

— Plusieurs fois. Il s'est excusé, mélange drogue alcool, la tension des examens, il préparait l'ENA. Je lui ai dit que rien ne pouvait expliquer son geste d'écraser sa cigarette là où il l'a fait. Ensuite, il a tout essayé pour me séduire. S'il me possédait de mon plein gré, le viol serait effacé. Il le vit mal et de façon presque obsessionnelle.

— Sa femme… ?

— Je ne sais pas. Il dit qu'il est prêt à la plaquer pour moi.

— Vous pourriez lui pardonner ?

— Non, évidemment.

— Pourquoi l'avoir revu ?

— La victime qui pense reprendre le pouvoir sur son bourreau en essayant de se convaincre qu'elle n'est victime de rien. Bien sûr, cela ne marche pas.

— Vous consultez ?

— Oui.

— Son nom ?

— Stambouli.

Sylvia et Terence marchaient, pensifs.

— Sauf si elle a les moyens de faire croire qu'elle est suivie en se payant un garde du corps, la seule présence de cet observateur attentif indique que l'affaire est sérieuse. Tu veux t'en occuper ?

— À la façon dont tu la regardais, je pensais que tu voudrais l'exclusivité sur le dossier.

Sylvia se voulait malicieuse, la réponse fut lapidaire.

— Je n'ai jamais aucune relation personnelle avec les gens qui entrent dans le champ de mon radar professionnel. Ni cibles, ni témoins, ni collaborateurs.

Une petite fleur passée au lance-flamme. Ainsi fut traité l'espoir que Sylvia avait caressé de peut-être... tout en ayant conscience que l'homme n'était pas... Pourtant elle avait rêvé du couple d'investigateurs dédiés à leur mission.

— Tu penserais à qui, toi ?

— Les dates, le profil psychologique, l'école, cela rétrécit le spectre. Mais il reste quelques candidats. Je serais toi, je ferais une liste des possibles, et ça viendra naturellement. Il faudrait au moins son accord, une fois qu'on aura trouvé, pour qu'elle confirme notre découverte. Sinon, ça va se transformer en jeu de piste et ça ne m'amuse pas. Sois ferme avec elle.

20

Élisabeth Spaak venait d'être désignée par le président pour être sa première collaboratrice, son couteau suisse, une personne formée pour donner son avis sur tous les sujets. Sortie de l'ENA à l'inspection des finances, X-Mines, elle était en théorie, malgré son jeune âge, la trentaine, apte à les cerner en un temps record et les remettre instantanément dans la perspective de son employeur. Launay ne la connaissait pas, mais on lui avait chaudement recommandé la jeune femme pour en faire son disque dur supplétif, sa mémoire auxiliaire, ses yeux dans la nuit. Sa nomination n'avait rien changé à son regard. Elle n'y voyait pas une récompense mais la reconnaissance du niveau intellectuel auquel sa mémoire et son hyperactivité l'avaient conduite très naturellement. Sa conformation cérébrale laissait dans son cerveau peu de place à la sensibilité et l'espace dédié à la morale était inféodé à l'efficacité.

Elle ne souriait jamais, ni de la bouche, ni des yeux. La sensualité semblait un domaine endormi au plus profond d'elle-même par la conjonction de phénomènes aléatoires. Elle devait coordonner l'équipe des conseillers, restreinte par principe. Launay détestait être confronté à plusieurs personnes en même temps. Le groupe le dérangeait par essence, l'origine de cette aversion sociale pouvant sans grand risque d'erreur être rapprochée de la solitude de son enfance. Spaak serait désormais le goulot, le tamis, la synthèse de ses conseillers. Launay, dont l'humour était particulier, répéta le même mot d'esprit que celui qu'il avait lâché le soir du débat.

— Maintenant que nous sommes certains d'être à la tête de l'État, il est temps de bâtir un programme. L'obsession de vaincre l'extrême droite nous a permis de faire campagne sans pratiquement d'autre idée que de la battre. Qu'est-ce que vous proposez ?

La jeune femme se gratta brièvement le bout du nez.

— Il faut une tendance, et quelques grandes actions d'éclat, qui resteront liées à votre quinquennat dans l'esprit des gens. La tendance, c'est alléger le coût du fonctionnement public et lui donner plus d'efficacité sans créer de conflit grave, libérer les petites entreprises pour créer de l'emploi, récupérer de l'argent sur les grandes boîtes françaises ou étrangères qui échappent à l'impôt en France tout en y faisant des bénéfices substantiels. Montrer qu'on reprend à l'Europe le pouvoir qu'elle ne mérite pas, se démarquer des États-Unis et…

— Tout ça, je connais. Les actions d'éclat ?

— Un référendum.

— Un référendum ? Ce n'est pas un peu dangereux, en début de mandat ?

— Non, au contraire, ce serait une façon de donner le sentiment de bâtir.

— On met quoi dedans ?

— Une réforme de la Constitution. On introduit beaucoup plus de proportionnelle dans le mode de scrutin. De cette façon, la droite radicale sera représentée.

— On fait entrer le loup dans la bergerie.

— Si on ne le fait pas, c'est eux qui mettront le feu à la bergerie. Il faut les mettre à l'épreuve du pouvoir. Dans trois ans, ils seront carbonisés par les dissensions internes et les affaires politico-financières. Ensuite on s'attaque à la classe politique. On limite le cumul des mandats, pour de bon, cette fois. Et surtout, on limite le nombre de mandats. Pas plus de deux. Vous allez voir l'intérêt de la chose. Ensuite on réforme le couple président / Premier ministre. L'Assemblée désigne le Premier ministre, et il gouverne pour de bon. Le président ne garde en direct que l'international, l'Europe, la défense et le long terme. Il peut dissoudre à tout moment l'Assemblée. Deux dissolutions et les députés perdent la possibilité de se représenter. Le président est au-dessus des partis même s'il peut en être issu, ce qui dans l'avenir ne sera pas une obligation. Il garde la possibilité de faire passer un train de mesures par référendum si l'Assemblée est incapable de s'accorder. La durée du mandat du président doit être dissociée de celle des députés. On revient à sept ans. Le président est là pour voir loin. On lui adjoint d'ailleurs un comité qui le conseille sur le long terme et qui définit des propositions à cet horizon. Le président dans cette nouvelle configuration ne peut faire qu'un seul mandat pour lui éviter toute pression électoraliste. Si le référendum est voté, de droit votre mandat passerait de cinq à sept ans. Vous respecteriez votre parole de ne faire qu'un mandat.

— Comment savez-vous que j'ai l'intention de rester plus de cinq ans ?

— Raisonnement fondé sur les probabilités, monsieur le président. La probabilité qu'un homme politique veuille faire le contraire de ce qu'il dit est très élevée. La probabilité qu'un homme politique souhaite persévérer dans le pouvoir qui est le sien est aussi très élevée. Par ailleurs, si je peux me permettre, je sais que cette promesse a été faite essentiellement pour tenir à distance M. Lubiak et éviter qu'il torpille votre campagne. Il lui faudra attendre deux à trois ans de plus, voilà tout. D'ailleurs sera-t-il toujours intéressé par la fonction dans sa nouvelle configuration ? Qu'en pensez-vous ?

— Tout cela mérite réflexion, mais ça me paraît intéressant.

— J'ajoute que si vous souhaitez vraiment marquer votre époque, il faut un train de mesures démocratiques allant dans le sens d'une vraie séparation des pouvoirs.

— Comme ?

— L'élection de procureurs indépendants de la chancellerie.

— Et dans le domaine économique ?

— Casser le clivage capital / travail. Participation des salariés au capital des entreprises, suppression progressive des régimes dérogatoires, mais ce serait trop tôt.

— Les chances que le référendum soit adopté ?

— Très élevées. L'extrême droite et les centres y seront forcément favorables. Ce qui vous fait dans les 47 % acquis. Trouver 3 à 4 % chez vos propres électeurs, cela ne devrait pas poser de problème.

— Dans cette configuration, avec le nouveau mode de scrutin, l'extrême droite aurait combien à l'Assemblée ?

— 25 à 28 %. Pour deux raisons : le système électoral lui-même, et les électeurs ne sont pas aussi nombreux aux législatives, le jeu y est plus complexe. Si j'ajoute l'aile droite de votre parti, si vous me permettez, Lubiak et les siens… qui sont capables de faire défection à tout moment, par hypothèse bien sûr…

— Bien sûr…

— … la droite radicale dans son ensemble ne dépassera pas 45 % de l'Assemblée.

— Je vois.

Launay réfléchit en fixant une veine dans la boiserie. Il avait gardé les meubles de son prédécesseur. Les objets lui étaient indifférents pour peu qu'ils supportent avec une relative neutralité sa réflexion. D'un léger signe de la tête, il encouragea Spaak à poursuivre tout en pensant qu'il lui faudrait s'habituer au silence des lieux.

— La redéfinition du rôle présidentiel va dans le sens qu'attendent les Français. Un homme d'État, la figure paternelle au sens freudien du terme, relativement au-dessus des partis, avec de vrais pouvoirs d'impulsion et de censure, une relation très directe aux électeurs par le référendum, tout en évitant l'agitation du quotidien.

— En quelque sorte un Dieu serein qui regarde amusé les prophètes s'agiter. Mais dites-moi, Lubiak va nous le faire payer cher.

— Surtout qu'après l'approbation du référendum vous ne serez plus en mesure de lui garantir un portefeuille ministériel. Le Premier ministre aura alors toute latitude de choisir ses ministres sans solliciter votre avis.

— Cette réforme va politiquement l'atomiser. Je l'ai connu chien fou, il sera enragé. Votre idée me plaît. Elle permettrait de frapper un grand coup. Formons d'abord ce gouvernement de transition. On prend qui ? La donne change. Le Premier ministre que je vais désigner doit accompagner cette réforme pour en faire ensuite les frais puisque c'est l'Assemblée, donc les partis, qui le désignera dorénavant.

— Libreton ?

— Oui, il est assez servile pour la nécessité qu'on en a.

21

La migraine soufflait dans son crâne comme le vent dans un palais ouvert. Contrairement à la moyenne des gens, la contrariété n'était pas à l'origine de son mal. La migraine agissait plutôt comme le signe avant-coureur, le pressentiment d'un ennui à venir dans un délai qui en général n'excédait pas quelques jours. La violence de la douleur indiquait l'imminence d'une grande contrariété. Chaque mouvement de tête la crucifiait.

Un compte rendu d'écoute s'étalait devant elle, le premier après la sonorisation du cabinet du docteur Stambouli. Sa patiente était une femme, dont l'identité lui était inconnue à ce stade. La conversation était anormalement longue pour une consultation de psychanalyste. Il ne s'agissait pas de leur première rencontre, mais de la seconde selon son carnet de rendez-vous, dont un agent avait photographié les pages. Lorraine, qui dans sa douleur cherchait l'esquisse d'une satisfaction, dut reconnaître que cette position de voyeuse lui plaisait. D'ailleurs, elle ne se souvenait pas dans sa propre vie d'un orgasme qui n'ait été déclenché non par l'acte lui-même mais par le fantasme d'en avoir été la spectatrice. Elle était donc à sa place, dans ce bureau étroit à la fenêtre aussi longue et triste qu'une tête de carême ou qu'une femme de Modigliani. Elle avait la reproduction d'un de ses tableaux sur le mur et une photo de son fils qui fuyait l'objectif. Si cette migraine continuait, elle allait contrecarrer ses plans. Ce soir-là, son fils dînait et couchait chez son père. Vincent essayait de racheter son absence à la représentation de Gaspard. Lui qui se prenait pour un comédien rare avait raté le spectacle de son fils. Un acte manqué. Un accrochage en moto à la Bastille qui avait duré parce qu'il avait oublié ses papiers chez lui.

Le plan de Lorraine était de renouer avec Li, cette photographe chinoise qu'elle avait été chargée de suivre quand elle était la maîtresse du regretté Deloire, le numéro deux d'Arlena, mort renversé par une camionnette un matin pluvieux. L'enquête sur Sternfall, le syndicaliste meurtrier disparu, l'avait éloignée d'elle. Sans doute avait-elle complètement oublié cette nuit de sensualité qui avait suivi leur première et dernière rencontre. Lorraine s'en souvenait comme d'un déluge des sens. Elle avait certes couché avec deux hommes depuis. Un sous-marinier et un espion irlandais, mais aucun n'avait su l'élever là où Li avait perché son plaisir.

Le compte rendu d'écoute montrait que le docteur Stambouli, contrairement à nombre de thérapeutes, n'était pas avare d'échanges avec sa patiente.

— Vous êtes-vous confiée à d'autres que moi sur le sujet ?

— Pendant très longtemps personne. Pas plus que je n'ai consulté. Mes parents… ma mère est quelqu'un de très volontariste. Elle a été condamnée par la faculté il y a de cela plus de quinze ans pour un cancer incurable. La maladie n'a ni gagné ni perdu. Statu quo. Les médecins l'attribuent à sa seule volonté. Mon père, sans avoir la force de caractère de ma mère, aurait été bouleversé et n'aurait rien su me conseiller. Si je m'étais épanchée auprès de ma mère, elle m'aurait dit : « Ce qui est fait est fait. C'est une réalité. Maintenant tu as deux solutions, ma très chère fille. Soit tu te laisses gangréner par la souillure de cet homme, et il gagne, soit tu la laisses en surface. » C'est l'attitude que j'ai adoptée au début. Je l'ai revu. Je ne l'ai même pas insulté. Je lui ai fait croire que cela ne m'avait pas affectée, que je dépassais son crime, qu'il me glissait dessus comme la pluie sur un ciré.

— Comment a-t-il réagi ?

— Comme peut réagir ce genre d'homme. Il a cru que j'en redemandais. Il s'est alors mis à me harceler pour avoir une relation avec moi.

— Oui, bien sûr, on en distingue immédiatement les avantages. Ce qu'on obtient de plein gré efface ce qu'on a eu par la force.

— Il a tout essayé, y compris de promettre de quitter sa femme et ses enfants pour se laver de ses péchés.

— Y avez-vous cru ?

— Non, je le crois incapable de la moindre empathie, incapable de se figurer ce que j'ai enduré. Mais l'aspect légal lui importe.

— Il est vrai que l'acte en lui-même, sous l'emprise de l'alcool et de la drogue ou en toute conscience, il ne peut s'en exonérer. L'alcool comme la drogue ne peuvent que révéler ou amplifier quelque chose qui est déjà là, et qui ne demande qu'à se déclarer. Je ne suis pas persuadé que vous auriez pu vous en sortir en suivant la méthode de votre mère. Vous n'avez certainement pas sa force, de plus, se battre contre la maladie n'est pas se battre contre la tentative de destruction entreprise par un autre être humain. D'autant plus quand cette personne a commis ce geste final d'écraser une cigarette dans votre intimité. Ce geste dit tout sur lui, ce qu'il est à ce moment-là et ce qu'il sera toujours. Que fait-il aujourd'hui ?

Lorraine fit une pause. Elle sortit de son sac un antidouleur du type de ceux qu'on ne donne que dans les hôpitaux. Elle avait deux heures d'avance par rapport à la prescription. Elle hésita puis l'avala en le couvrant d'une longue rasade d'eau. Elle reprit sa lecture.

— C'est un homme politique.
— Un homme politique ? Diable ! Et… un calibre ou un petit…
— Un calibre.
— J'aurais dû m'en douter. La description que vous m'avez faite n'est pas celle d'un homme qui se satisferait d'une petite ambition. Il lui faut tout piétiner pour arriver à ses fins, il prend sans attendre qu'on lui donne, il prend avec avidité. Il est marié, dites-vous ?
— Oui.
— Vous n'avez pas été tentée d'en parler à sa femme ?
— Non. Il me ferait passer auprès d'elle pour une illuminée. Je ne serais pas surprise qu'il lui en ait lui-même parlé, comme d'un dérapage dans une soirée d'étudiants.
— Avez-vous une sexualité normale, maintenant ?
La femme prit son temps pour répondre.
— Il faudrait pour vous répondre que je sache ce qu'est une sexualité normale.
— Votre mari, vous ne lui avez jamais parlé de votre tragédie ?
— Jamais.
— À d'autres ?
— À personne jusque récemment. Sachant que cet homme allait prendre des fonctions importantes, je m'en suis ouverte à des journalistes d'investigation. Au meilleur d'entre eux, à ce qu'on m'a dit, Terence Absalon, et à sa collaboratrice, Sylvia Delaume.

— Et pourquoi ?

— Je ne peux rien prouver aujourd'hui, il est trop tard, mais cela me fait du bien que d'autres sachent. Libre à eux de me croire ou de ne pas me croire. Cette histoire me rattrape. Les deux cancers que j'ai eus, de l'utérus et du sein, le montrent.

— On ne peut évidemment pas exclure un processus de somatisation. Avant moi, vous avez essayé d'autres formes de thérapie ?

— Oui, la méthode qui consiste à faire passer les mauvais souvenirs d'une partie du cerveau à l'autre pour les désactiver, méthode employée pour les femmes violées au Kosovo.

— Aucun résultat ?

— Aucun.

— Nous n'avons pas parlé du deuxième homme.

— Il n'a aucune importance. Un opportuniste. L'autre lui ouvre la voie, il s'y engouffre. Seul, il en aurait été incapable.

— Où se trouve-t-il ?

— Je n'en sais rien, je ne me suis jamais intéressée à lui.

— Pourtant, si vous permettez, c'est lui qui vous transforme en pièce de viande par la répétition de l'acte.

— C'était déjà fait.

— Il serait intéressant de savoir comment cet homme a été géré par l'autre.

— Vous avez raison.

— Bien, madame Bellinville. Maintenant, je crois qu'il est temps que nous remontions un peu plus loin. Même si c'est cet acte qui a profondément modifié votre vie et votre aptitude au bonheur, j'ai besoin de savoir quelle jeune fille vous étiez avant cela.

— Ne me dites pas que vous allez rechercher ce qui m'aurait disposée à me faire violer ?

— Certainement pas. Ne vous inquiétez pas. Je ne suis pas de l'école qui culpabilise les victimes.

Lorraine lut le reste de la transcription, distraite par l'urgence qu'elle ressentait à prévenir son patron qu'un homme politique de premier plan allait faire l'objet d'une enquête d'Absalon.

22

O'Brien déclina l'assiette de charcuterie corse que Corti poussait devant lui. Son français était laborieux mais précis. Difficile de savoir si Corti parlait l'anglais ou pas : il ne s'exprimait qu'en langue corse avec les natifs de l'île et en français avec le reste du monde. Aux autres de s'adapter.

— Vous êtes un peuple difficilement palpable pour nous autres Anglo-Saxons et encore plus pour les Américains. Historiquement, de nos alliés, vous êtes celui qu'on considère le moins fiable. Votre moteur est assez flou. L'argent n'est pas la valeur suprême mais vous l'aimez quand même. Vous voulez être l'exception mais vous profitez de la règle. Vous avez de grands discours sur beaucoup de choses que vous n'appliquez pas à vous-mêmes. On ne vous juge pas, on ne vous comprend pas. Bref, le président a gagné avec une avance plus confortable que prévu. Je crois que notre petite opération n'y a pas été pour rien. Ces islamistes constituaient une menace réelle à terme, nous avons fait d'une pierre deux coups. Maintenant, nous comptons sur le président. Nous ne vous considérons pas comme le maillon faible de l'Europe, mais comme le plus imprévisible. Beta Force par exemple... Vous savez que nous sommes en compétition avec les Chinois pour racheter leur division systèmes. Nous nous heurtons à de nombreux obstacles. Les Chinois ont arrosé beaucoup de monde, pas nous. Il va falloir nous aider sans tarder. Enfin, dernier point, une de vos collaboratrices en sait beaucoup. Beaucoup trop. Je sais qu'il est difficile de vous demander de la... mais si vous ne le faites pas, nous devrons...

Corti renifla brièvement, plusieurs fois. Puis il enfourna ses pommes de terre et mastiqua lentement en regardant derrière O'Brien. Quand il eut terminé, il se rinça la gorge d'une rasade de vin rouge. Et il se décida enfin à parler, toujours sans regarder son interlocuteur.

— Je sais qu'elle est une source de danger. C'est la seule collaboratrice sur laquelle j'ai un gros effet de levier. Je ne vais pas m'en priver. Je déciderai seul la date et l'heure. Que les choses soient bien claires, monsieur O'Brien, vous avez piégé le président avant qu'il le soit et Volone, le patron d'Arlena, mais pas moi. Je ne vous dois rien. J'aime notre coopération. Si vous avez dans l'idée de la transformer en subordination, vous faites erreur. Je viens d'une île où même les chiens ont du mal à se coucher devant leur maître. Vous avez ma parole, elle sera neutralisée, mais quand moi je l'aurai décidé et moi uniquement. J'ai dit neutralisée, pas tuée, chez nous, on ne supprime pas nos propres agents, c'est une des formes de l'exception culturelle. En attendant, je me porte garant de cette femme. Pour le temps nécessaire.

23

Lorraine attendit un long moment. Dans un premier temps, la secrétaire de Corti avait tenté de la dissuader de voir le directeur puis, devant son insistance, elle lui obtint cinq minutes pour exposer son urgence. Corti rentra en milieu d'après-midi, plus voûté que d'habitude, le blanc de l'œil moins frais, les pupilles anormalement dilatées. Il éructait à intervalles réguliers, victime d'une digestion tatillonne. Son humeur s'accordait au reste de sa personne, en retrait significatif.

— Qu'est-ce que c'est que cette panique ?

— Aucune panique, monsieur. Vous m'avez demandé de prendre le docteur Stambouli en charge, c'est ce que j'ai fait.

Il se frotta les yeux, bâilla, regarda à travers la fenêtre.

— Et alors ?

— Alors Stambouli suit une patiente pour un viol qui remonte à de nombreuses années, dont le coupable serait un homme politique de premier plan. Elle n'a pas porté plainte à l'époque des faits, mais voyant l'homme projeté sur le devant de la scène par la présidentielle, elle en a parlé à Absalon.

Le nom d'Absalon eut sur Corti l'effet d'un gant d'eau froide.

— Absalon ?

La surprise passée, il reprit :

— Vous avez une idée de qui il s'agit ?

— Non.

Corti se lissa la joue de la main gauche comme s'il essayait d'effacer sa moue.

— Vous allez me tamponner le journaleux. Il est compétent. Si on se fait prendre à le surveiller, on aura toute la presse et les magistrats sur le dos. Donc soyez prudente. Utilisez qui vous voulez mais personne ne doit connaître l'objet de vos recherches. Continuez aussi à écouter le psychanalyste. Elle finira peut-être par lui révéler l'identité de son violeur avant qu'Absalon ne l'ait trouvé.

24

— Entre ma naissance et aujourd'hui, je crois n'avoir croisé que trois types d'hommes. Les premiers n'ont aucune conviction. Manque ou excès d'éducation, de connaissances, d'intérêts, ils se suffisent dans une logique qui les maintient en vie. Ils ne dérangent personne, ils constituent la masse sur laquelle s'appuient les grands manipulateurs qui eux-mêmes n'ont d'autre conviction que leur ambition, leur intérêt. Ne pas avoir de conviction ne signifie pas forcément manquer de préjugés. Les deux s'accordent facilement et participent d'une même vision du monde, fausse et paresseuse. Les seconds, déjà moins nombreux, ont des convictions. Le travail de leur esprit les a conduits jusque-là, mais il leur manque la force de les défendre. J'ai remarqué que cette lacune s'accompagne d'une capacité impressionnante à justifier la couardise. Les derniers ont des convictions, s'y tiennent et se battent pour elles. Pour certains, ces convictions sont faites essentiellement de préjugés, pour d'autres, de valeurs mûrement réfléchies, ou simplement héritées.

« Tu fais partie de cette catégorie, comme ton père, il en est mort. Il n'a pas réussi dans la grande presse nationale comme toi. Son ton, son attitude n'étaient pas appréciés à Paris. Raison pour laquelle il s'est installé outre-mer. Je suis convaincu qu'il n'a jamais cru qu'ils iraient jusqu'à le tuer, pensant que là-bas, c'est encore la France.

Sa voix tremblait légèrement, ses mains aussi. Émile et Terence Absalon prenaient leur petit déjeuner ensemble chaque jour depuis plus de trente ans.

C'est dans cet atelier de la rue Campagne-Première donnant sur le passage d'Enfer que la nouvelle de la mort de Rémi Absalon était parvenue à Émile, un matin semblable à celui-ci, où le soleil pointait à l'est entre les immeubles, diffusant une lumière charitable.

Comme le personnage de Belmondo, abattu un peu plus loin dans la rue à la fin d'*À bout de souffle*, Rémi était mort par balle. Puis on avait mis le feu à son corps recroquevillé dans un tonneau d'essence. Le peintre avait perdu son fils unique.

— Ton père n'a jamais su trouver sa place avec moi. Il n'est jamais aisé d'être le fils d'un artiste qui réussit. Trop de reconnaissance, trop de liberté. Il est parti faire du journalisme en province puis il est remonté à Paris. Mais tout était trop étriqué pour lui.

Le vieil homme approcha son café de ses lèvres. Il but une longue gorgée et reposa le bol.

— Il a pris des risques pour me prouver quelque chose. C'est ce que je regrette. Sa mort a transformé ma vie en impasse. Je n'ai jamais vécu pour moi-même. Je me suis toujours considéré comme un passeur, entre ceux qui me précèdent et ceux qui me succèdent. La mort de ton père, c'était la mienne. Je n'ai jamais su lui signifier l'importance qu'il avait pour moi, lui faire comprendre que je ne vivais que pour lui, comme je n'ai vécu que pour toi, ensuite. Mon art, ma reconnaissance, mes distinctions pour fait de Résistance, tout cela ne m'a jamais intéressé au-delà de la liberté que cela me procurait. Mon œuvre est appréciée, célébrée, mais je m'y connais assez en peinture pour te dire qu'elle n'est pas si considérable que ça.

Terence l'écoutait, bienveillant.

— Et puis tu es arrivé.

Terence l'interrompit.

— Pourquoi tu me dis tout ça ce matin, tu me l'as déjà dit cent fois, non ?

— C'est vrai, mais la répétition est inhérente à mon âge respectable. Je dois te dire des choses nouvelles, mais avant tu as droit à un résumé des épisodes précédents.

Terence regarda son téléphone, lut rapidement un message sans importance et revint à son grand-père en restaurant son sourire.

— Ce qui va être neuf pour toi, c'est que je t'ai menti. J'avais eu vent d'une relation que ton père entretenait avec une jeune Brésilienne. Le flic qui a enquêté sur la mort de ton père l'avait interrogée. Il se souvenait d'avoir rencontré une femme enceinte. Puis elle a disparu. Je l'ai pistée. Même Joseph Conrad n'avait pas la matière pour une aventure pareille. J'ai fini par la retrouver. Elle était à la fin de sa grossesse.

— Ça aussi, tu me l'as déjà dit.

— Oui, je t'ai dit qu'elle voulait se débarrasser de toi après l'accouchement, te confier à une institution. Je lui ai proposé de subvenir à ses besoins pour t'élever, elle n'a rien voulu savoir. Elle n'est pas morte en couches comme je te l'ai fait croire.

— Je n'y ai jamais vraiment cru non plus.

— Je m'en doutais. Toujours est-il que je lui ai proposé une grosse somme d'argent pour te récupérer après l'allaitement. Ta mère n'est donc pas morte, elle vit toujours.

Terence posa sa main sur celle de son grand-père.

— Je le savais. Que tu me le confirmes ne change rien, je n'ai envie ni de la rechercher, ni de la rencontrer, ni de découvrir que j'ai une ribambelle de demi-frères ou demi-sœurs qu'elle a peut-être eus avec des hommes différents. Elle ne m'intéresse pas. Elle m'aurait intéressé si mon père l'avait aimée. Apparemment, ce n'était pas le cas.

Pour lui, sa mère vivante comme son père mort relevaient d'une information transmise à son cerveau. Mais il n'avait, en dehors d'un besoin de vengeance auquel il refusait de se confronter intellectuellement, jamais pris la mesure de ce qu'ils représentaient pour lui.

Le vieil homme balança légèrement la tête d'avant en arrière.

— C'était un drôle de risque quand même.

— Quoi donc ?

— Prendre mon petit-fils sous le bras alors que j'avais presque soixante-dix ans et faire le pari que je l'amènerai jusqu'à l'âge adulte.

Il soupira longuement.

— Je ferais bien de m'éclipser maintenant, je suis une gêne plus qu'autre chose. Ce n'est pas sain de vivre avec son grand-père à ton âge. Je suis convaincu que cela décourage toutes les filles de faire des projets avec toi.

— Pas du tout. Si je n'invite jamais aucune conquête c'est pour ne pas prendre le risque que l'appartement soit sonorisé par l'une d'elles. Tu voudrais quoi ? Que je te mette dans une maison médicalisée, dans un chenil pour personnes âgées ? Pas moi. Quant à disparaître, il n'en est pas question. Je n'ai pas encore serré l'assassin de mon père. Et nous n'avons pas décidé de ce que nous en ferons. Donc patience.

Il se leva.

— Je vais devoir y aller. Ils livrent les courses entre 18 et 20 heures.

Terence embrassa son grand-père sur le front. Le vieil homme lui prodigua un dernier conseil.

— Ne t'épuise pas. La mouche s'agite, mais elle ne vit pas.

25

Sylvia était en beauté. La jeune femme, qui sans jamais être négligée ne faisait rien pour se mettre en valeur, détonnait subitement dans leur bureau sombre.

— Tu vas au contact ?

— Oui, toujours sur Deloire. Avant d'y aller, je peux te poser une question ?

Terence la regarda, intrigué.

— Depuis quand tu as besoin de mon autorisation pour me poser une question ?

— C'est à propos de ce dossier que tu gardes en direct. Ça me gêne. Je me sens exclue, comme si ta confiance en moi se heurtait à une limite.

— Pas du tout. C'est un dossier ancien, une affaire que je traîne depuis des années, sur laquelle j'avance pas à pas. C'est à Cayenne, une histoire de financement d'infrastructures hôtelières qui remonte à une trentaine d'années. Des dispositions fiscales avantageuses pour les investisseurs métropolitains en vue de favoriser l'investissement outre-mer, pour tel montant investi autant d'exemption fiscale. Je te la fais courte. Dans ce cas précis comme dans d'autres, l'investissement a été surfacturé. Le différentiel a été partagé entre divers protagonistes locaux et le parti du président en exercice à l'époque, enfin, son parti ou lui. Celui qui était en charge du montage, de son suivi et de la répartition de la surfacturation n'était autre que le trésorier adjoint du parti, Lubiak. Il a commencé ainsi. Sa carrière politique a été ralentie suite à cette affaire. Le parti s'est rendu compte qu'il se servait beaucoup, trop par rapport aux normes admises. Un journaliste qui enquêtait à l'époque a été tué et brûlé pour avoir approché de trop près la vérité.

— Tu n'es pas né à Cayenne, par hasard ?

— Si, et par hasard aussi, mon père était le journaliste qui a été assassiné et carbonisé.

Son téléphone sonna. Terence répondit. La conversation fut à sens unique. Il ne dit rien et se contenta de conclure.

— Je comprends, mais nous en reparlerons.

Il raccrocha, fit une moue dubitative.

— Agathe Bellinville, toute retournée. Son ogre a dû lui parler.

— Qu'est-ce qu'elle veut ?

— Elle nous demande de laisser tomber, dit que cela n'a pas d'importance, qu'il n'appartient qu'à elle, la victime, de savoir s'il faut continuer, et elle pense qu'il est raisonnable pour tout le monde de ne pas le faire. Prévisible. Deux secondes, j'ai eu un message pendant qu'elle m'appelait.

Terence l'écouta puis se mit à rire.

— On est sur écoute. Ils viennent de me balancer l'appel d'Agathe sur ma messagerie. Typique d'un bug d'écoute. Je croyais que la pression se relâchait mais non... Et ça, je ne vois que la DGSI pour s'y autoriser. Ce n'est donc pas lié à Lubiak, il est mal vu là-bas. Si la DGSI nous écoute, ce n'est ni à cause d'Agathe ni à cause de Cayenne. Non, les dossiers qui les intéressent, c'est Deloire, éventuellement, ou les islamistes oxydés.

Terence s'interrompit brutalement, prit son téléphone et celui de Sylvia et les entreposa dans le petit réfrigérateur qui occupait un angle de la pièce. Après s'être assuré que la ventouse avait fait son travail et que la porte était bien fermée, il poursuivit :

— Mon contact à la DGSI veut me voir.

— Il bosse où ?

— À l'antiterrorisme.

— Pourquoi te parle-t-il ?

— Je lui ai rendu service à un moment de sa carrière en lui passant des informations qui lui ont permis d'échapper à une purge. Il m'en est reconnaissant.

— On continue sur Bellinville ?

— Évidemment.

Lamarck fit son entrée après avoir frappé. À son air, Terence comprit qu'il était préférable de demander à Sylvia de sortir un moment. Ce qu'il fit avec tact. Lamarck se laissa tomber dans le siège laissé vacant par Sylvia.

— Je vais quitter le journal.

Terence ne pouvait pas décemment exprimer sa satisfaction et encore moins ses regrets, alors il ne dit rien.

— On a eu quelques différends, je suis d'accord, mais je voulais dire que j'appréciais, comment dire…

Terence le coupa.

— C'est difficile à définir. Tellement loin de toi.

— Tu n'as pas idée de la tâche que représente la conduite d'un journal aujourd'hui. Internet nous siphonne des lecteurs, les recettes baissent, les annonceurs sont plus rares et plus exigeants, quant aux actionnaires, compte tenu du naufrage de la presse papier, ils ne sont pas là pour faire de l'argent mais ils veulent en avoir pour leur argent, en termes d'influence et de capacité de nuisance. Tu places le journalisme sur un piédestal, tu as raison. Moi, je dois arbitrer entre des intérêts contradictoires pour ne pas dire antagonistes. Je suis fatigué de faire l'équilibriste. Je te le dis en confidence, l'actionnaire veut vendre. À qui, d'après toi ? Beta Force. Tu ne vas pas tarder à pouvoir faire jouer ta clause de conscience.

Terence fit mine de ne pas être affecté par la nouvelle.

— Pourquoi Arbois veut-il se dégager ? On est juste à l'équilibre.

— Il s'est servi du journal pour aider Launay à gagner. Ce n'était pas difficile de fédérer la rédaction derrière Launay, en gros il n'y avait que lui. Maintenant, ce sera plus difficile de mettre tout le monde en rang, forcément nous allons devenir critiques. Je ne crois pas qu'il souhaite, chaque fois qu'il croise le président, que celui-ci lui rappelle les articles qu'on aura écrits contre lui. C'est le bon moment pour sortir.

— Et tu vas où ?

— Je sors du journalisme.

— Pour moi, tu n'y étais jamais vraiment entré, mais bon… C'est-à-dire ?

— Je reste dans le groupe Arbois, à la holding. Je prends en charge tout ce qui a trait à la presse et à la culture.

— Et pourquoi tu viens personnellement m'en informer ?

Lamarck fut soudainement agité de tics. Terence les connaissait séparément mais n'avait jamais assisté à une représentation d'ensemble. La pluie se mit à tomber dru sur la verrière qui surplombait quelques plantes faméliques arrangées chichement au milieu des galets par un paysagiste désespéré.

Lamarck amena franchement sa lèvre supérieure contre son nez.

— On a eu des différends, mais j'ai beaucoup d'estime pour toi.

— Pas moi, tu le sais.

— Je le sais. Écoute, cette estime va assez loin pour que je te mette en garde. Les belles années sont derrière toi. Beta Force ne pourra jamais tolérer ton obstination. Un marchand d'armes,

125

ce n'est pas un quincaillier à grande échelle, un distributeur de grande consommation.

— Si je comprends bien, vous me donnez une importance que je ne cherche pas. Tu es chargé de me demander de partir, condition pour que Beta Force puisse acheter sereinement.

— Non, mais…

— Mais quoi ? Je les vois bien disant : « OK, on fait un gros chèque, mais ça ne vaut que le pouvoir d'influence. Avec Absalon à l'intérieur, on perd tout contrôle. Dégagez-nous cet hurluberlu et on pose l'argent. »

— Sinon, ils te vireront. Je suis mandaté pour te proposer beaucoup d'argent.

— Un gros chèque ? Pour quoi faire ? Je n'y tiens pas.

— Laisse-moi te révéler le chiffre dont il est question.

— Je ne veux pas l'entendre. Si j'étais à vendre, ni toi, ni Arbois, ni Beta Force n'auraient les moyens.

— Je veux te parler sincèrement, Terence. Une fois qu'on aura cédé le journal, ils vont te pourrir la vie, tu n'imagines pas à quel point.

— J'ai des arguments, ils le savent. Sur les ventes d'armes, il y a des histoires à raconter, de belles histoires à réveiller les petits enfants. Dis à Arbois qu'il garde le journal. Au fond, c'est un actionnaire convenable, et qu'est-ce qu'il va en tirer ? Avec moi dedans, c'est combien, la décote ?

— Au fond, tu manques d'humilité. Ce manque d'humilité mêlé à une forme d'inconscience ne te mènera pas loin.

— Je ne veux pas aller loin, c'est bien cela qui est gênant. Et puis tu peux dire à tes acheteurs que tu as déjà tout essayé, infiltration, diffamation, quoi d'autre maintenant ?

Lamarck se leva.

— Je ne clos pas cette discussion. Je pars à la holding dans un mois, prenons le temps de déjeuner.

— Je n'en vois pas l'intérêt.

— Déjeunons quand même. Je sais que ton approche binaire du monde, pour ne pas dire ta psychorigidité, ne favorise pas le dialogue, mais je ne désespère pas.

— Le compromis, cela revient à se balader avec un pantalon baissé, en tire-bouchon sur les chevilles. Je vis dans mon monde, pour dénoncer le tien.

— Ton monde n'est pas le vrai monde, Absalon. C'est facile quand on est le petit-fils d'un peintre de renom, héritier d'une belle collection, de se donner des airs de justicier. Si tu avais une famille à nourrir sans un euro devant toi, tu serais peut-être plus réaliste.

— La disparition de mon grand-père n'est jamais entrée dans mes calculs. Je vais d'ailleurs t'apprendre quelque chose sur ce sujet, puisque l'art t'intéresse. Je ferai don de toutes les œuvres qui nous appartiennent à des musées.

26

L'assistante de Lubiak déposa trois cafés et des rafraîchissements sur la table qui servait aux réunions à cinq enjambées du bureau du ministre, un très large plateau en verre fumé. La décoration de la pièce restait en suspens. Lubiak avait refusé les œuvres du Mobilier national qu'on lui proposait. Il voulait des photos, modernes, de grande taille, d'inspiration urbaine avec de vastes perspectives. D'une photographe chinoise dont on parlait beaucoup. Malheureusement, ces photos n'étaient pas données.

— Nous n'avons pas le budget pour cela, monsieur le ministre, avait rétorqué un obscur intendant de l'administration dont il venait de prendre la tête.

Lubiak s'était chargé de lui expliquer les évolutions qu'il comptait imprimer dans la logique des choses, pour ce ministère.

— Voyez-vous, mon vieux, je viens d'être nommé. Une nomination pour cinq ans. Pourquoi cinq ans ? Parce que devenir Premier ministre ne m'intéresse pas, et que, dans cinq ans, je serai président. Je vais faire beaucoup pour ce pays. Je pense que ce pays a les moyens de m'offrir un tableau de cette Li Machin pour agrémenter le lieu où se posera mon regard quand je réfléchirai à des matières capitales pour la nation.

L'intendant s'en était trouvé tétanisé.

Lubiak laissa les deux hommes s'installer autour de la table de réunion avant de se lever de son propre bureau. Puis il se déplia, le temps de renforcer l'air d'importance qu'il avait décidé de se donner. Les deux hommes ne disaient rien et s'observaient. L'un – costume gris perle, lunettes carrées, visage sans aspérité ni particularité, expression froide et presque menaçante – était une caricature du haut fonctionnaire interchangeable, formaté à penser vite et conforme. L'autre travaillait ses attitudes sans parvenir à dissimuler son extraction modeste. Ses parents tenaient une boulangerie dans la rue centrale d'une petite ville aux marches du Nord, à mi-chemin entre deux feux rouges qui constituaient la principale attraction de cette bourgade dont l'âme se perdait dans les émanations toxiques des poids lourds qui la traversaient. Ses traits accessibles à la médiocrité étaient gâchés par un cou flasque qui lui tenait lieu de cache-col. Ce dernier laissait augurer un corps gras, mais il n'en était rien. L'effort pour porter un costume de prix était ruiné par des chaussures sans qualité, à la forme et à la teinte aléatoires.

Le haut fonctionnaire jaugea son interlocuteur d'un coup d'œil fugace.

— Je ne crois pas que vous vous soyez déjà rencontrés, lança Lubiak en s'asseyant. J'ai une grande confiance en chacun de vous deux. Gérard est à mes côtés depuis une bonne dizaine d'années. Il me connaît bien. Mais il n'a pas votre connaissance d'un grand ministère comme celui-ci. Je lui ai demandé de rejoindre le cabinet, un peu hors hiérarchie, pour traiter les dossiers spéciaux. Vous serez tous les deux auprès de moi pendant longtemps, pour peu que le trio fonctionne. Vous n'avez ni la même formation ni la même culture, mais vous avez le même âge, celui auquel il ne faut pas se tromper de mentor. Vous ne serez jamais oubliés, ni l'un ni l'autre, ni aujourd'hui ni demain. Ici, c'est par définition le lieu où l'intelligence est

129

vraiment récompensée. Je parle de récompense, pas d'honneurs. Moi président, dans cinq ans ou plus tôt, sait-on jamais, vous serez toujours mes plus proches conseillers ou ministres. Un ancien président qui ne manquait pas de sens politique, même si je ne l'aimais pas, avait deux personnes sur lesquelles il se reposait. Il disait à qui voulait l'entendre que l'une était pour le droit et l'autre pour le tordu. Vous, ce sera un peu différent. Chacun aura sa dominante mais... solidarité avant tout. Disons que Cédric va s'occuper du ministère verticalement et Gérard plus transversalement, mais toujours avec l'approbation préalable de Cédric. Pas de rivalité, c'est tout ce que je vous demande, celui qui essayera de doubler l'autre sera toujours le perdant avec moi.

La voix sucrée parfois jusqu'à l'écœurement qu'affectait de prendre Lubiak était celle qu'on lui connaissait dans les médias. Elle était d'autant plus douce que le mensonge qu'elle véhiculait était de taille. Cette fausse humilité dans le langage n'avait d'autre but que de masquer une arrogance primitive. La rondeur simulée couvrait une brutalité de chef de bande maladroitement enfouie. Cette réunion avec ses deux lieutenants posait les termes d'une longue collaboration supposée le porter jusqu'à l'Élysée. À 35 ans, Cédric Debord pensait faire le bon choix. Directeur de cabinet du ministre, son cursus d'inspecteur des finances faisait de lui le maître de Bercy. Une grande carrière administrative ne l'intéressait pas. Il se voyait en roi de la finance à la tête d'un fonds d'investissement de plusieurs milliards d'euros, acheter, vendre des entreprises en réalisant des plus-values énormes, rémunéré au pourcentage des fonds gérés et des profits, de quoi mettre à l'abri des générations de petits Debord. Il se servait de ses prestigieux diplômes comme le tricératops de sa collerette, pour dissuader les prédateurs de le sous-estimer. Malgré son jeune âge, il avait déjà quatre enfants planifiés et conçus avec méthode. Non qu'il aimât profondément les enfants, mais l'éducation de ces créatures, leur formatage le fascinait. Il n'avait pas particulièrement d'estime pour Lubiak. Il aimait son énergie et leur objectif commun : gagner un maximum d'argent en un minimum de temps. Mais cela n'aurait pas suffi à le lier à son ministre, si celui-ci ne lui avait pas fait miroiter la perspective mirobolante d'investissements en France de ses amis du Golfe : plusieurs dizaines de milliards d'euros à placer durant les cinq années à venir, ce qui d'autorité faisait de Debord leur plus proche et plus avisé conseiller. Pour éviter tout conflit d'intérêts, sa rémunération pour ce travail serait habilement dissimulée dans un pays où il aurait ensuite toute latitude pour la récupérer. Il était d'ailleurs le rédacteur du premier rapport adressé aux émirs du Golfe pour vanter la France, terre d'investissement de long terme. Le document passait en revue toutes les opportunités. À l'instar des Français peu confiants dans leur propre économie, ils avaient décidé de privilégier l'immobilier. Viendrait ensuite le temps d'opportunités industrielles choisies, dont le rendement pourrait être poussé par des manœuvres couvertes par Bercy.

Gérard Mansion serait l'homme de main de cette organisation. Sa servilité à l'égard de Lubiak tenait à son étonnement d'avoir été propulsé aussi haut par son maître, lui que son milieu social et ses études modestes destinaient à une vie des plus moyennes. Au contraire de Debord, il n'entretenait aucune famille et l'argent qu'il percevait lui permettait de divertir un pool de maîtresses ébahies par ses fréquentations et son importance, dont il faisait étalage en leur sein, même si sa discrétion sur le fond n'était jamais prise en défaut.

Debord avait compris d'instinct la valeur ajoutée par Mansion à son association avec Lubiak. Il était l'homme fusible, la figure historique d'exécuteur des basses œuvres, celui qui jouit dans le crime, ne se plaint jamais, n'avoue jamais ses fautes qui à ses yeux n'en sont pas.

Lubiak, satisfait de cette réunion de cadrage, ne les laissa pas sortir sans leur avoir servi son credo, la genèse de la liberté qu'il s'autorisait. Il leur raconta le suicide de son père, sautant par la fenêtre un matin de Noël alors que lui et ses sœurs déballaient leurs cadeaux. Cette anecdote morbide n'avait d'autre intérêt que de justifier le fait que Lubiak s'arroge le droit de tracer lui-même la frontière entre le bien et le mal. Une façon de se rédiger à lui-même un chèque en blanc.

27

La moto était unique : un Scrambler Ducati acheté récemment, le seul luxe de Lorraine. Elle aimait s'asseoir sur la machine, écouter son moteur, puis l'enfourcher pour traverser Paris. Elle sortait du garage de la DGSI par la rampe qui menait dans la rue, quand elle pila devant un homme qui l'attendait, casque en main, crâne rasé, blouson serré.

— Je peux ?

Sans plus de manières, Lestang s'assit derrière elle.

— Et où va-t-on ? demanda Lorraine, encore toute à sa surprise.

— Où tu veux, du moment qu'on a un peu de temps.

— Comment tu as su que j'allais sortir ?

— J'ai un informateur. La DGSI coopère difficilement avec les services de renseignement de l'armée, alors on s'organise.

La machine s'ébroua.

— L'avantage, c'est que dans cette position personne ne peut nous écouter, le moteur nous couvre.

Ils roulèrent un moment en profitant de l'air tiède. Puis Lestang se décida à parler alors que Lorraine maintenait une allure lente.

— Un contact à la DGSE m'a demandé d'intervenir auprès de toi. Ils ne sont pas très contents de la façon dont tu les as

133

traités lors de ton séjour en Irlande. Mais ils savent que tu n'es pas directement responsable pour leur agent qui a percuté un camion de lait dans le comté de Wicklow. Là où cela devient moins comique, c'est qu'ils ont appris que la CIA projette de te descendre. Pour des raisons que tu dois connaître, j'imagine. Connaissant nos bonnes relations, ils m'ont donc demandé de te proposer de travailler pour eux, en sous-main. Tu n'aurais pas besoin de quitter la DGSI. En retour, ils assureraient ta protection. Ils te laissent deux jours pour réfléchir.

Lorraine immobilisa la moto, prise d'un vertige soudain. Son cœur s'était emballé, du plomb liquide coulait brûlant dans ses veines. Une image de son propre corps sans vie lui traversa l'esprit, effrayante. Suivie d'un instantané de son fils, le regard perdu dans l'immensité. Elle voulait courir, fuir, prendre son fils sous le bras et disparaître. Le regret de son choix de vie, de s'être fourvoyée dans le renseignement fondit sur elle. Lestang, qui malgré sa distinction savait à l'occasion manquer de tact, interrompit le film de sa déchéance.

— Tu sais, c'est la première fois que mes attributs masculins se trouvent aussi près de la cambrure d'une femme. Et je mesure à l'instant même tout ce que j'ai pu rater en ne me consacrant qu'à celle de mon propre sexe.

Lorraine ne releva pas, perdue dans des pensées anarchiques. Puis elle finit par dire :

— Si Corti apprend que je travaille pour quelqu'un d'autre, ce sera la fin pour moi.

Lestang huma fortement l'air dont la pureté était plus que relative.

— Mais Corti ne te protégera pas.

Sa première réaction fut de fuir. Loin, très loin avec son fils. Mais se soustraire était impossible, elle le savait bien. La planète était une toute petite sphère à l'échelle du monde du renseignement. Il était possible de la localiser à tout instant, au centimètre près, de voir si ses ongles étaient faits, si la racine de ses cheveux se décolorait normalement, si la légère protubérance qui se développait sur l'aile de son nez, à gauche, était maligne ou bénigne. Respirer lui demandait un effort colossal. On voulait la tuer d'en savoir trop alors qu'elle ne connaissait qu'une partie d'un tout qui la dépassait complètement. La supprimer permettrait d'effacer une partie du chemin qui conduisait à la vérité. Elle fut tentée de retrouver O'Brien, de le supplier, mais quel était son pouvoir exact, elle l'ignorait. Collaborer avec la DGSE ne la sauverait pas. Ils lui soutireraient ce qu'elle savait avant de la lâcher dans la nature, seule face à la vengeance de Corti. Se réfugier auprès de Corti, tout lui raconter renforceraient chez lui le sentiment que Lorraine devenait convoitée, donc dangereuse. Elle n'entrevoyait aucune solution. Elle finit par demander à Lestang ce qu'il ferait à sa place.

— Je ne suis pas à ta place, Lorraine. Je ne sais pas ce que tu sais. Je ne peux pas non plus mesurer la réaction de Corti dans chacun des cas de figure. Nous exerçons un métier de solitaires. C'est pour cela que nous l'avons choisi. Personne ne peut se substituer à notre jugement. Notre communauté est faite d'électrons libres qui donnent l'illusion d'une cohésion d'ensemble. Je n'imagine pas qu'une femme comme toi puisse se retrouver échec et mat. Si c'est le cas, c'est bien regrettable. Mais je serai là quand tu le souhaiteras, tu sais où me joindre.

Lestang descendit de la moto, enleva soigneusement son casque, et bien que son crâne fût rasé, il se passa la main sur la tête comme s'il remettait de l'ordre dans sa coiffure. Il rajusta ensuite son blouson de cuir et se fondit dans la foule dense à cette heure. Si grise le matin même, la capitale prenait des couleurs juste avant de sombrer dans la pénombre naturelle d'une fin de journée de printemps.

Lorraine resta garée un long moment au même endroit. Elle hésitait à pleurer. Un sentiment de révolte, plus approprié, effaça ses larmes naissantes. Le système dans lequel elle se mouvait avec servilité depuis plusieurs années la rejetait comme un serpent le fait de sa peau morte. Elle tenta d'imaginer comment ils allaient s'y prendre pour l'éliminer. La mort de Deloire lui revint en mémoire avec vigueur. Alors que jusque-là, par accommodement avec elle-même, elle s'était refusée à développer dans son esprit la suspicion d'un complot, elle songeait maintenant que la simplicité des circonstances de sa disparition rendait crédible l'hypothèse d'un assassinat. Elle céda aussitôt à la tentation de se déprécier à ses propres yeux, jugeant qu'elle n'aurait jamais l'intelligence pour tout comprendre des raisons qui faisaient d'elle un témoin gênant. Elle martela son esprit du constat qu'elle n'avait pas le niveau, qu'elle ne l'avait jamais eu et qu'au fond elle ne serait jamais que la victime de sa crédulité et de son incompétence. Cet élan masochiste ne dura pas. Pour autant, son sentiment d'impuissance ne s'atténua en rien. Elle se mit à pleurer avant de redémarrer.

28

— « Nous sommes une matière qui épouse toujours la forme du premier monde venu. » Pas besoin de lire les milliers de pages qu'il a écrites pour comprendre que ce Musil est un grand écrivain.

Le clochard était assis sur une petite chaise pliante coloniale. Costume trois pièces déchiré aux extrémités, chaussures de tennis rongées par la marche et le temps, barbe et cheveux longs. Devant lui, une file de touristes, pour beaucoup d'origine asiatique, attendant l'ouverture pour pénétrer dans un magasin de produits de luxe. Personne ne l'écoutait ni ne le comprenait. Deux vigiles, montagnes de muscles et de menaces, s'approchèrent de lui.

— Vous devez partir, monsieur.

Le clochard ne se démonta pas.

— Il n'en est pas question, messieurs. Le trottoir est à tout le monde. Vous n'avez aucun droit sur l'espace public. Toutefois, je comprends bien que ma présence fasse tache dans la belle composition que représentent cette rue et ce magasin aux articles prestigieux. Mais je n'ai pas l'intention de bouger et je vous fais défense de m'y obliger. D'ailleurs, vous remarquerez la contradiction de ma position. Ici, c'est à peu près l'endroit de Paris où les gens donnent le moins. Les très riches ne font pas l'aumône, ils ont complètement dépassé l'idée de culpabiliser à cause de leur bien-être indécent. Vous devriez prendre une chaise, on serait mieux pour discuter, parce que là je me tords le cou pour vous parler. Et ne me regardez pas comme ça, sinon j'appelle la police et je vous fais inculper pour recel de détournement de fonds en Afrique, dans les pays arabes et ailleurs, escroquerie aux pauvres et à la classe moyenne et surtout atteinte au bon goût. Vous qui avez l'air sensé, dites-moi sincèrement, ces sacs, ils ne ressemblent à rien. Il faut vraiment que quelqu'un ait décrété leur valeur. D'ailleurs, s'ils n'étaient pas aussi chers, personne n'en voudrait. On achète sa distinction sociale, un peu, non ? Vous n'avez pas l'air d'avoir d'opinion, en même temps je vous comprends, on vous paye, alors, dit-il en faisant le geste de se museler. Ces produits sont faits pour vous installer dans une certaine catégorie sociale, sans discussion possible. Ne me parlez pas d'élégance. L'élégance relève de l'esthétique et de l'estime de soi, de sa propre mise en perspective. Ces objets, non. Ils agissent comme un signal qui indique votre classe sociale. Vous montrez votre sac et votre montre, et on sait à quel monde vous appartenez. Plus pratique que de déballer son CV, ses relevés de compte en banque, sa déclaration ISF, pof ! un coup de montre, un coup de sac et ça y est, pas de doute. Pourraient faire un effort, tout de même. Plutôt que du carton bouilli en Chine, pourraient mettre des beaux cuirs de cheval, enfin j'y connais rien mais j'ai un certain œil. Vous avez l'air embarrassé.

Le moins costaud des deux vigiles, tout de même bien boudiné dans son costume bleu qui le faisait ressembler à un flic new-yorkais, se baissa à la hauteur du clochard.

— Vous ne pouvez pas rester là, monsieur. Vous comprenez ?

— Vous me faites de la peine. Dans la position qui est la mienne, voyez-vous, depuis trente ans que je vis dans la rue, j'ai essayé de maintenir un juste équilibre entre l'impécuniosité radicale dans laquelle je me suis précipité et une certaine dignité de comportement et d'apparence. Que vous n'y soyez pas sensibles me chagrine.

Il se leva avec difficulté.

— Quelle heure est-il ? Bientôt 10 heures. Je m'arrête à midi aujourd'hui, RTT oblige. Je vais changer de quartier. C'est un vrai métier de mendier. Comme je vous le disais, les riches décomplexés... marchent pas. Les très pauvres... peuvent pas. Ceux qui donnent sont ceux qui ont peur que la vie les fasse basculer dans mon état. Et j'observe qu'ils sont de plus en plus nombreux. Plus la crise frappe les gens, plus ils ont peur de se retrouver à la rue, plus ils donnent aux gens comme moi. Mais plus la crise est importante, plus on est dans la rue. Le marché s'élargit, pour reprendre la terminologie de vos patrons, mais nous sommes de plus en plus nombreux à nous le partager.

Les vigiles, trop heureux de sa coopération, accompagnèrent le clochard au bout de la rue, pour qu'il sorte du champ de vision de la clientèle de leur magasin. Ils se montrèrent même prévenants à son endroit. Il marchait lentement, mais d'un pas assuré.

— Vous savez pourquoi je suis dans la rue ? Eh bien, je vais vous le raconter, brièvement. Ma femme est morte il y a une trentaine d'années. Vous devez penser, le chagrin l'a anéanti. Même pas. J'étais un peu soulagé, pour être franc. On en était au point où c'était elle ou moi, si vous voyez ce que je veux dire. Bref, elle passe, de causes naturelles, je ne vais pas vous encombrer de détails médicaux. Je me retrouve seul avec mes trois enfants. Et là je découvre à quel point ils sont moches de l'intérieur. Je ne me suis pas remis de cette déception. Déçu par eux, mais aussi déçu par moi, suis pas du genre à m'exonérer de mes responsabilités, je contemple le désastre, j'ai fait trois abrutis, je parle pas intellectuellement, tous ont fait des études, je parle des qualités humaines, voyez… Bon, merci du bout de chemin, et de la conversation. Dites-moi, je sentirais fort, vous me le diriez, hein ?

29

Peu après que le clochard eut quitté la rue Saint-Honoré, Lubiak s'était rendu dans le magasin de luxe devant lequel il avait brièvement vanté les qualités de Musil pour un public dépourvu du désir de l'entendre. Sa voiture de fonction était restée en double file le temps des achats, gênant nombre d'automobilistes. Cette situation aurait pu laisser penser que l'histoire est une illusion puisque rien ne change. Un siècle et demi plus tôt, dans la même rue – seule l'enseigne avait évolué à la faveur des concentrations capitalistes –, un même homme d'importance était venu acheter un cadeau à sa maîtresse ou à la femme qu'il visait pour cette fonction d'ajustement social et sexuel. Au lieu d'une voiture française noire aux vitres fumées, son fiacre blanc nacré avait encombré la rue.

Lubiak avait rapidement fait le tour du magasin. Il voulait le cadeau assez cher pour marquer le coup, et qu'en rien il ne puisse être qualifié d'ordinaire. La marque, on l'a dit, suffisait à indiquer le prix. Il choisit un petit sac à main qui ressemblait étrangement aux contrefaçons que l'on en fait par milliers, au point qu'il semblait encore plus faux que celles-ci. La bandoulière composée d'anneaux torturés et dorés achevait l'objet. Le mauvais goût à ce prix-là s'adressait a priori à des gens incultes. Le magasin en était plein, de toutes origines. Si l'Asie était bien

141

représentée, l'heure avançant, la clientèle du golfe Persique augmentait. Beaucoup de femmes condamnées à consommer sans compter. Lubiak paya en espèces. Puis le couple qu'il formait avec son chauffeur prit la direction d'un grand restaurant du 8ᵉ. Le ministre s'installa face à une place vide et commanda un verre d'eau minérale à fines bulles. Les bulles, contre toute attente, ont aussi leur hiérarchie, qui va du vulgaire au raffiné. En bas de l'échelle, on trouve la bière française de supermarché et les sodas américains. Champagnes et eaux minérales à bulles fines se partagent les hauteurs. L'invitée du ministre se faisait attendre, le personnel du restaurant compatissait.

Elle arriva pile au moment où son retard basculait dans l'impolitesse. Elle ne s'excusa pas. Ce retard lui avait demandé beaucoup d'effort. La vue de Lubiak obscurcit son visage, qui ne se départit pas ensuite de ce voile sombre. Il l'observa sous toutes les coutures et tous les angles, aussi bien de face que de biais.

Pour tout discours, Lubiak avança son cadeau sur la nappe immaculée.

— Qu'est-ce que c'est ?

— Rien, une bricole, un calumet de la paix.

— Un cadeau ?

Elle ajouta, sans colère ni affectation :

— Il n'en est pas question.

— J'ai une offre à te faire, dit Lubiak.

— Une offre ?

— Oui. Je suis prêt à quitter Edwige pour toi. On efface tout, vingt-sept ans de non-sens. On rebat les cartes.

Il fit le geste.

Agathe sourit en soupirant.

— J'ai une vie, que tu as partiellement détruite, un mari, des enfants. Et je devrais quitter tout cela pour mon tortionnaire.

— Je ne suis pas ton tortionnaire. Je me suis mal comporté,

j'ai explosé, et il me coûte de l'avouer. Circonstances familiales, la mort de ma mère, les examens, l'alcool, la drogue. Cet homme n'était pas moi.

Quelque chose de l'ordre de la sincérité éclairait son visage. Mais, très vite, cette sincérité apparut comme la synthèse d'innombrables calculs en cours dans son esprit.

Agathe ne s'y laissa pas prendre.

— Pour faire simple, tu as juste sauté l'étape de la séduction ?

— Si tu veux. Mais cet acte n'était pas celui qu'on pense, puisque je suis ici des années plus tard à t'implorer. Je ne peux pas faire mieux, Agathe… Je ne peux pas faire plus. Je sais que tu étais amoureuse de moi à l'époque. Tu ne le nierais pas ?

— Si. Mais alors pourquoi ?

— Je ne sais pas. Je te l'ai dit, l'alcool, un joint…

— Non, ça n'explique rien. La raison, c'est que tu ne supportes pas qu'on te donne. Il te faut prendre, par la force, si possible, puis mépriser.

Sans la moindre colère, sans déroger à la distinction que la nature avait portée chez elle à un niveau élevé, elle poursuivit d'une voix douce.

— J'ai essayé de te pardonner. Je ne pourrais pas te dire que j'y suis arrivée. Ma conscience, peut-être. Mais mon inconscient, non. La preuve ? Cette histoire s'est enkystée, et les kystes ont dégénéré. Je dois exorciser le mal.

— En parlant à des journalistes d'investigation ?

Pour la première fois, le visage qu'elle avait vu au moment des faits se reforma.

— Comment le sais-tu ?

— Je le sais.

— Tu me fais suivre. Toujours les mêmes. Des Arabes aux cheveux gominés plaqués en arrière, costume Armani, chaussures Berluti, Rolex au poignet, une lourde chaîne en or brimant les poils qui dépassent de la chemise ouverte. Je me libère de toi, dorénavant.

— Tu as été jusqu'à leur raconter cette histoire ?

— Oui.

Lubiak respira profondément en deux temps.

— Ils vont te prendre pour une illuminée. Il fallait porter plainte quand il était encore temps. Maintenant, qu'est-ce que tu veux prouver ?

— Rien. Je libère ma parole.

— En t'adressant à ces galeux de journalistes ? Tu te rends compte de ce que tu fais ?

— Oui. S'ils ne trouvent rien, tu auras ton absolution.

— Mais enfin, qu'est-ce que tu veux qu'ils trouvent ?

— Je n'en sais rien, moi.

— Pourquoi tu fais cela maintenant ?

— Pour moi, pour les autres, pour le pays. La politique n'a que faire des prédateurs de ton espèce. Tu sais ce que j'ai pensé quand j'ai appris qu'on allait te confier un portefeuille important ? Je me suis dit, c'est l'avant-dernière marche, après ce sera l'Élysée. Tu savais que je n'avais jamais parlé à quiconque jusque-là. Tu t'étais même arrangé pour rencontrer mon mari, histoire de juger de son niveau d'information. J'ai imaginé qu'une fois au pouvoir un homme comme toi, si prévoyant, se poserait forcément la question de l'utilité de mon existence dans ce contexte d'ambition politique. Tu as agi exactement comme je l'attendais. En me proposant d'abord d'être ta maîtresse, puis ta femme, pour me posséder légalement. Ayant refusé, je risque gros, non ?

— Tu as cité mon nom ? demanda Lubiak, horrifié.

— Pas même à mon psychanalyste.

Elle se leva.

— Mais je le ferai si tu t'approches encore de moi ou si tu continues à me faire suivre.

Agathe quitta le restaurant avant la commande. Le personnel ne manqua pas de remarquer que les plans du ministre d'État avaient été déjoués. La défaite des puissants, tant qu'elle n'a pas de conséquence pour ceux qui ne le sont pas, est toujours une source de réjouissance.

Lubiak se leva à son tour. Il ne savait pas quoi faire du cadeau. Il pensa un moment le laisser là, mais finalement l'emporta. Il imaginait ces gens gloser sur son échec après son départ. Quand il atteignit sa voiture, il trouva son chauffeur se débattant avec un sandwich dont la mayonnaise débordait. Ce dernier s'excusa, confus, et jeta son sandwich dans une poubelle. Puis il ouvrit la portière de la limousine à Lubiak, qui se tenait raide devant, le sac à la main. Le ministre s'assit sans rien dire. Le chauffeur comprit, par défaut, qu'il souhaitait retourner à Bercy. Lubiak regarda longuement le cadeau posé sur la banquette. Il décida de l'offrir à sa femme. Une attention de sa part rare mais plausible. Puis il prit son téléphone, parcourut rapidement la liste de ses contacts. À la lettre L, il s'arrêta sur Ligure, Alain Ligure. Il l'appela. Contre toute attente, l'autre répondit :

— Comment vas-tu ? Je suis en route pour un déjeuner.

— Très bien, je sors de ta boutique rue Saint-Honoré, un cadeau pour ma femme.

— Tu devrais m'appeler, dans ces cas-là, que je mette quelqu'un à ton service.

— On s'est très bien occupé de moi. Dis-moi, je ne te dérange pas longtemps…

— Tu ne me déranges jamais.

— Tu as toujours ta société de surveillance ?

— Je crois, oui.

— Tu me permettrais de l'utiliser ?

— Certainement.

— Les types qui y travaillent sont fiables à cent pour cent ?

— Ils ont intérêt à l'être. Ce serait pour quoi ?

145

— Pour surveiller un journaliste.

— Il faut faire attention avec ça. Mais bien sûr, je vais demander au responsable d'entrer en contact avec toi.

— Il s'appelle ?

— Paolo Giardi. C'est un ancien de la sécurité intérieure italienne.

— Il connaît Corti ?

— Oui, mais il ne l'aime pas. Il est très haut de gamme sur toutes sortes d'interventions et il a la meilleure équipe de hackers d'Europe, qu'il contrôle parfaitement. On déjeune bientôt ensemble si ton agenda de ministre te le permet ?

— L'agenda d'un ministre est généralement plein de contraintes sans intérêt alors que celui d'un capitaine de l'industrie du luxe doit être plein de nécessités.

— Ma secrétaire appelle la tienne, et on cale ça. On en profitera pour parler de certaines aberrations fiscales qui nous gênent.

— Avec plaisir, Alain.

30

L'investigation remonte aux origines de l'homme, bien avant l'agriculture, quand il fallait chasser pour survivre. Pister la proie de longues heures, les yeux rivés au sol à la recherche de la moindre trace, jusqu'à la débusquer au détour d'un chemin, la viser et la tuer. Sylvia y prenait goût. Cette quête de la vérité agissait sur son adrénaline. L'excitation la maintenait dans un état d'euphorie proche de l'hystérie, proche car rien dans son caractère et son passé ne l'y prédestinait. Son enthousiasme à comprendre et à creuser augmentait chaque jour. En très peu de temps, son métier lui était devenu indispensable, et elle le pratiquait désormais avec une assiduité sacerdotale. Elle avait défini le périmètre final du suspect dans le viol d'Agathe Bellinville. Trois noms se distinguaient dans le nouveau gouvernement, pour l'âge, la formation, la localisation probable au moment des faits. Rien ne parvenait à les départager. Ils avaient tous les trois été reçus à l'ENA à la même époque, le gouvernement fraîchement constitué était leur première occasion d'accéder à de hautes fonctions. Sylvia se mit à tapoter avec la gomme de son crayon sur la table de travail, elle le fit rebondir jusqu'à une hauteur insoupçonnée pour un objet de ce genre.

Terence pénétra dans le bureau avec une poche de croissants sous un bras et se dirigea vers la machine à café qu'il avait payée sur ses deniers. Il en proposa un à Sylvia, qui accepta d'un signe de tête.

— La journée ne commence pas mal. J'ai vu mon contact à la DGSI ce matin. Je crois qu'on a réussi à déjouer les caméras de surveillance. Du coup, j'ai laissé mon portable chez moi pour éviter la géolocalisation GPS.

— L'éteindre et l'envelopper dans du papier alu ne suffit plus ?

— J'imagine que si, mais on ne sait jamais. Et ce type-là, c'est le bon Dieu pour moi.

Sylvia leva les yeux de son écran et se les frotta.

— On se prépare des générations d'aveugles.

— Sourds aussi. J'ai fait pas mal de détours dans Paris, ce matin, je n'en reviens pas du bruit. J'ai appris qu'on a presque dix fois moins de cellules dans l'oreille interne que pour voir. Les dommages sont rapides et irréversibles. Les scooters, une plaie, ils font un boucan d'enfer.

— Les motos non ?

— Non. Le bruit du moteur est plus grave, et comme les scooters n'ont pas de vitesses, ils poussent les régimes très haut. En plus, leur échappement se dégrade très vite. Comme me disait le flic philosophe qui m'a arrêté l'autre jour pour me faire passer le message sur Cayenne, les gens n'existent plus que par le bruit qu'ils font. J'en déduis une règle mathématique : le bruit généré par un individu est égal à la moyenne entre son QI et sa position sociale.

Terence tira deux cafés très serrés de sa machine et en posa un délicatement devant Sylvia. Un éclair lui traversa l'esprit : il fallait que la vie soit bien compliquée pour que ce type qui était plus que son genre ne lui remonte pas sa jupe et ne la pénètre pas sur le bureau. Pourtant, ce schéma n'était en rien pour elle un préalable à la relation amoureuse et romantique qu'elle désirait profondément.

148

Terence s'assit, la regarda. Il perçut à cet instant qu'une pensée qui les réunissait la parcourait. Il fut tenté de lui demander de quoi il s'agissait, mais sa pudeur l'en dissuada. Il passa à autre chose.

— Mon contact m'a livré des informations intéressantes.

— Genre ?

— Les islamistes abattus entre les deux tours étaient sous la surveillance de la DGSI. Ils revenaient d'une base arrière au Soudan. La CIA s'intéressait à eux. De toute évidence, ce n'est pas un commando d'extrême droite qui les a exécutés. Ils n'ont pas eu le temps de préparer le coup. Selon mon contact, c'est un commando de la CIA qui les a effacés.

— Un drôle de bénéfice politique y est attaché.

— Oui, mais comment prouver tout cela ?

— Tu crois que ton contact pourrait te donner des preuves écrites ?

— Certainement pas. Et puis je ne veux pas le mettre en danger tant qu'on n'a pas une idée claire de ce qui s'est tramé.

Sylvia fronça le nez.

— Tu ne crois pas que ce type en pince pour toi, pour prendre de tels risques ?

— Non, je te l'ai dit, je lui ai rendu service.

— Selon moi, c'est insuffisant, la reconnaissance n'est pas une valeur dans ces milieux.

— Non, s'il doit y avoir d'autres raisons, je pense que cet homme qui vient d'une famille traditionnelle souffre de vivre dans le mensonge et la manipulation. Il commence à vomir son métier et ne sait pas comment en sortir. Alors il l'évacue, comme on presse un bouton de pus.

Sylvia but son café en une seule gorgée puis se remit au travail. Sur sa liste, Lubiak était par hasard le premier. Elle tapa son nom sur Google. Outre nombre d'articles figuraient quelques photos. Sylvia cliqua alors sur « images ». Des dizaines de photos s'étalèrent devant elle. Beaucoup avaient été prises avec sa femme en de nombreuses occasions officielles ou festives. Sylvia en agrandit plusieurs puis recula dans sa chaise avant d'attirer l'attention de Terence, occupé à parcourir la presse du matin, en posant ses doigts sur son bras. La femme de Lubiak était le sosie d'Agathe. Ils restèrent tous les deux interdits un long moment. Un bref instant, ils avaient pensé qu'il s'agissait de la même femme. Un examen plus approfondi permit de s'assurer que ce n'était pas elle. Mais la ressemblance troublante suffisait pour les laisser conclure que le sujet prenait de l'intérêt, dans tous les cas.

31

À cette heure matinale, le jardin du Luxembourg renvoyait du bien-être même aux âmes les plus tourmentées. Le soleil s'étirait dans un ciel immaculé blanchi par les dernières brumes. La foule des beaux jours n'avait pas encore investi les lieux. Derrière chaque sportif se cache l'idée de vivre plus vieux, ou à défaut plus jeune. Les habitués du tour du parc penchaient soit pour l'un soit pour l'autre et défilaient dans le même sens, les uns derrière les autres, assidus à travailler ce corps qui finit toujours par nous échapper après nous avoir contrariés pour nous punir d'en avoir joui. La question de savoir si l'esprit lui survit est dans peu de têtes à cette heure-là. Il est des questions qui préfèrent le crépuscule ou la nuit noire. Une réponse positive, définitive, serait sans doute la meilleure nouvelle de notre histoire. Nombre ont voulu la colporter, peu ont durablement convaincu. En attendant, hommes et femmes de tous âges s'acharnent à maintenir leur corps en vie le plus longtemps possible. Dans une telle frénésie chez certains que l'oxydation de leurs cellules par un effort excessif raccourcit leur espérance de vie. Ils n'en savent rien ou alors ils croient le contraire.

À cette même heure, le clochard a quitté la place de l'Odéon pour le parc avec un compagnon d'infortune, un homme plus jeune mais entamé par le vin de la Communauté européenne qu'il boit en continu, avec seule la nuit pour répit, encore qu'on n'en soit pas certain. Le processus de destruction dans lequel de mystérieuses forces l'entraînent est scrupuleux, méthodique. Le clochard, connu sous le surnom de Geai, aime disserter, son compère ne craint pas ses monologues. Car dans ce monde extrême, on n'échange plus que des monologues. Toute parole se veut définitive et chacun l'assène entre deux verres sans attendre de réponse.

Que sa pensée soit simple ou absconse, l'autre entend Geai sans l'écouter et se contente le plus souvent de hocher la tête gravement en signe d'acquiescement courtois. À les voir assis face au grand bassin pas encore animé par les bateaux des enfants, nul ne pourrait imaginer que le sujet lancé soit « le recul inexorable du rêve devant le réel », un phénomène qui selon Geai aurait commencé avec la première révolution industrielle pour s'amplifier sans cesse depuis. L'homme a rêvé de voler depuis ses origines. Et voilà que c'est fait. Il a aussi rêvé de voyager sous l'eau. C'est fait aussi. Ainsi faut-il expliquer l'intérêt quasi archéologique de Freud pour ces vestiges renvoyés au seul sommeil, où il n'est plus question de conquêtes, mais d'évacuer ses frustrations et ses peurs. Devant l'évidence du propos, son compère inspire en relevant la tête, mouvement qu'il accompagne d'une moue explicite d'agrément. Mais le jardin du Luxembourg n'autorise pas la mendicité, alors il faut songer à migrer. Ils sortent par la porte près du Sénat où un mendiant s'est installé à l'extérieur pour dispenser au promeneur les désaccords aigus de son violon contre rémunération. Ses souhaits de bonne journée le sauvent d'une banqueroute annoncée. Geai ne manque pas de lui faire don d'une pièce et s'en amuse longuement.

Ils marchaient la vue trop basse pour avoir remarqué Lorraine qui se faufilait dans le parc de sa démarche aérienne animée par une cheville étonnamment fine, surmontée d'un mollet qui l'était tout autant. Elle était habillée pour plaire.

Une négligence administrative avait conduit à prolonger de longs mois l'écoute d'une cible qui ne l'était plus. En tout cas, Lorraine avait été déchargée du dossier. En le consultant brièvement, elle avait pu établir son agenda des jours à venir, qui conduisait cette femme au parc ce matin-là pour une séance photo. Lorraine en connaissait même le commanditaire, une marque de produits de luxe célèbre. Les derniers échanges de mail que Lorraine avait pu capter situaient la séance photo près de l'aire de jeux.

Quelques mannequins longilignes attendaient. Des filles approchant la trentaine, visiblement lassées de ce métier de portemanteau qui oblige à renoncer à tant de plaisirs pour finalement en restituer si peu, sauf à aimer cette vacuité de la plastique et les longs errements de palace en plage idyllique.

La photographe chinoise réglait la lumière de la scène, pendant qu'une costumière boulotte s'affairait autour des jeunes femmes. Lorraine s'approcha de façon à voir sans être vue. Li était à l'âge où, sauf malheur ou régime intempestif provoqué par d'obscures nécessités, une femme ne change pas. Son corps atteint une maturité de croisière. Les véritables dommages du temps sont pour beaucoup plus tard, quand les femmes se mettent à vieillir plus vite que les hommes mais, à durée de vie égale, beaucoup moins longtemps. L'accessoiriste déballait avec précaution les articles que les photos devaient promouvoir.

Lorraine n'avait pas dormi depuis plusieurs jours, tétanisée par l'annonce de Lestang. La seule pensée qui la rassurait était l'hypothèse selon laquelle la DGSE la manipulait pour la contraindre à rejoindre les services secrets extérieurs. Elle avait été tentée de céder à leur proposition. Mais une telle défection mettrait le Corse hors de lui et le rendrait impitoyable.

Après une heure de prises de vue, Li quitta le plateau de

fortune pour la buvette du parc, située à peine plus loin. Personne n'y était attablé à cette heure matinale. Sauf Lorraine, qui dévisagea Li. Elle craignait que Li ne la reconnaisse pas, comme il arrive quand deux personnes couchent ensemble après avoir bu et se quittent tôt le matin avant d'avoir repris leurs esprits. Mais Li n'était pas femme à oublier, même une passade. Les appels de son corps étaient trop impératifs pour qu'elle efface de son souvenir celles qui y avaient répondu. Elle dériva vers Lorraine, qui tenait un café entre ses mains. Elle hésita, puis s'assit en face d'elle. Chacune en savait sur l'autre beaucoup plus que l'autre ne le pensait, ce qui expliqua leur difficulté à entamer la conversation.

— C'est la première fois qu'on se voit en pleine lumière, non ?

Li scruta Lorraine longuement.

— Et pourtant je ne découvre rien. Les mains ont de meilleurs souvenirs que les yeux, le contact est réel et rien ne peut les abuser.

Elle adopta une position que prennent les artistes lorsqu'ils veulent accentuer chez l'observateur l'impression de décontraction. Lorraine n'en fut pas plus détendue. Il lui était difficile de s'abstraire de l'idée que sa vie était en jeu, que quelque part une main malintentionnée se préparait à l'éliminer. La chose paraissait irréelle à sa conscience, dans ce parc apaisant, dans cette ville raffinée, dans ce pays où les drames liés aux services secrets semblent sortis des *Brigades du Tigre* ou d'un livre de Maurice Leblanc. Mais son inconscient martelait son esprit du réalisme de la menace. Elle se rappelait l'histoire de cet homme lié aux services secrets, impliqué dans une affaire de vente de frégates, retrouvé mort défenestré, la fenêtre consciencieusement refermée derrière lui. La mort lui paraissait d'autant moins acceptable qu'elle laisserait Gaspard seul, sans grandes ressources, livré à un père narcissique et immature. Qu'est-ce qui avait bien pu la conduire à ce métier anormal qui lui promettait une fin anormale ? Quel labyrinthe d'impulsions enchevêtrées et obscures ? Elle n'avait toujours pas décroché un mot à Li, qui la sentait intuitivement diminuée.

— Je sais que vous vous intéressiez à Deloire. Je vous ai aperçue nous pister un jour vers l'Opéra sur un scooter noir. C'est une époque révolue pour moi. La photographie d'art m'a fait repérer par de grandes marques. J'en vis très largement maintenant.

— Je voudrais en sortir aussi, mais je crains que ce ne soit trop tard. Vous n'avez pas peur pour vous-même ?

— Non. Deloire était passionné par la Chine, et la Chine est mon pays d'origine. J'étais payée pour découvrir, pour essayer de savoir pour qui il travaillait.

— Vous l'avez découvert ?

— Vous croyez que je vous le dirais ?

— Même si je vous menaçais de vous faire arrêter pour intelligence avec l'étranger ?

— Tout ce que je peux vous dire, c'est qu'apparemment je n'ai pas réussi dans ma mission. Je n'ai pas obtenu les informations que l'on attendait de moi. Quand il est mort, assassiné ou pas, ma mission s'est arrêtée. Pourquoi vous êtes-vous subitement désintéressée de moi ?

— J'ai été appelée sur une autre affaire.

— Sans lien avec Deloire ?

— Vous pensez que je vous le dirais ?

Li se contenta de sourire, ce qui l'adoucit considérablement, puis elle reprit en regardant ailleurs :

— De toute façon, c'est terminé maintenant. Tamponner un homme quand on n'aime que les femmes, cela va au-delà du sacrifice. On ne le comprend pas dans mon pays, l'homosexualité n'y est une excuse pour rien.

Elle éclata de rire.

— En attendant, j'ai été bien soulagée d'apprendre qu'il était mort. Je ne supportais ni son corps, ni son odeur, ni ses attentions.

— Vous avez échoué à quoi ? Vous devriez me le dire si vous voulez être débranchée. Et moi seule peux le décider.

Li hésita longuement, observant Lorraine de biais. Cette dernière reprit :

— Deloire travaillait aussi pour vos employeurs, n'est-ce pas ?

— Pas comme ils l'auraient souhaité, il me semble. On peut tirer un trait sur tout cela ?

— Rien n'est jamais définitivement enterré, dans nos milieux.

Elles étaient tentées de se quitter pour ne plus jamais se revoir, Li en particulier qui en avait fini avec son travail d'*escort* sur une cible. Mais l'attrait des deux jeunes femmes l'une pour l'autre en décida autrement. Une assistante vint prévenir Li que tout était en place pour les prises de vue. Li saisit un bout de papier et y nota son numéro de téléphone. Lorraine en fut amusée.

— On voit que vous avez décroché. Vous imaginez que je n'ai pas ce numéro ?

Li se leva, nonchalante.

— Cela ne vous autorise pas pour autant à m'appeler. Alors que là, je vous y invite…

Lorraine plia soigneusement le papier.

— Vous finissez à quelle heure ?

— En fin d'après-midi.

— On peut se retrouver chez vous ? Je préfère éviter le téléphone.

— Ce soir, j'organise une fête, venez !

32

La pluie, d'abord timide, s'était mise à tomber sans disconti-
nuer. Le parc de l'Élysée avait pris en quelques heures les couleurs de la mélancolie.

Launay, assis derrière son grand bureau présidentiel, feuille-
tait les notes que lui avait adressées Élisabeth Spaak, sa principale collaboratrice, concernant le prochain conseil des ministres.
Launay n'avait laissé filtrer auprès de personne le projet de
réforme constitutionnelle. Ce chantier n'appartenait pour l'instant qu'à lui et à Spaak. Dans un pays aussi fondamentalement
conservateur que l'était la France, si foncièrement idéologique et
nostalgique de promesses intenables, on ne pouvait se permettre
l'à-peu-près. Cette réforme constitutionnelle était indispensable
pour faire entrer le Mouvement patriote dans le cirque du réel.
Sans cela, il continuerait à monter, monter, fort de sa virginité aux affaires. Launay était chaque jour plus certain de voir
sa réforme adoptée par référendum. Le Mouvement patriote,
devant l'aubaine d'être enfin représenté, soutiendrait le projet.
Ce qui lui apporterait *de facto* près de 27 % des électeurs. Les
23 % manquants viendraient des centristes de gauche comme
de droite et de son propre parti, il en était sûr. L'opportunité
d'une réforme constitutionnelle ne se représenterait pas de sitôt.
Il avait trouvé là une façon d'entrer dans l'histoire. Son nom

serait associé à la VIᵉ République, celle dont tout le monde avait parlé sans jamais oser la faire. On pourrait certes lui reprocher de ne pas l'avoir annoncé dans son programme mais, justement, il trouvait mieux de faire ce qui n'avait pas été annoncé que de renoncer à ce qui l'avait été. Mais il était alors trop tôt. D'ailleurs, les électeurs ne pouvaient pas se considérer floués dès lors qu'il allait avoir recours au procédé référendaire, l'essence même de la démocratie, rarement employé jusqu'ici par peur que le régime de type monarchie élective ne vire pour de bon à la république.

Launay en était là de ses pensées lorsque Libreton, son Premier ministre, fut annoncé. Ancien sénateur, Libreton avait fait carrière dans les restaurants situés autour du palais du Luxembourg en participant aux intrigues politiques de bon appétit mais sans méchanceté. De profil, il aurait pu inspirer le peintre et caricaturiste Daumier. Assis, sa panse ourlait sur sa ceinture pour s'arrêter en léger surplomb de ses cuisses. Il se tenait toujours les jambes écartées, comme une femme enceinte, à la différence qu'on se demandait ce qu'il pourrait bien délivrer. Sa bonhomie le rendait sympathique aussi dans l'opposition. Sa nomination donnait le signal de grands changements. Libreton à Matignon indiquait obligatoirement qu'on l'y mettait le temps de préparer une réforme percutante qui lui vaudrait ensuite d'être renvoyé à ses déjeuners qui se terminaient rarement avant 16 heures. Sans être honnête, Libreton n'était pas dans la lignée des grands prédateurs qui avaient saigné la bête publique. Il préférait les petits montants, rarement compromettants, reproduits en nombre. Car s'il aimait le confort, il n'était pas attiré par le luxe. Il s'était rendu incontournable dans sa circonscription du Sud-Ouest où il descendait régulièrement pour y entretenir ses réseaux. Il occupait d'ailleurs dans la franc-maçonnerie une position dominante et respectée acquise grâce à sa patience, son assiduité et sa sagesse. Libreton, dont l'obésité n'altérait pas la souplesse intellectuelle, n'était pas hostile au changement, mais il ne parvenait pas à le conceptualiser tant l'idée lui paraissait loin de son hérédité politique radicale qui avait survécu à toutes les républiques. En outre, avantage décisif pour Launay, Libreton n'aimait pas Lubiak. Ce dernier représentait à ses yeux l'émergence d'hommes politiques nouveaux, issus de réflexes reptiliens, organisés en meute, capables de razzia le temps d'un quinquennat, pour disparaître ensuite et compter leurs billets, avant de revenir et tenter d'effacer les traces judiciaires d'énormes « affaires » suintantes montées à la hâte à l'époque de leur splendeur, en jurant, un trémolo dans la voix, la main sur le cœur, avoir entendu le cri du peuple au fond de la vallée les implorant de restaurer l'efficacité perdue. Libreton, seul homme politique français à se réclamer d'extrême centre, avec Montaigne pour inspiration philosophique, croyait à la vérité du milieu en toute chose.

Son visage tendu et bouffi par sa gourmandise gênait un sourire franc dont il n'était pas avare. Launay se leva pour l'accueillir et l'inviter à s'asseoir dans un de ces cabriolets Louis XVI que Libreton craignait tant il était difficile de s'en relever. Launay entama la conversation par une phrase historique :

— Quel temps !

Libreton, en politique avisé, sut la ramener dans le champ de ses préoccupations.

— Dans ma région, tous les grands vignobles ont été grêlés. Si ça continue ainsi, la saison touristique va être maussade. Ce n'est pas bon pour le moral des Français.

— D'aussi loin que je me souvienne, je ne crois pas que les Français aient jamais eu bon moral.

— Tu expliques cela comment ?

— La rationalité cartésienne, qui transforme chacun en système expert qui idéalise le réel.

— Pas moi, je ne suis pas comme ça.

— Toi, tu es une exception, tu es pragmatique.

Les deux hommes se sourirent aimablement.

Launay se servit de l'eau.

— Ce matin, je réfléchissais et je me disais qu'on a un des patronats les plus ficelles du monde, qui aime s'enrichir rapidement sans effort considérable. On entreprend pour faire fortune en quelques années avant de se retirer au soleil. Ou alors on n'entreprend rien du tout, mais on met la main sur une boîte qui marche déjà et on se graisse copieusement. On dit que la classe politique n'est plus à la hauteur des enjeux, mais on l'est toujours plus que les dirigeants des principaux syndicats, de patrons comme de salariés, à quelques exceptions près. Nous sommes en plein dans l'ère de la non-représentativité, et il va falloir en sortir. Ce sera le grand chantier de mon quinquennat.

Libreton afficha une mine gourmande.

— Et tu comptes t'y prendre comment ?

— Par une grande réforme constitutionnelle votée par référendum à la fin de l'automne. Je travaille dessus avec un petit comité de collaborateurs. Dès qu'on sera prêts, on te détaillera le projet. En attendant, pas un mot. Alors, quels sont les dossiers ardents ?

— Oh, ardents, c'est un bien grand mot, disons clignotants. Beta Force d'abord, qui vend sa division systèmes. Trois offres. Une chinoise, une américaine et un fonds luxembourgeois appartenant aux Émirats. Ce que je ne mesure pas, c'est le degré de sensibilité de la société elle-même en termes de défense nationale.

— Aucun groupe français pour racheter cette division ?

— Non.

— Que disent les ministres de la Défense et des Finances ?

— Marin est concerné à double titre. Comme ministre de la Défense et comme député-maire. Le plus gros des effectifs de Beta Force Systèmes est dans sa circonscription. Lubiak soutient la proposition des Émirats. Apparemment, c'est la plus consé-

160

quente en termes de prix. Sous la pression du grand califat qui se dessine dans la région, qui à mon avis va foutre toutes ces familles féodales dehors à grands coups de Coran expurgé, les Émiratis sont prêts à tout pour mettre leur argent à l'abri.

— Pourquoi les étrangers veulent-ils cette boîte ?

— La rentabilité est insuffisante, mais dans le calcul du prix, Charda, le président de Beta Force, a concédé une option d'achat d'actions de Beta à un prix attractif pendant deux ans, ce qui veut dire que l'acheteur aurait la possibilité de mettre un pied dans le premier groupe d'armement privé français.

— Il n'y a pas d'européen possible ?

— Non. Financièrement, la meilleure offre vient des Émirats via le Luxembourg. Sur le plan social, les Chinois ont donné les meilleures garanties. Sur le plan stratégique, du développement à long terme, l'offre américaine est la meilleure mais le coût humain est salé.

— On résume. Marin est pour l'offre chinoise, Lubiak pour l'offre des Émirats. Et toi ?

— Je n'aime pas ce genre de configuration sur un secteur sensible ou à proximité d'un secteur sensible. Il faut trouver une solution française, mais laquelle ?

— Arlena. Prends contact avec Volone et viens me voir avec lui si nécessaire.

— Il faut faire attention à ne pas énerver Lubiak. Il s'en est bien tiré au niveau des législatives. Il contrôle 48 % des élus de notre parti.

— Tant qu'il est au gouvernement, on ne risque rien.

— Tu es au courant qu'il vient de faire modifier la convention fiscale entre la France et les Émirats ?

— Non, de quoi s'agit-il ?

— Tu sais que le principe intangible de notre fiscalité, c'est que les plus-values réalisées par des étrangers sur des biens immobiliers en France sont imposées en France ?

— Oui, bien sûr.

— Il a accordé une dérogation aux Émiratis. Ils pourront effectuer des opérations immobilières en France sans y être imposés. Comme par ailleurs il vient d'annoncer un programme conséquent de vente de biens publics pour désendetter l'État, je ne te fais pas un dessin. On laisse faire ?

Launay se frotta le menton de son majeur recourbé.

— Oui, pour le moment on ne bouge pas. Quoi d'autre ?

— On est sur le point de signer, toujours à travers Beta Force, la vente d'hélicoptères de combat au Kurdistan. Un contrat énorme pour un pays pareil. Ce qui fait dire aux Américains que la vente n'est pas pour eux mais en sous-main pour les Russes. L'ambassadeur américain ne devrait pas tarder à te demander audience. Ce que je peux te dire, c'est que nous ne sommes pas en situation économique de refuser, sous aucun prétexte.

— Surtout que plusieurs usines de Beta Hélicoptères sont dans ta circonscription, non ?

— Oui. Mais même, on ne peut pas laisser filer ça. L'armement, comme le tourisme, comme le luxe, est une de nos grandes forces. On ne doit rien lâcher là-dessus.

— J'entends bien. Et le gouvernement ?

— Assez bonne cohésion d'ensemble. Lubiak fait bande à part, comme il fallait s'y attendre. Marin est proche de lui.

Launay se leva. Libreton s'y prit à deux fois. Bien qu'essoufflé par l'effort, il posa une dernière question à Launay.

— Le patron de la DGSE, on le garde ?

Launay contourna son bureau avant de s'y asseoir.

— Legal est un homme de l'ancien président. On ne peut pas le garder. D'autant qu'il était en guerre avec Corti. Il faut trouver quelqu'un que je puisse contrôler, qui ne soit pas aux mains de Marin. Si c'était le cas, cela deviendrait un homme de Lubiak, et je ne veux pas. Propose-moi des noms.

33

La vigne vierge retombait sur les colonnes de la terrasse, lui donnant une allure de restaurant de province. Les tables étaient suffisamment espacées pour pouvoir discuter sans être écouté. Le visage de Lamarck était lisse, sans aspérité ni rides. Ses cheveux crépus s'agrippaient à son crâne, dessinant une coiffure indomptable. Il jouait de son air estudiantin, une sorte de candeur désintéressée, qui le rendait d'autant plus surprenant quand il en venait à l'essentiel de ses intérêts. Absalon regardait distraitement autour de lui, bâillait à l'occasion.

— Bergson a dit : « L'intelligence, c'est la faculté d'adaptation. » Je le crois volontiers.

— Alors tu dois avoir un sacré QI, répondit Terence.

— Qu'est-ce que tu cherches, au fond ?

— Le vrai problème entre nous, c'est que tu puisses te poser la question. Ma conception du journalisme est insaisissable pour quelqu'un comme toi. Tu es un journaliste politique à l'origine, qui a fricoté avec les politiques depuis si longtemps que tu es incapable de douter d'eux au-delà des petits mensonges dont vous partagez le quotidien. Tu aimes ce système, tu t'y complais, tu te roules dans une bauge de faux scoops, de petites phrases, de perfidies ordinaires, mais quand il s'agit d'aller voir derrière la scène de ton théâtre de marionnettes, tu disparais, de

163

peur de découvrir que tu es complice d'agissements moralement discutables. Les grandes affaires de la République t'ont tétanisé. Vous êtes quelques-uns comme cela, sous des airs critiques, à leur servir la soupe. Et ils se réjouissent que ce contre-pouvoir, celui de l'information, s'anesthésie en tombant dans leur jeu, en jouant leur partition qui est de vous détourner des vrais enjeux.

— Oui, mais toi, tu as une vision paranoïaque des choses, tu vois le mal et la conspiration partout.

— Angélisme contre complotisme, le manichéisme de l'information. Depuis quatre ans que tu diriges le journal, tu as géré l'investigation avec cynisme. Tu sais très bien qu'un journal comme le nôtre, s'il ne sort pas d'affaires, est mort pour ses lecteurs. S'il sort des affaires qui dérangent trop, est mort aussi, pour ses actionnaires et pour ses annonceurs. Alors tu voudrais doser. Sauf qu'il n'est pas question de doser, ni de choisir ses cibles. Je ne fais pas d'investigation sous-tendue par des motifs idéologiques. Je ne travaille pour aucune chapelle, aucune. Tu le sais très bien, et évidemment, cela me fragilise parce que je suis indépendant dans un média qui ne l'est pas.

Lamarck se frotta les yeux avec la paume de ses mains.

— Bien, on peut discuter des heures sur la motivation et l'éthique des uns et des autres. Je ne me sens coupable de rien. J'ai géré le journal au mieux. Maintenant je pars dans la holding du groupe. C'est simple, je te propose d'être grand reporter, notre grand reporter sur les grands sujets. Tu prends l'angle que tu veux, tu voyages, tu restes sur place le temps que tu veux.

— Sinon ?

— Il n'y a pas de sinon.

— Il doit bien y en avoir un, autrement tu ne me proposerais pas ce poste.

— Sinon... on vendra le journal avec toi dedans, tu verras avec les nouveaux actionnaires. Tu acceptes ?

— Comment peux-tu imaginer que j'accepte ?

Le déjeuner se termina peu après.

Terence monta sur sa moto en soupirant. Lui qui détestait les conversations prévisibles au mot près, il avait été servi. Au contraire des Américains, les Français pratiquaient à l'occasion la promotion-sanction, une des formes les plus abouties de la lâcheté sociale.

Terence n'était pas dans un bon jour. Pour la première fois, son grand-père n'était pas sorti le matin faire son tour du Luxembourg. Cette promenade rituelle le conduisait au parc en remontant le boulevard du Montparnasse, un boulevard orphelin de quelque chose ou d'une époque. Il tournait devant La Closerie puis redescendait en traversant les deux petits squares où se retrouvent élèves et étudiants au milieu de quelques mères de famille privilégiées qui couvent des enfants promis à l'être aussi. Il accomplissait ensuite un tour scrupuleux du parc en marchant vivement. Puis il suivait le chemin inverse, à la même allure décidée. Mais cette fois, il était resté assis devant la grande fenêtre qui donnait sur le passage d'Enfer, incapable de se lever. Il ne ressentait aucun mal, ses forces l'abandonnaient, simplement. La vie se retirait de ce personnage hors d'âge, lassée de défier la biologie. Il n'avait pas voulu alerter son petit-fils mais, pour lui, le futur proche ne faisait aucun doute, ce soir, au plus tard, il s'endormirait vivant et demain il se réveillerait mort. L'œuvre qu'il laissait, beaucoup plus considérable qu'il ne voulait bien l'admettre, lui importait peu. Sa grande réussite était d'avoir amené son petit-fils aussi loin. Il avait sauvé sa lignée, compromise par la mort de son fils, assassiné en Guyane. Il continuerait de vivre en lui, il en avait la certitude. L'addition de sa contribution génétique et morale suffisait à lui assurer sa place, même comme simple passager dans l'existence de ce jeune homme dont il était si fier. Le soin que lui portait Terence lui interdisait une vraie vie avec femme

165

et enfants. Pourtant il le fallait, pour la lignée, toujours. Alors il allait libérer la place.

Terence était resté jusqu'ici au seuil de lui-même, aspiré par ses engagements. Il lui faudrait bien un jour se demander qui il était vraiment. Il craignait ce moment d'intimité avec lui-même, où il lui faudrait s'avouer que sa dévotion à la recherche de la vérité n'était qu'une fuite, une soif d'absolu qui l'entraînait depuis des années à n'être qu'une mécanique de l'investigation. Il n'avait aucune idée de ce qu'il pouvait donner aux autres, à une femme en particulier. Il en avait fréquenté quelques-unes sans passion et l'idée de lier son sort à une autre personne l'intriguait.

Son grand-père, comme il l'avait prévu, s'arrêta de vivre plus qu'il ne mourut le lendemain. Terence le veilla jusqu'à son enterrement, qu'il organisa au cimetière du Montparnasse de telle sorte qu'ils fussent seuls, l'un et l'autre. Cent cinquante mètres séparaient la rue Campagne-Première de l'entrée du cimetière. Terence les parcourut à pied, les mains dans les poches, derrière la voiture funéraire. Il retint ses larmes durant la mise en terre. Ce passage si court de la vie à la mort le choqua, comme si le néant était la règle, la vie l'exception.

L'atelier de la rue Campagne-Première où ils avaient vécu ensemble depuis toujours avait pris des allures de musée. Quelques œuvres qui n'avaient pas été léguées recouvraient les murs blancs. Un sentiment de solitude atroce envahit Terence. Il s'assit au milieu de la pièce principale, n'osant regarder nulle part. Il s'était préparé de longue date à la disparition de son grand-père mais la réalité de sa perte lui parut beaucoup plus douloureuse qu'il n'avait pu l'imaginer. Un homme de cette trempe, aux qualités humaines si profondes, ne pouvait pas s'éteindre comme la lumière d'une liseuse, d'un léger claquement de doigts de la providence. Sa révolte ne fit que s'amplifier à l'idée que le vieil homme ne verrait jamais son fils vengé. Fallait-il parler de vengeance ou de justice ? À cette heure, Terence ne ressentait pas le besoin de trancher. Mais il était déterminé à clore cette affaire et à punir les coupables.

Le vieil homme l'avait acheté à sa mère, il avait fini par l'avouer. Devait-il chercher cette femme, probablement disparue en Guyane ou au Brésil ? Il n'en savait trop rien. Elle était sa seule famille désormais.

Il reprit le chemin du bureau. À pied. Sur le boulevard Raspail, il croisa plusieurs personnes. Rien n'avait changé pour elles ce jour-là. Ou peut-être, comme lui, elles ne le montraient pas. Des apprentis de l'école hôtelière, costume strict, chemise blanche, s'étaient agglutinés sur un banc, comme une grappe d'oiseaux fatigués par une longue migration. Ils péroraient plus qu'ils ne se parlaient, en se passant une cigarette. Un motocycliste faisait ronfler sa moto, tentative désespérée et pathétique d'attirer l'attention sur lui. Terence marcha ainsi un long moment.

Sylvia vit sa mine attristée quand il entra mais ne dit rien. Il se fit un café, lui sourit pour désamorcer toute question puis se mit au travail. Bien qu'il eût disparu depuis quatre jours, il ne justifierait son absence en aucun cas. Personne ne lui demanderait quoi que ce soit, trop déçu dans l'espoir de le voir partir pour de bon. Partager la nouvelle de la disparition de son grand-père lui parut comme une offense au défunt. Cela ne pouvait rester qu'entre eux deux.

34

La maison de Li se prêtait aux fêtes. L'espace ouvrait sur un jardin intérieur de petite taille qui offrait une jolie diversion aux grandes pièces blanches qui l'entouraient. Les invités étaient sans surprise au sens où leur mise et leurs attitudes étaient conformes au milieu auquel ils appartenaient, le monde de la photographie et de la mode. Cette volonté délibérée qu'avait Lorraine de ne ressembler à rien ni à personne, et surtout pas à elle-même, la rendait originale dans cette tribu spécifique. Une vingtaine d'individus, hommes et femmes, avaient déjà investi les lieux avant son arrivée. Leur niveau plastique était étonnant. Les rares personnes moins bien loties avaient redoublé d'efforts sur les accessoires de beauté.

Personne ne vint spontanément parler à Lorraine. Mais Li, en hôtesse parfaite, se chargea de la présenter aux uns et aux autres comme une amie, sans plus de commentaire, ce qui la classa d'emblée comme une de ses maîtresses. Sinon, pensèrent les invités, Li aurait mentionné sa qualité. Lorraine avait longuement réfléchi à la question sans trouver de réponse. Elle était flic au fond, et elle devait bien en avoir l'apparence, partant du principe qu'on n'échappe jamais complètement à ce qu'on fait. Notre organisation sociale veut qu'on ne passe pas la plus grande partie de sa vie avec ceux que l'on aime mais avec ceux avec qui on partage un intérêt. Ces gens-là finissent forcément par déteindre sur nous et réciproquement. Il était donc impossible que Lorraine n'ait pas fini par ressembler à ce qu'elle était et elle y ressemblait d'autant plus qu'elle en avait conscience. D'ailleurs, cela ne rata pas. Quand on lui demanda ce qu'elle faisait, elle hésita un court instant à répondre, assez pour que son interlocuteur en profite pour lui attribuer une ressemblance avec une espionne d'un livre de John Le Carré. Ce qui la libéra. À chaque question sur sa « qualité », elle répondit qu'elle était espionne et évidemment personne ne la crut. Les invités en vinrent même à en faire une plaisanterie récurrente. À la fin de la soirée, tout le monde l'appelait « l'espionne ».

Mais bien avant cela, la fête dégénéra lentement avec l'intrusion d'euphorisants. Les mannequins furent les premières à prendre des distances avec elles-mêmes par de longues et profondes inspirations d'une pipette qui recelait d'étranges mélanges. Les conversations, qui n'avaient pas brillé par leur consistance jusque-là, s'évaporèrent pour de bon. Chacun, en voulant y échapper, était reparti dans son monde intérieur. Quelques invités résistèrent à la tentation de se dissoudre en poursuivant leur conversation, qui n'était au fond qu'un catalogue de lieux qu'ils aimaient parfois, adoraient souvent, d'autant plus qu'ils étaient seuls parmi cette communauté de voyageurs impénitents à les connaître. Rien ne fut jamais abordé d'essentiel ou qui demandât une contribution de l'intelligence et de la réflexion, aussi minime fût-elle. Des tombereaux de clichés furent encore déversés un moment, puis chacun parvint à s'extraire de cette soirée. Un petit groupe d'invités vaincus par la dope, installés dans des positions dramatiques, complètement prostrés ou la tête rejetée en arrière, le bassin vrillé, resta jusqu'au petit matin, le temps que les esprits, condamnés à un court mais violent exil, réinvestissent les lieux.

Li avait conduit Lorraine dans sa chambre par la main. La pièce, sans lui être familière, lui était connue. Leur étreinte dura le reste de la nuit. Les deux femmes finirent amarrées l'une à l'autre. Le sommeil qui les avait cueillies à l'aube ne les libéra que tard dans la matinée. Les naufragés de la veille avaient déjà quitté la maison, chancelants et repentis. La futilité qui avait régné sur la soirée en avait profité pour se disperser à son tour. Il ne demeurait des convives que des verres disséminés, des bouteilles vides et deux cendriers pleins. La fête qui n'en avait pas été une à cause de l'importance que se donnait chacun sans parvenir à s'en départir était bien finie.

La cuisine américaine était vaste et judicieusement aménagée. Les deux femmes y déambulèrent nues, Li parce qu'elle en avait l'habitude, Lorraine parce que remettre ses vêtements de la veille aurait donné le signal du départ, et elle n'y tenait pas. Li espionnait ses déplacements comme si elle essayait de se figurer ce qu'elle venait de posséder. Puis les deux femmes s'installèrent sur de hauts tabourets, l'une en face de l'autre, un grand bol de café à la main. Elles se regardèrent longuement sans se parler. La force leur manquait sans doute, mais moins que l'angle d'attaque. Li s'y colla finalement :

— Pourquoi tu es revenue me voir ?

— Parce que tu me manquais.

Lorraine avait dit cela avec une absolue sincérité mais cela ne pouvait suffire à Li.

— Tu es revenue pour une autre raison, aussi.

Lorraine ne dit rien, cachée par ses cheveux qui tombaient de part et d'autre de son visage. Li descendit alors de son tabouret, contourna la table et vint se placer dans son dos. Elle lui caressa le cou, le dos puis les hanches. L'immense frustration de ne pas avoir un sexe d'homme monta en elle brusquement, si violemment qu'elle en aurait pleuré. Puis elle posa son front entre les omoplates de Lorraine en soupirant.

— Combien de temps penses-tu que cela peut nous prendre, pour être sincères l'une envers l'autre ?

— Pour cela il faudrait que nous soyons du même côté.

Li se détacha de Lorraine et reprit sa place, en face d'elle. Elle ajouta un sucre à son café, le huma longuement.

— Je ne suis plus que d'un côté, le mien. Je te l'ai dit, c'est fini tout ça. J'étais la bonne personne pour infiltrer une personnalité comme celle de Deloire. Les femmes asiatiques l'excitaient, il aimait l'art moderne, la photo, la Chine. Qui d'autre que moi ? C'était très bien payé. Je l'ai fait. Ce n'est pas facile de se laisser pénétrer par un homme quand on n'a aucune disposition naturelle pour cela. Je le haïssais, à la fin. Je crois que j'aurais pu le tuer de mes propres mains. J'ai été tellement soulagée quand il est mort.

— Tu as une idée des auteurs du crime ?

— Aucune. Tu sais, je n'étais dans aucun secret, juste une call-girl qui les informait de ce qu'elle apprenait sur lui, qui fouillait son téléphone, ses mails, qui transmettait les codes secrets que j'avais pu identifier, qui faisait un rapport complet de ses déplacements, de ses habitudes, de ses forces, de ses faiblesses. Je lui ai pris beaucoup d'argent en lui faisant acheter des photographies plus cher qu'elles ne valaient à l'époque. Sa femme doit s'y retrouver, elles ont doublé de valeur, aujourd'hui. Il a suffi de deux expositions aux États-Unis pour que les prix s'envolent.

Son visage se durcit subitement :

— Je ne veux plus avoir affaire à ces milieux parallèles. L'art et la surveillance sont antinomiques.

Lorraine releva la tête.

— Il est facile de sortir du monde de l'art. Sortir du monde du renseignement, c'est aussi difficile que de demander à un déchet nucléaire de ne plus être radioactif.

— Si tu es là, c'est parce que tu es convaincue que je n'en suis pas sortie, n'est-ce pas ?

— Non, c'est physique, et je n'y peux rien.

— Pourquoi avoir laissé passer autant de temps ?

— Je te l'ai dit, j'étais occupée.

— À quoi ?

— À une enquête.

— Sur quoi ?

— Tu t'imagines que je vais te répondre ?

— Alors pourquoi es-tu là ?

— Parce qu'on veut ma peau.

Li tressaillit, surprise et circonspecte.

— Et tu crois que je peux te protéger ?

— Je n'en sais rien.

Lorraine soupira longuement.

— Ce que je peux te garantir, c'est que tu n'es plus une cible pour nous, depuis un moment. On savait que tu travaillais pour les services chinois à Paris. Je n'ai rien pour justifier ma présence auprès de toi aujourd'hui. Si ça se sait, je perds mon habilitation. Mais peu m'importe... Je suis fatiguée du renseignement.

Elle prit sa tête entre ses mains.

— Contrairement à toi, je ne sais pas faire autre chose. Et j'ai un enfant en difficulté à élever.

Li la regarda fixement. Lorraine reprit :

— J'ai choisi la mauvaise voie parce que tout s'est décidé dans mon inconscient. J'ai suivi des aspirations brumeuses, je me suis dissimulée dans ce métier. Et je n'ai pas le niveau, vraiment pas. Chacun n'est qu'un pion dans ce dispositif mais moi je suis un tout petit, un minuscule pion sur cet échiquier, qu'on renverse par maladresse d'un revers de manche. J'en sais trop et je n'en sais pas assez, c'est ce qui met ma vie en danger. Tu crois que tu pourrais m'aider à en savoir plus ?

— Je voudrais bien, mais dans quelle direction ? Je ne sais rien de plus que ce que je t'ai confié, rien de plus, je te le jure. Tu penses que ce sont les services chinois qui en veulent à ta vie ?

— Non, je ne crois pas.

— Alors qui ?

Lorraine ne répondit pas.

— Un service étranger.

— Qui te l'a dit ?

— Le renseignement extérieur français.

— Pourquoi ?

— Si je passe chez eux, ils me protègent, sinon ils laissent faire.

— Ou alors ils inventent pour créer la discorde entre ce service étranger et la DGSI.

Lorraine n'avait pas envisagé cette éventualité. Trop machiavélique pour elle. Décidément, son cerveau n'était pas assez tortueux pour ce métier.

35

Terence avait des nausées depuis la mort de son grand-père et ne parvenait pas à s'en débarrasser. Ne voulant prendre aucun médicament, consulter aucun médecin, il devait s'en accommoder. Il analysait bien la chose. Une partie de lui-même, profondément en deuil, lui reprochait ce retour brutal à la vie sociale. Le vieil homme était mort depuis dix jours. De lui ne restaient que Terence et son devoir de perpétuer un être exceptionnel auquel il devait tout : cette charge appuyait sur son foie.

Il se fit un café puis s'installa à son bureau pour y établir la liste des affaires en cours et des personnes à qui elles étaient reliées.

Lubiak figurait en bonne place. Aussitôt l'élection passée, la question de son logement s'était posée. Comment un homme politique intègre pouvait-il vivre dans un appartement de cette taille, soi-disant loué à une société civile immobilière dont le principal actionnaire était une société luxembourgeoise ? L'ombre des Émirats planait sur cette transaction.

L'affaire de viol présumé le concernait aussi, apparemment. Terence n'était pas friand des affaires de mœurs. Les faits remontaient à plus de deux décennies. Il comprenait l'enthousiasme de Sylvia pour creuser cette piste, mais n'en attendait pas de développement spectaculaire.

174

On retrouvait Lubiak parmi les protagonistes liés à la mort de son père. Mais de loin. Plus son enquête avançait, plus il apparaissait que le meurtre avait été commis à l'initiative de tristes figures locales impliquées dans des détournements de fonds, mais Lubiak ne pouvait pas être incriminé directement.

Une autre piste s'était ouverte récemment, défrichée par un comptable d'une société des eaux et électricité au Maghreb. L'homme s'était présenté spontanément à Terence pour lui révéler comment on détournait une partie des versements en espèces des usagers. Selon lui, l'argent allait directement sur un compte dans les Émirats. Le comptable suspectait Lubiak d'en être le bénéficiaire. Le délateur ne lui avait pas paru mû par des impératifs de bien public. Il était plus vraisemblable qu'il se soit senti lésé au niveau du partage et qu'il agisse par vengeance.

— Mais comment remonter jusqu'à lui ? avait demandé Terence.

— C'est moi qui remets l'argent en valise à un homme de main des Émiratis. L'argent est déposé dans une banque pour pouvoir être converti en devises. Ensuite il est viré sur un compte, aux Émirats. Enfin, j'imagine que depuis ce compte une ventilation s'opère entre plusieurs comptes.

— Avec votre aide, je vais pouvoir remonter jusqu'aux Émirats. Mais ensuite…

— Ce sera difficile, mais pas impossible.

— Non, là-bas on entre dans une zone de non-droit. Il faudrait quelqu'un de leur organisation pour nous tuyauter, sinon c'est perdu d'avance.

Le comptable demanda une rémunération puis, devant la mine de Terence, il se ravisa :

— Vous savez, je fais cela pour le bien de mon pays, il y a tellement de corruption, comment voulez-vous qu'on s'en sorte…

— Je comprends vos motivations patriotiques.

Le comptable échaudé partit en promettant de revenir avec plus de détails.

Pour Terence, Lubiak appartenait à un courant d'hommes politiques occidentaux décidés à faire des fortunes considérables en un temps record par l'utilisation de leur position dans une organisation politique. Ces hommes laissaient sans voix les mafieux de l'ancienne école qui avaient sué sang et eau pour bâtir des empires, au risque de la prison à vie dans le meilleur des cas, de la mort par balle dans le pire. Cette nouvelle engeance d'arrivistes calculateurs ne risquait ni l'un ni l'autre. Un sentiment d'impunité absolu accompagnait leurs exactions. Leur système reposait sur des bandes organisées autour d'un petit nombre de personnes, politiques comme eux pour le premier cercle, hauts fonctionnaires et experts en tout genre, encadrés par des avocats et des financiers de premier ordre, capables de faire évaporer des sommes considérables par des cheminements d'une complexité telle qu'elle rendait les investigations judiciaires longues et fastidieuses, le rôle des avocats étant évidemment d'étirer la durée des procédures. Ces parrains d'un nouveau genre disposaient de la force publique civile et militaire pour les protéger pendant leurs mandats. L'État leur accordait des gardes du corps pour la suite. Mais personne, de toute façon, ne voulait s'en prendre à leur vie. Seuls, finalement, des millions de contribuables étaient lésés par ces hold-up non violents. La dispersion des victimes rendait les détournements de fonds plus lâches mais beaucoup plus confortables.

Lubiak était l'un d'eux, Terence en avait la conviction. Il avait cette toute-puissance de l'adolescent que personne n'ose contrarier, ce manque d'empathie qui l'empêchait de comprendre la portée morale de ses actes, et ce profond sentiment d'impunité qui avait gagné ses semblables en Europe, particulièrement en Russie. Cependant, le pouvoir l'obnubilait moins que les avantages qu'il pouvait en tirer.

Pour Terence, Lubiak appartenait au club restreint des menteurs impénitents. Sa voix contredisait son langage corporel. Une construction intellectuelle très intime devait l'absoudre de ses mensonges. Nul doute que Lubiak allait se révéler dans cette nouvelle période qui s'ouvrait à lui. Terence se faisait un devoir, si ce n'est de l'arrêter, du moins de l'empêcher d'aller aussi loin qu'il le voudrait. Il connaissait les limites des alertes auprès d'une opinion crédule face à la verve de ces hommes, inapte à les croire capables de ce dont on les suspectait, l'orgueil du simple citoyen se révulsant contre l'idée d'être berné dans d'aussi grandes largeurs, au point de se retourner contre le porteur de mauvaises nouvelles.

On n'en était pas encore là mais il fallait l'anticiper.

Le dossier des musulmans assassinés entre les deux tours des élections annonçait de belles surprises. Les trois hommes avaient fréquenté un camp d'entraînement au Soudan. Apparemment, ce camp était financé par les Émiratis, dans le cadre de leurs œuvres charitables qui leur assuraient en contrepartie la paix avec les organisations terroristes. L'enquête policière sur l'assassinat n'avançait pas. Il ne s'agissait pas de trouver les auteurs des crimes mais de prouver que l'extrême droite radicale en était l'instigatrice. Dans ce but, Corti avait préparé des leurres qui obligeaient la police judiciaire à suivre cette piste condamnée à l'impasse. Quelques activistes d'extrême droite infiltrés étaient chargés d'accréditer la thèse sans pour autant prétendre être les assassins.

Terence connaissait les circonvolutions de l'opinion mais Corti les appréhendait aussi bien que lui. Révéler que les victimes étaient des terroristes conduirait à justifier leur assassinat et à démontrer que l'extrême droite avait ainsi joué un rôle salutaire en les supprimant. Avec pour effet de désamorcer la théorie du complot.

Il s'interrompit dans son recensement des affaires en cours.

« Un effort incommensurable et désespéré pour pénétrer par quelque fente dans ce petit univers paisible… » qui est celui des gens qu'il cherche à toucher « dans ces villes où les gens mènent une existence de troupeau ». Ces bribes de phrases du *Loup des steppes* lui revenaient, collées l'une à l'autre pour recomposer son monde qui ressemblait à s'y méprendre à celui décrit par Hesse. Le temps passe et rien ne change. Les accès de fièvre n'y peuvent rien.

Il se sentit profondément déprimé quant au sens de sa mission. Il se rappela son travail d'enquête sur un élu corrompu de l'Ouest parisien, qui avait révélé un système de prévarication rarement mis à nu dans notre République. Cet élu était d'ailleurs un proche de Lubiak, qui avait su habilement prendre ses distances avec cet homme qu'il n'hésitait pas à désigner quelques mois plus tôt comme son « père politique spirituel ». Les révélations détaillées de Terence avaient paru quelques semaines avant les élections municipales. Reprises par d'autres médias, elles avaient fait grand bruit. La justice s'était d'ailleurs appuyée sur ce compte précis de malversations pour se mettre en route. Le député-maire en question avait recueilli 77,2 % des voix aux élections, laissant Terence à sa consternation. Pour se consoler, il avait arpenté cette ville un mois après. Il y avait rencontré de nombreux citoyens qui lui avaient tous fait la même réponse. Cet homme, malgré tout ce qui pouvait être avéré, leur avait apporté la seule chose qu'ils attendaient d'un élu, la propreté et la sécurité. Le prix à payer pour la communauté leur importait peu, le résultat était là. « On ne peut pas être malhonnête quand on est à ce point du côté des gens honnêtes », lui avait lancé une brave commerçante qui ne voulait pas croire à ce qui était reproché à son maire. Tous ces gens s'étaient prostrés devant les photos du maire, un an plus tard, menotté après une garde à vue qui avait conclu à un nombre impressionnant de chefs d'accusation. Ses administrés en avaient eu de la peine, c'était un peu à eux qu'on s'en prenait par cette déchéance qu'ils jugeaient cruelle et excessive. Il faut dire pour leur défense que l'élu avait été écroué pour des faits qui ne révélaient qu'une infime partie de ses exactions, le reste s'étant perdu dans des cascades de sociétés inaccessibles au magistrat.

Il lui restait deux affaires. La mystérieuse disparition du syndicaliste d'Arlena faisait l'objet d'une enquête judiciaire complètement ensablée. Terence était convaincu que le syndicaliste au profil psychologique particulier avait disparu, comme Dupont de Ligonnès avant lui, en mettant certainement fin à ses jours. Ou alors il résidait dans une communauté religieuse quelque part. Seule une communauté religieuse pouvait lui avoir pardonné ses crimes et assurer ses besoins primaires sans laisser de traces. Le journal le poussait justement à enquêter dans ce sens. Il y avait là matière à exciter autrement la curiosité du public qu'avec ses interminables enquêtes sur Arlena, un des principaux annonceurs du journal.

La mort tragique de Deloire, le numéro deux officieux d'Arlena, était d'autant plus intéressante qu'elle s'ajoutait, dans le même groupe industriel, à la disparition de Sternfall. Les deux évènements étaient séparés de quelques mois à peine. Pourtant, rien n'indiquait qu'ils étaient liés. Sa priorité était donc de faire le lien entre les deux affaires, de prouver que la mort de Deloire n'était pas accidentelle.

Terence se saisit de la presse du matin. D'un quotidien, en particulier, proche du gouvernement, qui titrait sur un entretien avec le ministre des Finances. Une grande photo de l'homme assis derrière son bureau l'illustrait. Son sourire contredisait l'expression de ses yeux. L'article développait un résumé de cours de politique économique sur la nécessité de baisser les charges, réduire la dette, réorienter l'industrie, développer la recherche, un catalogue d'intentions maintes fois exprimées par ses prédécesseurs suivies de pâles effets. « La raison en est compréhensible, pour donner d'un côté il faut prendre de l'autre. C'est ce versant du transfert qui demande du courage, un courage qui a manqué de façon endémique jusqu'ici, on le sait. » Comme chaque nouveau ministre, Lubiak assurait de sa volonté. « La pression fiscale supplémentaire ne pourra pas peser sur les ménages mais sur les entreprises installées à l'étranger qui génèrent du chiffre d'affaires en France. Je fais référence à toute l'économie d'Internet qui pense échapper à l'impôt en s'installant en Irlande ou au Luxembourg. La règle sera désormais la suivante : tout euro généré en France sera imposable en France. » Le journaliste, qui n'était pas enclin à la critique au vu de ses premières questions, soulevait tout de même la contradiction entre les dires du ministre et la nouvelle convention fiscale avec les Émirats. « S'agissant des Émirats, la question est différente. Nous devons nous rendre attractifs pour attirer cette manne d'investissement. Les pays du Golfe ont des liquidités considérables accumulées depuis des décennies. Mais leurs perspectives sont préoccupantes. Le pétrole ne sera pas l'énergie de demain, nous le savons aujourd'hui et c'est irrémédiable. Politiquement, ces vieilles monarchies, qui ont assuré la stabilité de ces pays jusqu'ici, sont menacées par l'intégrisme islamiste et ses rêves de fédérer le monde musulman. On comprend que les grandes familles dirigeantes de ces pays aient à cœur d'assurer leur avenir. La confiance qu'ils ont dans la France, dans son dynamisme économique propre à certains secteurs, fait de notre pays leur cible prioritaire d'investissement. Réjouissons-nous au lieu de suspecter les uns et les autres de favoritisme. »

Au-dessous de l'entretien figurait un encart à la gloire de l'interviewé. Le portrait, réalisé par une journaliste du service politique dont il se murmurait dans les allées du pouvoir qu'elle avait eu une brève relation avec le ministre, rappelait le parcours exceptionnel de cet homme issu d'une famille bourgeoise de la proche banlieue parisienne. Le suicide de son père un matin de Noël, alors que le jeune Lubiak n'avait que 15 ans et ses sœurs, des jumelles, à peine 11, était rapporté avec un luxe de détails surprenant. Leur père serait resté en retrait pendant que les enfants ouvraient leurs cadeaux au pied de l'arbre de Noël. Il se serait assuré de la satisfaction de chacun puis il se serait plaint de l'atmosphère surchauffée de l'appartement. Enfin, d'une démarche souple, sans hésiter, il se serait dirigé vers la fenêtre, aurait enjambé la balustrade et aurait adressé un dernier sourire à la juvénile assemblée avant de sauter. La mère de Lubiak ne se présentait jamais devant ses enfants sans s'être complètement préparée. Cela expliquait son retard sur la scène du drame, où elle vit ses trois enfants tétanisés, n'osant se précipiter à la fenêtre de peur de découvrir le résultat du geste de leur père. Ils auraient voulu croire qu'il s'était réfugié sur la corniche. Mais cet espoir avait été lourdement contrarié par le bruit de la chute du corps depuis le cinquième étage sur le toit d'une voiture. Leur mère, les cheveux brossés, maquillée, avait marché d'un pas assuré jusqu'à la fenêtre. Puis elle était revenue auprès de ses enfants avec un calme qui laissait penser que la tragédie qu'ils venaient de vivre était l'aboutissement d'une logique dont elle seule connaissait le cheminement.

Tous ces détails relevaient de la confidence intime plutôt que de l'entretien. Trois ans plus tard, leur mère mourrait d'un cancer, laissant le jeune Lubiak soutien de famille. L'article soulignait qu'il était très proche des jumelles. Malgré l'adversité, Lubiak avait réussi à intégrer Sciences-Po puis l'ENA, dans un rang médiocre, ce que la journaliste ne mentionnait pas. Elle évoquait son mariage avec « une femme de tête ». Par opposition à « une femme sans tête » ou à « une femme de hanches », pensa Terence, amusé par cette façon qu'ont certaines femmes de colporter involontairement les clichés de la misogynie. Après avoir défini Lubiak comme un pragmatique social, désireux de promouvoir la réussite, la journaliste citait un entretien plus ancien où Lubiak résumait ses fondamentaux.

« Le rôle de notre République c'est d'assurer l'égalité des chances. Cette égalité est de moins en moins vraie. Mais une fois que l'on y parvient, c'est-à-dire que notre système a gommé les inégalités de naissance, je crois à une hiérarchie entre les individus en fonction de leur intelligence, de leur courage et de leur volonté. Certains rêvent d'un système où l'on compenserait tout, le manque d'intelligence, de volonté à étudier, de courage à travailler et à entreprendre. Ce serait la faillite de notre civilisation. Il ne peut pas y avoir de prime à l'ignorance volontaire, à la paresse, au parasitisme. »

36

Du fond de sa limousine présidentielle, Launay lisait distraitement le même article. Il n'y découvrait rien de nouveau. La phrase que lui avait lancée Lubiak lui revint : « Depuis le suicide de mon père, un matin de Noël, en se balançant par la fenêtre, j'ai décidé de tracer moi-même la frontière entre le bien et le mal. Et personne ne pourra m'en empêcher. » Il plia le journal du geste lent et désabusé de celui qui n'a rien appris. Derrière les vitres teintées, Paris, cette ville jalousée par le monde entier, défilait devant ses yeux distraits. La rue du Faubourg-Saint-Honoré retenait son souffle un peu comme un serveur dans une soirée d'apparat. Ils tournèrent dans la rue Royale, si représentative de la rive droite, large et formelle, l'âme dissimulée, passage entre la sinistre Madeleine et la Concorde trop vaste pour l'obélisque, cet emblème phallique qu'elle est supposée mettre en valeur, où se ruent les automobilistes venus de la rue de Rivoli après avoir longé le Louvre, feu les Tuileries démolies pierre à pierre et abandonnées à la bruyante divagation des touristes. Quand l'Assemblée, la représentation nationale confinée dans un palais au goût discutable, apparut sur sa droite, Launay se rappela la fameuse réponse de Mussolini à Hitler quand ce dernier lui avait offert la Corse : « Je veux bien la cage mais pas les oiseaux. » Launay voyait défiler la cage, et les oiseaux si redoutés, ces Français réputés ingouvernables, éternels nostalgiques de temps parfois révolus mais plus souvent imaginaires, tiraillés entre la passion du travail et la crainte de l'aliénation qu'il produit, pessimistes, dépressifs actifs assistant bras ballants au déclin de leur pays dans le concert des nations civilisées, frustrés de ne pas avoir su inventer l'alternative à la mondialisation.

Launay se savait élu à la faveur d'un concours de circonstances : l'effondrement de la gauche incapable de proposer un modèle de résistance au libéralisme, ni même de l'accompagner proprement, la montée de l'extrême droite, une vierge en guenilles usant de la stigmatisation et de la démagogie avec les mêmes funestes facilités. Il avait été tenu assez longtemps éloigné du pouvoir pour reconstituer son « capital d'alternative ». On avait oublié le piètre ministre de la Santé, l'incolore ministre des Finances, arrêté dans sa fonction par des élections qui avaient balayé sa majorité. Mais les équations changent, et sa force avait été d'exercer le pouvoir modestement, sans fustiger ni révulser personne. Cette sagesse avait beaucoup contribué à faire de lui la figure paternelle réclamée par une monarchie républicaine. Il entendait aller encore plus loin dans ce sens par ce tour de main qui consistait à réduire son pouvoir en contrepartie d'un mandat plus long, résolument tourné vers la pensée de l'avenir. L'ardent désir de l'extrême droite de figurer à l'Assemblée et au Sénat et de se repaître des avantages qui y sont liés lui paraissait légitime. Vu sous tous les angles, sous toutes les hypothèses, le référendum sorti de l'esprit génial de Spaak, sa garantie de postérité, allait être gagné. Non seulement il était président, mais – se répétait-il – sa présidence serait celle de la VIe République, une vaste modernisation de la vie publique que personne n'osait espérer.

Lubiak s'y opposerait, il n'en doutait pas. L'allongement de son mandat à sept ans serait un casus belli, un camouflet à la face d'un impatient chronique. Mais qu'avait-il en sa pos-

184

session pour le contrer ? Les élections législatives n'avaient pas donné la majorité aux seuls partisans de Launay. Lubiak avait rallié moins de députés mais on sait qu'en démocratie le pouvoir va aux minoritaires avec lesquels on fait une majorité. Launay savait que pour constituer une majorité sans Lubiak il pourrait vendanger sur les terres centristes et sur la droite de la gauche, mais ces soutiens se révéleraient aléatoires. Il avait concédé à Lubiak deux ministères importants, l'économie et la défense, il le regrettait déjà. Mais pour le référendum, entre ses propres troupes, les centristes lésés par l'actuel mode de scrutin et l'extrême droite qui l'était plus encore, l'alchimie lui semblait évidente, et de fait, elle l'était.

Pourquoi limiter le mandat présidentiel à un seul terme de sept ans ? Rien n'empêchait, dès lors que la fonction serait dévolue à un homme réellement au-dessus des partis, d'envisager un deuxième mandat, si ce n'était son engagement auprès de Lubiak de ne pas en faire un second. Cet engagement ne tenait que dans le cadre des institutions qu'il allait rendre caduques, pas dans les nouvelles. « Tout être tend à persévérer dans son être », pensa-t-il fugitivement alors que la voiture présidentielle, banalisée comme il l'avait souhaité, se faufilait dans une circulation fluide. Après avoir quitté la partie morte du boulevard Saint-Germain, à hauteur du ministère de la Défense, la voiture s'immobilisa à l'angle de Raspail et de la rue du Bac. Puis elle repartit en direction de Saint-Germain-des-Prés. La mode et le luxe y avaient balayé l'impertinence et le charme d'après-guerre. Outre leur décontraction vestimentaire, on reconnaissait les touristes à leur lenteur, à une certaine humilité devant la beauté architecturale de la capitale. À l'inverse des Parisiens, dont la démarche trahissait un empressement mêlé d'importance. « Sans ces quatre-vingts millions de touristes qui arpentent la France, notre balance des paiements serait largement déficitaire, comme l'est notre balance commerciale », se dit Launay. Mais il ne poussa pas la réflexion plus loin. Déjà la voiture tournait à l'Odéon, remontait un peu vers le théâtre avant de bifurquer vers Saint-Sulpice.

L'idée de retrouver sa femme, sa fille et l'amie de celle-ci ôta le peu de joie de cet homme sans gaieté qui ne goûtait à la vie que du bout des lèvres. C'était sa première soirée chez lui depuis plus d'une semaine. Voyages et réceptions s'étaient succédé. Le dernier dîner en date avait réuni les amis émiratis de Lubiak à l'Élysée. Launay s'y était opposé dans un premier temps, puis avait cédé devant la perspective d'une commande d'armes qui dépassait les 2 milliards d'euros. L'émir lui-même et son Premier ministre avaient participé au dîner de gala, habillés d'amples djellabas noires. Comme tous les dignitaires du Moyen-Orient, ils avaient tenté de subtiliser de la vaisselle de la République, seuls objets qu'ils ne pouvaient pas acheter malgré leurs colossales fortunes, mais les huissiers placés derrière eux pendant le repas leur avaient courtoisement fait remarquer qu'ils avaient par distraction logé, qui une petite cuillère, qui une fourchette, dans les plis de leur robe. Les deux hommes avaient restitué les objets sans sourciller, comme si de rien n'était.

Launay avait pu juger des liens qu'ils entretenaient avec Lubiak, le Premier ministre émirati en particulier. Il avait bien compris que le contrat d'achat d'armement était destiné à en faire d'authentiques clients de la France. Un contrat d'équipements très sophistiqués destinés à la surveillance de leur territoire se profilait également, de quoi faire des Émirats un partenaire commercial privilégié. Et justifier des conventions fiscales favorables déjà fort décriées par l'opposition. Launay avait également remarqué la présence à table d'un homme qui lui était inconnu jusqu'ici mais qui lui avait été présenté comme le facilitateur de la transaction. « Comme si Lubiak avait besoin d'intermédiaire », s'était dit Launay. Cet homme n'était dans le dispositif que pour porter les valises des rétrocommissions. Charles Aroubi était réputé pour ses intermédiations dans les dossiers africains, avec le Gabon surtout. On disait qu'il contrôlait les fils des principaux dirigeants africains à travers des réseaux de prostitution qu'il avait mis à leur disposition. Il était reçu pour la première fois à l'Élysée et on pouvait lire sur son visage la fierté qu'il en tirait. Nul doute qu'il était de modeste extraction. Launay se souvint du seul article osé sur lui par un journaliste d'investigation, qui rappelait son père immigré marocain et sa mère d'origine syrienne, son enfance en Seine-Saint-Denis. Lui revint aussi le souvenir de plusieurs mises en examen pour meurtre, toujours abandonnées. Launay n'avait jamais vu autant de détermination chez un homme, il en resta fasciné une bonne partie de la soirée. Il se rappela enfin qu'il avait lié des relations avec Volone depuis longtemps, et qu'il arrivait, disait la rumeur, que Charles Aroubi traite Charles Volone en vassal devant des témoins. Launay sentait chez cet hybride de Raspoutine et de chef de gang de cité un besoin d'asservir les autres d'autant plus fort que ceux-ci étaient haut placés dans la hiérarchie sociale. Launay eut peu d'occasions de s'adresser à lui. Il fut tenté de le traiter avec condescendance mais n'en fit rien. On ne savait jamais. Sa présence à ce dîner était pour Launay le signe que Lubiak fourbissait ses armes pour l'avenir. La manière était inélégante. Le jeune mâle défiait ouvertement le vieux mâle dominant par l'étalage indécent de son dispositif. Il y reconnut un trait de caractère particulier de Lubiak qu'on retrouve chez certains riches qui méprisent les pauvres et ne ratent jamais l'occasion d'exhiber devant leur nez miséreux les attributs de leur fortune.

Le premier réflexe de Launay après ce fructueux dîner fut de demander à Corti de renforcer la surveillance des Émiratis à Paris. En plus de soutenir, même distraitement, le terrorisme, ils devenaient le bras armé de Lubiak contre lui. Corti répondit au président qu'il n'avait pas attendu sa requête pour les surveiller de près. Il l'informa que Lubiak était logé à Paris dans un appartement qui leur appartenait juridiquement en contrepartie d'un loyer dérisoire.

— C'est le genre d'affaires qui plaisent aux journalistes, répondit Launay, tu devrais la faire fuiter, ça l'embarrassera. Ce serait bien que l'affaire se répande dans la presse au moment où on lancera la campagne sur le référendum.

— À propos, dit Corti, où placeras-tu les services secrets dans la nouvelle organisation ?

— Dans les attributions du président, pour les services extérieurs.

La réponse ne parut pas satisfaire Corti.

Launay prit une mine désolée.

— Les renseignements intérieurs seront sous la responsabilité du ministre de l'Intérieur, on ne pourra rien y faire.

La perspective de retrouver son appartement ne réjouissait pas Philippe Launay. Se réjouir n'était simplement pas dans sa nature. Il avait bien trop peur de ses « bas » pour s'autoriser des « hauts ». De toute façon, la situation ne s'y prêtait pas. Il avait refusé de déménager à l'Élysée malgré la demande de Faustine, son épouse. Il ne tenait pas à étaler le désastre de sa vie privée, sa femme aveugle maugréant à longueur de journée, sa fille lesbienne qui n'avait même pas eu le bon goût de se choisir une compagne présentable. Les deux jeunes femmes avaient fait l'affaire pour sa campagne, mais maintenant il mesurait le grotesque et le vide de sa vie privée. Il enviait les hommes et les femmes qui, confrontés à la même situation que la sienne, bâtissaient des projets, goûtaient des chimères. Aurore, après avoir pris son mari pour confident au prix d'ennuis sérieux pour lui, avait finalement divorcé. Elle était désormais plus disponible, mais curieusement il s'en trouvait contrarié, n'ayant plus à voler à personne ce qui venait à lui naturellement. Il n'avait pour elle pas le moindre sentiment, et il ne songeait pas à se le reprocher car la notion de sentiment lui était étrangère, il n'y pouvait rien. Même dans ses rêves les plus libres, il ne parvenait pas à se projeter dans une relation avec elle. Le lien qui l'unissait à cette femme n'était peut-être rien d'autre que l'empêchement. L'impossibilité de vivre avec elle, le barrage objectif à sa toute-puissance était sa seule source de jouissance. Il s'en était rendu compte chaque fois qu'il avait amené Aurore chez lui, dans sa chambre, en présence de sa femme dans l'appartement. Le plaisir était venu du défi. Sans ce défi, le désir s'estompait. Ils avaient eu l'occasion de passer la nuit ensemble lors de deux déplacements officiels en province. Les deux fois, il s'était couché à côté d'Aurore puis endormi paisiblement, laissant la jeune femme désolée que ce moment d'intimité volé n'ait servi à rien, pas même à parler.

Il en était de même du pouvoir. Launay ne jouissait pas de l'avoir mais se délectait du combat qu'il allait devoir livrer pour le conserver. De telles dispositions d'esprit étaient difficiles à saisir pour le commun des mortels. Launay se savait exceptionnel, d'ailleurs l'électorat, en le plaçant sur la plus haute marche, lui avait reconnu cette qualité. S'extraire de la masse, l'obsession des puissants, l'habitait différemment des autres, mais tout aussi fortement.

La voiture longeait l'église Saint-Sulpice. Launay avait fait du tintement menaçant de sa cloche sa musique favorite. Cela en disait long sur sa personnalité et à quel point elle le menait loin des autres, des gens ordinaires dont il se voulait aimé tout en les méprisant un peu. Leur logique n'était pas la sienne, leurs préoccupations n'étaient pas les siennes, autant de raisons pour lui de figurer à leur tête, de ne pas avoir à s'inféoder à cette logique brouillonne des masses, addition obscure d'intérêts particuliers bruyamment exprimés. Il avait bien conscience de la vétusté du système politique. Les technologies avancent toujours plus vite que l'homme qui les a conçues, cet être qui malgré toutes ses gesticulations conserve au fond de lui ses archaïsmes les plus intimes. Il suffit de circonstances favorables pour que sa nature balaye son éducation, sa civilisation, œuvre d'apparence dont on sait que, même plusieurs fois millénaire, elle peut disparaître brusquement, basculer dans un mélange de mesquinerie et de sauvagerie qui laisse pantois. Qu'est-ce qu'une société pacifiée si ce n'est une société en attente de la prochaine déflagration ? Car il n'existe pas d'exemple de société qui n'ait fini par exploser. En cela, le temps est un trompe-l'œil. Si l'homme n'échappe jamais à sa nature, la civilisation avance. Alors pourquoi une Constitution, une organisation politique vieille de près de soixante ans ? Qui roule encore en 2 CV ? des collectionneurs et eux seuls. Qui écoute des 78 tours ? des collectionneurs et eux seuls. La Constitution est une constitution de collectionneurs. Qui sont-ils ? tous ceux qui entendent dans le ronronnement de ce moteur obsolète la mélodie de leurs avantages. Pour la première fois de sa longue carrière politique, Launay se sentait porté par ses convictions. Enfin, par celles de Spaak. Que celles-ci collent à son intérêt personnel relevait du miracle.

Launay se laissa accompagner par ses gardes du corps jusqu'au palier de son appartement. Quand on ouvrit la porte, des rires fusèrent de l'intérieur, celui des deux filles qui préparaient leur départ pour Vancouver. Launay les rejoignit. Viviane l'ignora un court instant puis, soudainement grave, lui demanda où en était le deuxième versement prévu par leur accord. Cette question déconcerta Launay. L'idée d'appeler Volone, de faire procéder au virement, lui apparut insurmontable. Viviane resta plantée devant lui, attendant sa réponse.

— Cet argent est pour vous ou pour votre association ?

— En quoi cela te concerne-t-il maintenant ?

— Maintenant, je suis président. J'ai besoin de savoir quels sont les risques si vos comptes sont examinés par le fisc canadien. De mon point de vue, les risques sont plus faibles si l'argent atterrit sur les comptes d'une association. Ensuite, nous devons être certains que l'argent de l'association revienne bien aux Amérindiens que vous protégez. Si c'est le cas, le fisc canadien ne cherchera pas plus loin.

Viviane eut subitement l'air circonspect.

— Pourquoi ? D'où vient l'argent ?

— Qu'importe d'où il vient, je veux savoir où il va.

— Il va dans le secours aux Amérindiens démunis, tu peux me croire.

— La confiance n'exclut pas le contrôle.

— La parole de ta fille ne te suffit pas ?

— Si la parole suffisait dans les rapports entre membres d'une même famille, le monde ne serait pas ce qu'il est. Vous aurez l'argent quand j'aurai les justificatifs appropriés.

— Mais tu ne m'as pas demandé tout cela pour le premier versement.

— Je sais, mais les circonstances étaient différentes.

Viviane regarda alors son père d'une façon inconnue de lui jusqu'ici. La colère y était déjà dépassée par l'intention de la menace.

— Si je n'ai pas l'argent dans un mois, je fais tout exploser.

— Tu l'auras.

Il n'avait rien trouvé d'autre à répondre. Il tourna les talons. Ce qu'il ressentit alors était un sentiment de haine. Il n'avait certes pas éprouvé d'amour pour sa fille, ni pour quiconque, mais de la haine jamais. Ce sentiment le choqua profondément. Il se dit que cela ne pouvait être dû qu'à un malentendu.

Il alla saluer Faustine, qui se tenait assise dans sa chambre, tournée vers la fenêtre, ses yeux aveugles grands ouverts, la télévision allumée. Elle fumait avec application : elle aspirait la fumée, respectait un temps d'arrêt, puis l'expulsait d'un souffle faible mais continu.

— Les filles s'en vont.

— Je viens de l'apprendre.

— Dommage, ça nous faisait une distraction. Même si j'ai un peu de mal à m'accommoder de l'idée que ma fille soit avec une autre fille. J'ai demandé au docteur Stambouli si l'homosexualité était génétique ou psychologique.

— Qu'est-ce qu'il t'a répondu ?

— Qu'il s'agit d'une alchimie complexe, qu'on n'a pas besoin de savoir pourquoi pour l'admettre, que c'est un fait, que l'amour est une bonne nouvelle dans tous les cas. Qu'en penses-tu ?

— L'homosexualité de ma fille m'est indifférente. C'est un fait et je le prends comme tel. Je trouve que sa compagne a un beau visage, mais elle est difforme d'obésité et c'est là, à mon sens, que s'exprime une anormalité chez Viviane. On dirait une boulimie par procuration.

— Tu crois ?

— Je n'en sais rien.

— Tu es soulagé qu'elles partent.

— Soulagé, non. Affecté non plus.

— De toute façon, rien ne t'affecte.

Ces mots furent prononcés sans reproche, presque sur un ton complice. Puis elle ajouta :

— Au fond, on se ressemble.

— C'est ce que dit ton thérapeute ?

— Oui. Viviane aussi. La seule chose qui nous différencierait serait le sentiment de culpabilité qui m'épuise, culpabilité pour laquelle tu ne serais pas « programmé ».

Launay soupira.

— Je ne sais pas. Je n'ai pas grand intérêt pour moi-même.

Sans plus de méchanceté, elle répondit :

— Je crois au contraire que tu n'as d'intérêt que pour toi-même. Pas au sens narcissique du terme. Mais la satisfaction de tes impératifs psychologiques t'occupe à plein temps.

— C'est Stambouli qui t'a dit cela ?

Faustine démentit sans assez de conviction pour ne pas inquiéter Launay, qui s'éclipsa dans son bureau pour écouter les bandes enregistrées des conversations entre sa femme et son thérapeute.

37

Vincent vivait mal les moments où il avait la garde de son fils. Son narcissisme ne l'avait pas accoutumé à ne plus être le centre du monde. Que son fils le fût à sa place le déconcertait. Et Gaspard le désolait. L'adolescent n'avait de second degré en rien, tout lui apparaissait dans une éblouissante vérité. Le caractère de son père ne faisait pas exception.

— Tu ne m'aimes pas, tu ne m'as jamais aimé, parce que je suis différent des autres enfants et que je n'ai pas d'avenir, n'est-ce pas ?

Gaspard déroulait son raisonnement sans amertume ni tristesse.

— Ta pièce de théâtre, je pourrais y jouer un rôle.

Vincent lui fit remarquer que Shakespeare n'avait pas prévu de rôle d'adolescent dans *Richard III*.

— Mais, rétorqua Gaspard, les âges de l'époque ne correspondaient pas à ceux de maintenant. Prenons l'exemple du *Discours de la servitude volontaire* de La Boétie. Sais-tu à quel âge il l'a écrit ? À 18 ans. C'est à peu près la même époque que Shakespeare. Aujourd'hui, un tel discours ne pourrait être tenu que par une personne de 35 ans. Ce qui nous fait un écart de dix-sept années. Si j'ajoute ces dix-sept années à mon âge actuel, soit 17 ans, cela nous donne 34 ans. Je sais qu'il y a un personnage de 35 ans dans la pièce à une ou deux années près, ce qui ne devrait pas choquer le spectateur.

Vincent ne sut quoi répondre mais se lança tout de même :

— Le spectateur d'aujourd'hui ne s'attend pas à voir un adolescent de 17 ans parler comme un homme de 34 ans.

— Après, tout est question de savoir si tu veux monter cette pièce dans l'esprit de l'époque ou dans l'esprit de maintenant.

— Dans l'esprit de maintenant.

Vincent se voyait confier sa première mise en scène importante, cadeau qu'il recevait comme un enfant. Cet enfant ne voulait pas être contrarié par un autre enfant, fût-il le sien.

La réponse de son père n'avait pas blessé Gaspard, d'ailleurs il passa à autre chose. Enfin, pas tout à fait.

— Je me demande à quoi correspond ce phénomène de rajeunissement. Au xvie siècle, on était déjà un homme mûr à 20 ans. Pendant la résistance, on se comportait en homme à 18 ans. Aujourd'hui, on devient un homme plutôt vers 30 ans. C'est l'âge où raisonnablement on peut s'émanciper économiquement de ses parents. C'est mon objectif. À quoi attribuer cette glissade de l'âge adulte ? Deux raisons. L'une : allongement de la durée de vie, moins d'empressement, moins de nécessité. L'autre : l'enfance et l'adolescence sont un marché qu'il convient de faire durer. En plus, il n'y a pas de travail pour tout le monde. Je suis dans une situation contradictoire. J'ai l'esprit d'un adulte depuis environ l'âge de 7 ans et je ne serai contraint à l'indépendance économique qu'à 30 ans. L'écart est de vingt-trois ans. Combien sommes-nous dans ce cas en France ? Je dirais 0,003 % à plus ou moins 10 % près.

Gaspard se mit à rire, un rire étonnamment haut perché qui s'arrêtait d'un coup. Puis il revint à son idée initiale.

— Les conditions existent dans *Richard III* pour que je joue dedans. Je n'ai pas la pièce en tête mais je vais la lire et te faire une ou plusieurs propositions acceptables.

195

— J'ai déjà toute la distribution, Gaspard. Elle s'est faite avec des âges de l'époque moderne. Si je t'intègre à la pièce, je vais tout déséquilibrer.

Gaspard n'en fut pas dépité. Sa nature particulière le poussait à une logique conduisant au plus près de la vérité. Qu'on ne le suive pas sur ce terrain ne l'affectait pas. Pas plus que la gêne que son père manifestait en sa présence. Le sujet clos, il resta assis sur le canapé, les genoux serrés, les mains croisées posées dessus, le dos droit, un demi-sourire aux lèvres comme si rien ne pouvait altérer l'enchantement qui était le sien. Sa mère ne lui manquait pas particulièrement. Il entra en lui-même pour se trouver un sujet d'intérêt qu'il puisse décortiquer à loisir. *Richard III* lui sembla un bon sujet. Il décida de compter le nombre de mots que chaque acteur devait prononcer, puis le nombre de lettres. Puis d'en faire le rapport. Puis de comparer d'un rôle à l'autre. Et ainsi de suite.

38

Lorraine présentait tous les symptômes de la dépression. Elle se dépréciait à ses propres yeux, continûment. Elle ne s'accordait plus aucune qualité humaine ni professionnelle. Cet affaiblissement la rendait craintive. Le bâtiment de la DGSI lui faisait horreur, l'immeuble sans âme lui donnait la nausée. Après son arrivée, elle était restée longtemps prostrée, puis elle avait parcouru les comptes rendus d'écoute de ses deux cibles, Stambouli et Absalon. Elle ne parvenait pas à se concentrer. Un inspecteur vint lui rendre visite. C'était un homme de haute taille, très anguleux, au blanc d'œil jauni, ce qui ne faisait qu'accentuer ses yeux proéminents. L'amertume se lisait sur sa bouche, et ses lèvres pincées, absentes au point de ne former qu'un trait, ôtaient à son visage toute sensualité et toute présomption de générosité. En le regardant, Lorraine se dit qu'il aurait été un parfait croque-mort. Le terme venait, disait-on, de ce que la mort ayant ses facéties, dans le temps, on mordait le gros orteil des défunts pour s'assurer que la vie n'avait pas fait une fausse sortie. Elle l'imagina soulevant le drap sur un grand pied déformé par l'âge et des chaussures inadaptées, surmonté d'une cheville fine et poilue, se baisser jusqu'à l'orteil et mordre dedans comme dans un sandwich récalcitrant. D'une voix grave qui se plaisait à résonner dans ses cavités nasales, il se mit à parler d'un ton détaché :

— Le grand-père de la cible, qui ne sortait jamais assez long-temps pour que l'on puisse intervenir, est mort.

Lorraine le regarda, moins étonnée par la nouvelle que par sa concordance avec ses pensées.

— Donc ?

— Donc, voulez-vous qu'on sonorise son appartement ?

Lorraine hésita un peu avant d'acquiescer.

— Et son bureau ? demanda-t-elle.

— Pour l'instant, on a mis son téléphone sur écoute et on lit ses mails. Idem pour sa collaboratrice.

Il posa un paquet de feuilles qu'il tenait jusque-là en main, roulé comme un tube.

— Les consultations sur Google.

Lorraine les poussa sur le coin de sa table.

— Si vous sonorisez son bureau et qu'on se fait choper...

— C'est pas sans risque, mais ça paye... Ils font forcément attention au téléphone. D'ailleurs, Absalon en a un deuxième. On s'en est rendu compte sur son suivi GPS. Vous savez que, quand on suit un téléphone, on a les moyens d'identifier tous ceux qui sont autour. On a remarqué qu'un autre téléphone suivait constamment celui qu'on écoutait. On l'a donc mis aussi sur écoute. Apparemment, il a un contact ici. D'après ce que j'ai compris, quelqu'un le tuyaute à l'antiterro, je ne sais pas qui.

— Vous en êtes sûr ?

— Les conversations ne laissent pas beaucoup de doute. Cela concernerait l'assassinat des trois musulmans entre les deux tours des élections. Vous ne m'avez toujours pas répondu sur la sonorisation de son bureau.

— C'est délicat, je dois voir avec le patron.

Ils se séparèrent sur un échange de moues dubitatives.

Lorraine resta un moment seule, fébrile et satisfaite qu'on lui ait procuré une raison valable de voir Corti. Sa situation personnelle ne suffisait pas pour justifier une visite au dernier étage. Elle appela sa secrétaire, qui lui trouva un créneau de quinze minutes l'après-midi même, à son retour de déjeuner. Lorraine jeta d'abord un œil distrait sur les consultations Google de l'assistante d'Absalon. La recherche portait sur plusieurs politiques, puis elle se resserrait sur l'un d'entre eux, Lubiak. Lorraine décida alors de reprendre les mêmes consultations sur son propre ordinateur. En cliquant sur « images », elle découvrit des dizaines de photos de Lubiak avec sa femme. Elle se leva et se dirigea vers une armoire où étaient classées les photos des patientes de Stambouli réalisées à sa demande. L'une d'elles avait attiré son attention. Elle la sortit du dossier et la posa à côté de son ordinateur. La ressemblance avec la femme de Lubiak était troublante. Elle en ressentit comme une gêne. Sans doute fallait-il aussi mettre cette femme sous surveillance ?

Corti était supposé revenir de son déjeuner à 15 h 30 mais à 15 h 45 son bureau était toujours vide. Il arriva cinq minutes plus tard et passa devant Lorraine sans la saluer. Il s'arrangeait toujours pour ne jamais dire bonjour ni au revoir. Personne ne savait pourquoi. Cela ressemblait à du mépris, mais un observateur attentif aurait remarqué, en particulier au moment des adieux, qu'une gêne l'embarrassait soudain. Lui-même l'avait expliqué à Launay. Depuis que sa mère était morte sans qu'il ait pu la saluer, saluer d'autres personnes lui semblait l'outrager. Il se murmurait également que son frère avait été abattu en Corse dans leurs jeunes années alors qu'il venait de le serrer dans ses bras. Bref, après avoir dépassé Lorraine, il lui demanda de la suivre, sur ce ton impératif qui avait le don de glacer les gens. Dans son bureau, il ne la regarda pas plus et s'affaira à parcourir les notes disposées sur sa table en fonction de leur importance. Une seule d'entre elles nécessitait un examen immédiat. Il la lut rapidement et n'y trouva pas l'intérêt que son emplacement suggérait. Puis il s'assit, ordonna d'un geste à Lorraine de faire de même.

— Qu'est-ce qu'il y a de si urgent ?

— J'ai mis Absalon sur écoute comme vous me l'aviez demandé. Il en ressort qu'il enquête sur l'assassinat des musulmans entre les deux tours des élections et que quelqu'un l'informe depuis l'intérieur de la maison, à l'antiterrorisme sans doute.

Corti écarta ses doigts au maximum avant de les serrer, signe que sa colère était à son comble.

— Alors vous allez me trouver ce fils de pute, et vous allez me rapporter sa peau, que j'en fasse un porte-document.

Puis il essaya de se ressaisir.

— Quoi d'autre ?

— La femme qui est en analyse chez Stambouli, le thérapeute de la Première dame, traitée pour un prétendu viol par un homme politique...

— Oui... je sais.

Il eut un geste d'impatience.

— Eh bien, l'homme politique en question serait Lubiak.

Corti éructa sans s'excuser.

— Il suffit de regarder le bonhomme pour savoir qu'il n'est pas du genre à demander avant de se servir.

Il se frotta la joue en regardant par la fenêtre.

— On continue, bien sûr, on ne sait jamais, même si juridiquement cela ne vaudra jamais rien. Quoi d'autre ?

— Nous autorisez-vous à sonoriser le bureau d'Absalon ?

Corti regarda Lorraine pour la première fois dans les yeux. Il la fixa si intensément qu'elle se sentit reculer.

— C'est très dangereux, je n'ai même pas de prétexte de défense nationale ou autre agacerie de ce style à donner à la justice en cas de coup dur. Mais bon... Si on se fait prendre pour les écoutes, on ne sera pas mieux traités. Quoi d'autre ?

— C'est plus personnel, monsieur.

L'expression de Corti se fit méprisante.

— Allez-y.

— La DGSE cherche à me recruter. Ils ont l'affaire Stern-fall en Irlande en travers de la gorge. Ils sont passés par un de mes contacts au renseignement militaire pour me prévenir que la CIA voulait se débarrasser de moi. Ils me protégeraient à condition que je sois leur taupe au sein de la DGSI. Je ne veux pas sembler paranoïaque mais…

Corti l'interrompit, cassant :

— Pas de terme psychologisant avec moi.

— Je ne veux pas avoir l'air de… enfin, je pense qu'ils sont capables de m'éliminer et de mettre cela sur le compte de la CIA. À moins que la CIA veuille vraiment se débarrasser de moi…

Lorraine ressentit un réel soulagement mêlé de honte. Elle était dans la position de la petite fille qui implore son père, et l'indécence de la situation lui semblait flagrante.

Corti la dévisagea un long moment sans rien dire puis regarda derrière elle par-dessus sa tête. Ensuite il se transforma en une figure paternelle inspirée d'Alphonse Daudet, dont les lecteurs ont perdu le goût aujourd'hui.

— Ni la CIA ni la DGSE ne peuvent rien contre vous. Je vous protège. Et je vous protégerai aussi longtemps que je l'aurai décidé.

Il s'interrompit un moment comme s'il lui laissait le temps d'absorber chaque mot.

— Et je le déciderai aussi longtemps que vous ne me décevrez pas.

Lorraine eut envie de pleurer et se sentit aussitôt ridicule. Puis elle perdit soudain le contrôle.

— Deloire a été assassiné, n'est-ce pas ?

Corti répondit par une moue méridionale.

— Je peux vous protéger contre les autres, mademoiselle, mais pas contre vous-même, alors laissez votre imagination au vestiaire. Personne n'a tué Deloire et personne ne vous tuera.

Il la congédia d'un geste souverain et se retourna pour ne

pas la voir partir. Comme elle allait franchir la porte, il la rappela.

— Attendez… Vous allez faire patienter la DGSE, puis leur faire croire que vous acceptez de collaborer. Et on va leur écrire une histoire. Sinon, ils ne nous lâcheront jamais. Revenez, asseyez-vous, je vais vous faire un petit cours de géopolitique franco-française.

Lorraine reprit sa place.

— La DGSE est sous les ordres de la Défense. La Défense est dans le giron de Lubiak. Il ne vous aura pas échappé que Lubiak est l'ennemi intime du président, l'homme qui veut être calife à la place du calife. Pour le calmer et éviter une guerre fratricide, Launay s'est engagé à ne pas faire un second mandat, lui a donné le portefeuille des finances et celui de la défense pour un de ses fidèles. En contrepartie, Lubiak a renoncé à exhumer de vieilles histoires saumâtres et a accepté le principe d'éviter des primaires. Moi, je suis du côté de Launay, d'abord par fidélité au président élu, ensuite parce que je ne vois personne d'autre capable d'être président aujourd'hui. Cette fonction avait été faite sur mesure pour un homme, de Gaulle. Depuis, le costume a été trop grand pour tout le monde, ou à peu près. Il faut dire que le Général était porté par l'histoire. Depuis que le mur est tombé, on bricole un peu dans ce pays. En politique, c'est simple. Il y a un tas de bonshommes qui croient à la chose publique et ils travaillent dur dans leur coin, souvent découragés par l'inefficacité de l'État. Passé un certain niveau, c'est une autre espèce d'oiseaux. Et je n'en connais pas beaucoup qui ont une pensée. Launay en est capable. Je vais réfléchir à la façon dont on va s'amuser un peu avec la DGSE. Pour le moment, faites-leur savoir que vous êtes disposée à coopérer avec eux.

Lorraine l'interrompit d'une brève toux sèche.

— Et le jour où ils se rendront compte que je les manipule ?

Corti eut d'abord une moue de contrariété aussitôt effacée par un sourire de circonstance.

— Je vous mettrai dans une position où ils ne pourront rien contre vous.

— Vous ne pensez pas que je devrais en savoir plus ?

Corti la regarda comme un gros chat surveille une tourterelle, à moitié convaincu de devoir lui sauter dessus.

— Si vous en saviez plus, vous seriez vraiment en danger, et je ne pourrais pas vous protéger.

— Au moins comprendre ce que la CIA fait là-dedans.

— Je ne pense pas que cela soit nécessaire.

Corti se recula un peu et croisa ses doigts devant lui en tendant les pouces.

— Pour moi, la CIA c'est une image, celle de votre meilleur ami qui veut vous piquer votre femme. Vous tenez à votre femme mais vous tenez aussi à votre meilleur ami, alors vous êtes vigilant.

— Et s'il part pour de bon avec votre femme ?

— Vous ne pouvez pas faire grand-chose. Les États-Unis, c'est le seul pays à ma connaissance qui ait fait passer une loi, dans les années soixante-dix, qui l'autorise à intervenir militairement dans tout pays dont les agissements seraient contraires aux intérêts économiques du peuple américain. Toute atteinte au niveau de vie de leur ménagère est une déclaration de guerre. Certains diraient que c'est une forme d'impérialisme. Entre nous, je pense que c'est une forme de totalitarisme. À travers la NSA, ils écoutent tout le monde, ils sont chez eux partout. Toute personnalité agissante dans le monde est surveillée dans les moindres détails de sa vie personnelle. Il faut le savoir et agir en conséquence.

Corti eut alors une sorte de malaise que Lorraine ne perçut pas. L'origine lui en parut confuse avant qu'il ne réalise, à sa propre stupéfaction, qu'il n'était pas insensible à la jeune femme, qu'il ressentait un trouble, une forme d'inclination pour elle. Jamais ses sentiments pour quelqu'un n'avaient franchi ce qu'il appelait lui-même son espace aérien, une zone de sécurité faite d'un mélange de réalisme et de cynisme. Il aurait bien aimé que ce ne soit que du désir, mais à ce moment-là, sans préjuger de l'avenir, cette femme le touchait. Il lui en voulut. Elle le sentit dans son regard qui vrillait en elle. Finalement il soupira :

— Bon, on fait comme on a dit ? Avant que vous partiez, j'allais oublier…

Il prit une feuille dans un dossier.

— Une information à faire fuiter. L'appartement de Lubiak appartient aux Émiratis, il leur paye un loyer très au-dessous du marché. Faites passer cela à Absalon d'une façon ou d'une autre. Et essayez de trouver la taupe chez nous. Absalon et elle ont dû sécuriser leurs communications, mais une filoche pourrait faire l'affaire.

39

— C'est vous qui avez monté cette société ?

Lubiak ne le quittait pas des yeux, de peur que la moindre information, le plus petit indice concernant ce jeune homme lui échappe. Des cheveux fins et épars coiffaient une tête d'adolescent aux yeux de mésange. Seules de fines rides à la commissure des lèvres laissaient deviner qu'il avait dépassé l'âge de la grande confusion. En tout état de cause, il n'avait pas plus de 30 ans.

— Oui, monsieur.

— Et... que faisiez-vous avant ?

— Du piratage informatique en free-lance. La société de marché offre toujours la possibilité de convertir le mal en bien si on le souhaite.

— Vous êtes combien dans la boîte ?

— Cinq.

— Vos clients ?

— Le groupe de luxe qui vous a conduit à nous, essentiellement, et aussi la DGSI.

— La DGSI ?

— Oui, vous savez, la surveillance des individus est soumise à des règles, qui sont appliquées avec élasticité. La commission de contrôle se fait berner le plus souvent. Mais quand c'est vraiment plus que *border line*, la DGSI nous sous-traite des opérations spéciales sur des cibles.

— Qu'est-ce qui peut me garantir que vous n'allez pas passer à la DGSI les informations que vous collectez pour moi ?

— Rien, à part moi. Il en sera de même pour toutes les officines. Elles ont toutes travaillé en sous-traitance pour la DGSI à un moment ou un autre. Mais la DGSI ne suffit pas à nous faire vivre. Si je vous perds, je perds aussi mon plus gros client, ce groupe de luxe pour lequel nous travaillons principalement, et on met la clé sous la porte. Ce sera très cloisonné.

— Pouvez-vous me garantir que vous serez la seule personne par laquelle transiteront les informations que je recherche ?

— Je peux vous le garantir.

— Vous connaissez les risques que vous courez ?

— On vient d'en parler.

— Non, cela va bien au-delà, vous en avez conscience. Vous savez, dans ce pays, on meurt comme dans les autres. C'est moins spectaculaire qu'aux États-Unis, mais le résultat est le même.

— Je sais, mais il n'y a aucun risque de fuite.

— Pour bien sécuriser notre relation, et cela vous permettra de vous développer plus encore, vous allez ouvrir votre capital à un fonds luxembourgeois. Je ne vous demande pas votre accord, c'est une condition qui n'est pas négociable. Le fonds prendra une minorité de blocage. En contrepartie, vous allez au moins tripler votre chiffre d'affaires. Et on va vous racheter vos parts à un prix qui vous permettra de ne plus travailler pour la DGSI.

— Nous serons obligés de continuer à travailler un peu pour elle. Sinon elle nous mettra au ban du renseignement.

— Comme vous voulez. Mais je serai intraitable sur l'étanchéité.

Lubiak lui tendit la main en le regardant intensément, une

façon de confirmer ses menaces. Le jeune homme se leva et sortit sans ajouter un mot.

Lubiak aurait pu prendre la vedette pour rejoindre Matignon, mais il préféra s'y rendre en voiture. Libreton y réunissait les ministres des Finances et de la Défense afin de statuer sur la vente de la branche systèmes de Beta Force, un sujet qui faisait la une de l'actualité pour les questions sociales qu'il posait. Libreton hiérarchisait les dossiers en fonction de leur impact médiatique. Un mort médiatisé valait plus que vingt morts discrets, dix personnes licenciées en présence de la presse comptaient plus que les milliers de chômeurs dénombrés chaque mois. Harcelés par l'immédiateté et par la gestion de leur image au jour le jour, ses prédécesseurs n'avaient jamais pris le temps d'agir contre cette hémorragie d'emplois. Il était bien parti pour faire de même.

40

Les portes du bureau présidentiel s'étaient refermées sur le visage contrarié de Volone, le président d'Arlena. Dans ces moments-là, son faciès ressemblait étrangement à celui du shar-peï, une race de petit dogue à la peau plissée. Les deux hommes ne s'étaient pas vus depuis le soir de l'élection de Launay.

Volone s'assit, boudeur, en face du président et alla droit au but.

— Si je fais ce que tu me demandes, je vais mettre les Chinois en colère, et je n'y ai aucun intérêt, pas plus que toi, d'ailleurs.

Launay huma le bout de ses doigts avant de se frotter le nez.

— Les Chinois en colère, c'est quoi le risque ?

— Des contrats importants remis en question et... je ne sais pas, moi, ils peuvent faire fuiter quelque chose sur notre arrangement.

— Ce ne serait pas leur intérêt. Écoute, Charles, moi je réagis, je pense en politique. Dans cette affaire, soit on énerve les Chinois, soit on énerve les Américains. À ce stade, et en attendant des jours meilleurs, je préfère ne pas énerver les Américains. Ce sont les moins-disants sur le plan social, je ne peux pas les laisser acheter en direct. En revanche, tu peux faire le portage, le temps que les projecteurs se détournent et le temps d'éliminer de la société tout ce qui serait gênant en termes de

208

secret-défense. D'ailleurs, nous avons un problème avec le vieux Charda. À mon avis, il n'a plus la lucidité intellectuelle pour diriger Beta Force. Ton entrée dans la filiale stratégie te permet de mettre un pied dans la maison avant de revendre aux Américains, nettoyage social effectué.

L'acquiescement de Volone se résuma à un soupir.

41

— Dieu est devant un Breton, un Corse et un Basque. Il fixe les règles du jeu. Chacun peut lui demander ce qu'il veut à condition d'accepter que Dieu donne le double aux autres. Le Corse demande un couteau. Dieu le lui donne, et il offre deux couteaux au Basque et deux couteaux au Breton. Vient le tour du Basque qui lui demande une brebis. Il l'obtient et Dieu donne deux brebis au Corse et deux brebis au Breton. Quand vient le tour du Breton, celui-ci hésite. L'idée qu'on puisse donner le double aux autres le gêne vraiment. Finalement, il se décide et dit à Dieu : « Crève-moi un œil. »

Le Premier ministre fut le seul à rire de sa propre blague. Le ministre de la Défense n'était pas réputé pour son sens de l'humour. Ce Breton de l'intérieur, obtus et parfois même un peu borné, ne riait jamais des autres, sans doute par peur de devoir un jour rire de lui-même, concept dont il ne saisissait pas l'utilité. Le sérieux de l'existence semblait lui être apparu comme une révélation. Ses cheveux denses et noirs prenaient racine bas sur son front. Ses yeux faisaient des apparitions furtives derrière ses grosses lunettes comme une concierge curieuse. Les questions militaires l'avaient passionné dès l'enfance mais s'il avait beaucoup joué avec ses petits soldats, il ne l'était jamais devenu à cause d'une myopie congénitale.

Lubiak n'esquissa pas le moindre sourire. Il pensait à autre chose. Les préliminaires enjoués à toute conversation sérieuse étaient une spécialité de Libreton, qui réservait sa bonhomie aux sphères parisiennes, au Sénat en particulier où il avait eu le privilège de siéger jeune. Dans son fief du Sud-Ouest, il en allait autrement, on parlait de lui comme d'un dictateur à la rancune tenace.

Un soleil aussi peu assuré que la démarche d'un faon né la veille traversa timidement les fenêtres du bureau du Premier ministre.

— Je pensais à cela hier. Je crois que le soleil qui est si fondamental pour le développement des plantes l'est moins pour l'intelligence des hommes. Trop de soleil nuit à l'intériorité, à « l'entre-soi » qui fait les grands esprits. Ou alors il faut que le soleil inonde comme dans le désert, et là, on voit l'esprit s'élever.

Les deux ministres ne réagirent pas plus à sa réflexion profonde qu'ils ne l'avaient fait à son histoire. Il décida alors d'en venir aux faits :

— Bon, j'ai vu le président hier. Sur Beta Force Systèmes, il ne veut ni des Chinois, ni des Émiratis, ni des Américains.

Le ministre des Finances et celui de la Défense se regardèrent, interdits.

— Choisir les Chinois reviendrait à contrarier les Américains.

Lubiak tira sur son col de chemise.

— Et qu'est-ce qui nous interdit de contrarier les Américains ?

Libreton s'enfonça dans son fauteuil, libérant sa panse.

— D'abord, ce sont nos alliés. Ensuite, vous n'êtes pas sans savoir que la NSA effectue une surveillance active de la classe politique européenne. Autant dire que l'on n'a pas de secrets pour eux... Pour les Chinois, ils contestent le transfert de technologie sensible. Pour les Émiratis, ils risqueraient de soulever l'argument de leur implication dans le terrorisme et on ne le souhaite pas, tu es bien d'accord.

Disant cela, il sourit, une façon de faire siennes les préoccupations de Lubiak. Il reprit :

— Grâce à toi, à tes relations privilégiées avec eux, les Émiratis vont amener beaucoup de « business » en France, d'investissement. Ne gâchons pas cette opportunité avec une affaire qui s'enclenche mal. Quant aux Américains, l'offre sociale est insuffisante et mettrait Marin en difficulté dans sa région. Donc l'arbitrage est simple. Arlena va reprendre la société, faire en sorte qu'il n'y reste rien de lié au secret-défense, faire le ménage puisque c'est nécessaire mais « à la française ». Ensuite, comme cette société n'est pas dans le cœur d'activité d'Arlena, on la revendra. Mais rien ne presse. Et puis, sur le plan de la communication, je pense comme le président. C'est aussi bien qu'on ne continue pas à brader des pans entiers de l'industrie française à des étrangers.

Libreton semblait satisfait de sa prestation auprès des deux ministres de son gouvernement. Lubiak se leva et se mit à arpenter le bureau comme si c'était le sien.

— Launay sait très bien ce qui se profile derrière comme contrats avec les Émiratis. Armement, systèmes de surveillance. De gros contrats qui vont donner des années de travail à des Français. Là, vous êtes en train de tout compromettre. Pourquoi ? Pour ne pas déplaire aux Américains. De quoi avez-vous peur ?

Libreton eut la velléité de se lever à son tour mais il n'y parvint pas immédiatement, alors il renonça.

— Nous n'avons peur de rien. Je pense qu'on peut tout à fait assurer aux Émiratis qu'ils seront prioritaires à la revente. Mais tant qu'ils financent, même de loin, des activités terroristes, tu comprendras que vis-à-vis des Américains...

Lubiak se posta à contre-jour, mains dans les poches.

— À propos de terrorisme, il faudrait que tu nous expliques quelque chose : les musulmans assassinés entre les deux tours.

Libreton pouffa :

— C'est marrant, ce que tu viens de dire. Des musulmans assassinés entre les deux tours. À comparer aux centaines de juifs et de chrétiens tués dans les deux tours ? Je plaisante...

Lubiak poursuivit :

— On sait tous que ces trois types étaient des terroristes. Pourquoi faire croire qu'un commando d'extrême droite est responsable de leur mort ? Un petit coup de pouce entre les deux tours de l'élection ? Avec l'aide des Américains ? D'où la gêne du président à les contrarier ? Tu confirmes ?

Le ministre de la Défense, qui n'avait pas prévu de parler, mit un moment à se décider.

— Oui, la DGSE m'a informé que les musulmans assassinés étaient là pour monter une cellule d'activistes et qu'ils étaient surveillés par la DGSI et par la CIA.

— Ce qui est confirmé par les Émiratis. Ces types revenaient d'un camp d'entraînement au Soudan.

— Financé par tes amis, ajouta Libreton.

— Partiellement financé indirectement par mes amis.

Libreton parvint à se lever en poussant très fort sur ses bras.

— Très sincèrement, je ne sais rien de cette histoire. Mais si même on admettait qu'elle soit vraie, qu'est-ce que ça change ?

— Rien, répondit sèchement Lubiak, cela nous permet juste d'acter que le président est en comptes avec les Américains. C'est mieux de le savoir.

— Qu'importe, suivons notre stratégie. Je pense que tu peux dire à tes amis émiratis que s'ils renoncent à financer le terrorisme, ils ont un boulevard chez nous.

— Ils ne financent pas le terrorisme, tu le sais très bien, ils financent des œuvres pour leur tranquillité.

Le ministre de la Défense ôta ses lunettes pour reposer ses yeux, révélant un regard terne d'une tristesse résignée.

— À propos, je voudrais te signaler que la coopération entre la DGSE et la DGSI est au plus mal. Corti cache quelque chose à la DGSE.

— Si les services de renseignement passaient plus de temps à coopérer qu'à se faire concurrence, on le saurait, non ?

— Sur l'affaire Sternfall, il s'est créé un lourd contentieux à l'étranger, en Irlande plus précisément.

— Je ne suis pas au courant, je te le dis de bonne foi. Je vais me renseigner, c'est promis. Mais je suis d'accord avec toi, quand la DGSE et la DGSI se tirent la bourre, ce n'est jamais bon pour nous. Je vais y mettre de l'ordre.

Puis, s'adressant à Lubiak :

— Si tu veux m'amener tes Émiratis pour que je les rassure, n'hésite pas…

42

À cette heure de la matinée, il restait quelques places éparses à la terrasse du café qui faisait l'angle des rues de Seine et de Buci. Terence s'installa et commanda un double expresso afin de remettre un peu de nerf dans sa machine affaiblie par plusieurs nuits d'insomnie, des insomnies sans cause comme si la nuit l'attirait vers l'action pour mieux ruiner ses journées. Tout le sucre versé dans son café ne le rendit pas moins amer. Ils étaient convenus, Sylvia et lui, de se parler le moins possible au bureau, raison pour laquelle il lui avait donné rendez-vous là, au croisement de deux petites rues bruyantes qui rendaient délicates des écoutes itinérantes. Terence n'avait pas l'obsession de la discrétion, il en connaissait la nécessité mais la vivait sans paranoïa. Ils se préparaient, Sylvia et lui, à sortir leur premier papier commun : un article sur l'assassinat de Deloire, le numéro deux d'Arlena, renversé par une camionnette un matin de pluie. L'enquête montrait à ce stade que le chauffeur de la camionnette avait été recruté par son employeur peu de temps avant les faits, que cet homme était lié au grand banditisme de la Seine-Saint-Denis, qu'il bénéficiait d'une généreuse remise de peine. Leurs recherches avaient aussi permis de découvrir que la société de transport était gérée par un ancien flic des renseignements généraux. De là à imaginer que toute l'opération avait été organisée par le renseignement intérieur, il n'y avait qu'un pas que les deux journalistes avaient franchi dans leur tête. L'article pouvait le suggérer, mais le dire relevait de la diffamation. Alors ils s'abstiendraient. Sylvia vint s'attabler à côté de lui. Elle paraissait déguisée pour ne ressembler à personne, ce qui la faisait remarquer au milieu d'anonymes qui, au contraire, avaient multiplié les efforts pour ressembler à quelqu'un. La pauvreté de sa mise mettait en valeur la peau ambrée de son visage, qui soulignait ses yeux. Terence s'étonna de ne pas la désirer, car, même sans l'idée d'aller plus loin, rien ne l'empêchait de la désirer secrètement. Mais il n'en était rien. Il mit cela sur le compte de leur proximité professionnelle tout en sachant que c'était faux. Son désir ne correspondait à aucune logique. Aussi éteint qu'un volcan d'Auvergne, il subissait quelques éruptions inattendues qui n'étaient liées ni au charme ni à la beauté. La présence de son grand-père chez lui avait été longtemps le prétexte à ne jamais approfondir une relation. Cette excuse avait disparu, mais elle ne rendait pas son désir plus simple, et c'était d'autant plus frustrant que son physique ouvrait sur un océan d'opportunités que sa psychologie avait réduit à une mare couverte de nénuphars. De véritable relation amoureuse, il n'en avait jamais eu. Il s'était contenté d'aventures d'une nuit. Là encore, le prétexte de ne pas se laisser infiltrer avait servi d'excuse à ces relations sans perspectives. Ses insomnies puisaient aussi dans ses deuils. Il ne s'accoutumait pas à la perte de son grand-père. Et sa décision de ne jamais chercher à revoir sa mère, pour peu qu'elle fût encore vivante, l'enserrait.

Sylvia venait de se faire notifier un contrôle fiscal.

— Une façon de te dire : « Nous sommes là, nous éplucherons ta moralité civique jusqu'au dernier centime. » C'est le premier stade de la violence publique. J'en ai eu cinq et quand ils ont compris qu'ils ne trouveraient jamais rien, ils ont laissé tomber. La prochaine étape sera de sonoriser ton appartement. Tu t'en rendras compte le jour où ta serrure qui fonctionnait parfaitement jusqu'ici deviendra récalcitrante. La DGSI a de moins bons serruriers que la DGSE, donc si tu ne te rends compte de rien, c'est que ces derniers vivent désormais chez toi, avec toi.

— C'est ce qui est arrivé, elle accroche...

— Ne cherche pas plus loin. Ensuite, ils vont éplucher tes consultations de Google. Tu sais ce que tu devrais faire ? Ils vont essayer de faire ton profil sexuel, alors chaque fois que tu vas sur Google, clique sur un site pornographique, histoire de leur montrer que tu sais qu'ils t'espionnent.

Terence laissa Sylvia à son humeur maussade un court moment, le temps de détailler les passants.

— Tu sais combien d'entre eux s'intéressent à ce que nous faisons ? demanda-t-il. Je dirais un pour cent pour être large. La vraie force de nos adversaires, elle est là. Ils jouent à craindre nos révélations, mais au fond ils savent que la majorité des citoyens n'a rien à faire qu'Untel ou Untel se serve effrontément ou leur cache la vérité. La seule vérité qui compte pour eux, c'est celle de leur niveau de vie, la satisfaction de leur aspiration bourgeoise. « Son idéal n'est en effet aucunement le sacrifice, mais la préservation de sa personne. Il n'aspire ni à la sainteté ni à son opposé, et ne supporte pas l'absolu... Il essaie de trouver sa place entre les extrêmes, dans une zone médiane, tempérée et saine où n'éclatent ni tempêtes ni orages violents... On ne peut vivre intensément qu'aux dépens de soi-même... Ainsi assure-t-il sa préservation et sa sécurité au détriment de la ferveur. » Tu peux rester assise ici la journée entière, sur les milliers de gens que tu verras défiler, la quasi-totalité sera conforme à cette description du bourgeois selon *Le loup des steppes*.

« Je nous vois comme des loups solitaires qui procèdent par attaques fulgurantes contre la meute, laquelle nous le rend avec toute la violence qu'elle s'autorise. Ce qui nous sauve ? C'est que, parfois, un individu caché dans la meute se sent maltraité ou, plus rarement, prend conscience que sa vie selon ces règles ne mène à rien. Sans ce type de défection, on ne pourrait rien faire, rien savoir, rien prouver. Le plus curieux, c'est que cette grande masse protège des hommes qui ne lui ressemblent pas. Leur avidité, leur détermination à mentir, à voler, à confisquer, à s'approprier le pouvoir, "l'abandon de la voie moyenne" les rendent a priori marginaux. Mais ils ont compris que cette marginalité est tolérable à condition qu'ils préservent au moins l'apparence des équilibres fondamentaux. Ils donnent le change en légiférant. Rien ne rassure plus l'opinion qu'une avalanche de textes qui régissent les rapports entre des gens qui n'ont plus d'ambition collective si ce n'est que la loi tienne l'autre à distance. Ils ne sont même plus éduqués à vivre ensemble et ne voient plus dans la relation à l'autre qu'une alchimie d'intérêts. Réglementer, légiférer pour mieux encore détourner à son avantage l'essence de la règle, la contourner avec l'aide de myriades de juristes dévoués et coûteux. Ceux qui font la loi et ceux qui la bafouent font cause commune contre l'individu, encadré, enfermé, asservi à l'État et au marché qui jouent depuis des lustres la comédie du désamour et amusent la galerie par leurs prétendues antinomies.

Le garçon venait de finir son service, alors il fallut le payer. Et attendre que le garçon qui lui succédait prenne son service à son tour pour lui commander un nouveau café qui pèserait lourd ce soir dans l'insomnie de Terence. Les moyens qui conduisent à lutter contre les effets de l'insomnie le jour font sa force pour la nuit.

Sylvia se posait visiblement des questions sur son choix. Cette forme de journalisme dans laquelle elle venait de verser n'était pas ce qu'on peut appeler « un fait majoritaire » dans la profession. Il fallait de drôles de dispositions d'esprit pour se lever chaque matin entouré d'ennemis aussi bien à l'intérieur qu'à l'extérieur du journal, savoir que chacun de ses faits et gestes serait contrôlé, analysé, que sa vie privée serait livrée en pâture à des fonctionnaires zélés, dont l'intrusion dans son intimité serait la seule preuve à leurs yeux de leur pouvoir. Ce sacerdoce lui paraissait complètement à contre-courant de la société telle qu'elle évoluait. Cette obsession du mensonge, cet acharnement à le débusquer, cette obstination à rendre leur sens aux mots publics relevaient de l'expérience spirituelle et c'était en cela qu'elle était incompréhensible autant pour ceux qu'elle visait que pour la majorité des électeurs. Une expérience spirituelle sans Dieu, voilà ce dont il s'agissait. Terence lui devint soudainement insupportable, car elle mettait sur le compte de son inclination prophétique son absence de désir pour elle. Il la niait au nom de son ministère, elle en était convaincue.

Terence était ailleurs. Il pensait à la victime présumée de Lubiak, cette femme à la tristesse si lumineuse. Il se demandait si elle n'avait pas aimé son bourreau avant d'en être la victime. Lubiak jeune était très séduisant pour quiconque n'aurait pas remarqué les discrètes atteintes de la perversité dans les expressions de son visage. Mais il fallait pour cela l'avoir un bon moment devant soi. Ce que Terence avait fait en visionnant son premier entretien politique alors qu'il briguait la mairie qui serait ensuite le marchepied de sa carrière politique. Sans doute parce qu'il était jeune encore et pas tout à fait rompu au jeu de l'oralité en politique, son absence de sincérité semblait flagrante avec le recul. Une forme d'imposture, d'escroquerie morale s'était déjà installée dans ce personnage brillant qui dégageait une force impressionnante, un genre de personnalité que la société française produit rarement, elle si prompte à favoriser l'inhibition. S'excuser de ce qu'on est apparaît comme une forme de bienséance qui emprunte à la politesse aussi bien qu'à l'humilité, ce qu'on ne demande jamais à un jeune Anglo-

Saxon dont on ne verra dans l'arrogance que ce qu'elle porte de promesses.

La jeune fille pouvait très bien avoir succombé au charme de cette énergie si présente chez Lubiak. Mais le jeune homme, se connaissant ou en tout cas se pressentant, ne supportait déjà certainement pas d'être aimé pour l'apparence qu'il livrait aux autres. Il préférait être haï pour ce qu'il était vraiment, d'où la prise de force, l'acte déshonorant, conclu par un geste sadique. L'alcool et la drogue avaient aidé. Mais n'avaient pas suffi. La ressemblance entre sa femme et la victime ? Elle ne pouvait pas être fortuite. Elles n'étaient certainement pas sœurs non plus. Plus probable, Lubiak pensait inconsciemment avoir réparé son geste criminel en possédant en toute légalité le sosie de la femme qu'il avait violée. Qui l'aimait pour ce qu'il était, pour sa perversité qu'elle avait acceptée. Elle savait ce qu'il avait fait. Mais la tache restait indélébile. Pour l'effacer définitivement, il lui fallait posséder légalement la femme qu'il avait outragée. À n'importe quel prix. Par une sorte de superstition personnelle, il se disait que, cet obstacle levé, plus rien ne s'opposerait à l'amour des électeurs. Il pourrait enfin être l'élu d'un peuple. Le lien entre les deux était très puéril. Il y avait quelque chose d'infantile, d'irrésolu dans ces êtres-là, Terence le savait bien, et de tout aussi infantile dans la façon dont ils s'en arrangeaient. Le véritable ressort de Lubiak, c'était la détestation qu'il se portait et les multiples façons qu'il avait de s'en arranger.

Il fut tenté d'échanger sur le sujet avec Sylvia. Mais elle s'était complètement refermée sur elle-même, comme une huître piquée au vif. Une évidence lui frappa l'esprit. Sylvia allait démissionner. Elle n'aimait que les intrigues littéraires. Ces choses sont supportables tant qu'elles relèvent d'un songe.

Il posa la main sur le dos de la sienne et, avant qu'elle n'ait pu dire quoi que ce soit, il lâcha :

— Je comprends, je comprends très bien.

Elle pensa de façon très fugace que sa démission allait ouvrir la porte à une histoire d'amour. Mais la manière dont il la quitta ne laissait place à aucun doute. Il se leva, lança un billet sur la table et partit sans se retourner.

43

Depuis bien longtemps, les deux hommes n'avaient pas pris le temps de se voir en face à face. Les deux insubmersibles de la République, sans s'apprécier – ils n'en voyaient pas la nécessité –, ne laissaient jamais plus de six mois s'écouler sans se voir. Volone craignait ce moment qui se déroulait toujours au même endroit, dans le restaurant corse du 12ᵉ où Corti avait sa table, avec son rond de serviette. On racontait que s'il ne venait pas la table restait vide. Les serveurs évitaient de l'attribuer, même aux heures d'affluence. On ne savait jamais, le « Sphinx » pouvait débarquer sans prévenir et personne ne voulait affronter sa contrariété devant sa table occupée. D'autant que, on l'a dit, sa chaise était légèrement surélevée afin qu'il puisse voir au-dessus de ses interlocuteurs. Volone ne fréquentait que les restaurants haut de gamme et cette gargote corse lui donnait le sentiment désagréable d'un déclassement social. Corti le savait et il en abusait en commandant les plats les plus gras et le vin le plus acide. À plusieurs reprises, Volone avait tenté d'attirer Corti dans de somptueux restaurants étoilés. Corti avait toujours refusé. On venait à lui, jamais le contraire. D'ailleurs, depuis que Launay était président, ils ne déjeunaient ni ne dînaient ensemble.

— Est-ce que tu sais si Deloire travaillait aussi pour les Chinois ?

Corti finit de mâcher puis avala et se rinça la gorge.

— Oui. Et je crois que les Chinois prennent mal sa disparition. Deloire était un agent double, il touchait de tous les côtés.

— Je n'aime pas cette enquête d'Absalon. Je ne savais pas que c'était toi qui avais assuré le côté opérationnel de sa disparition, je pensais que c'était la CIA.

— Tu crois que je laisse la CIA monter des coups à Paris ? Non, je préfère contrôler.

Volone fit une moue de contrariété.

— Ils ont déjà remonté jusqu'à un ancien des renseignements généraux…

— Et alors ? Voilà, constat, un repris de justice engagé par un ancien des renseignements généraux. La suite c'est quoi ? Pas de suite, voie sans issue. Quatre cent mille gus voient passer l'information dans leur journal. Et puis quoi ? Qui va m'interpeller là-dessus ? Des anciens des renseignements généraux, il y en a autant dans ce pays que des mouches sur une bête morte.

— Ce ne serait pas le moment que ça remonte, d'autant plus que Launay continue à tirer sur la lessiveuse.

— Pour quoi faire ?

— Pour rémunérer sa fille.

— Rien de grave.

— Non, mais je préférerais qu'il n'y ait plus de mouvements, c'est tout. Les Américains, qu'est-ce qu'ils disent ?

— Qu'est-ce que tu veux qu'ils disent, ils ont toutes les cartes en main.

— Et on n'a aucun moyen de contre-attaquer, de se libérer de cette emprise ?

— Pour l'instant, je ne vois pas. Ils nous ont aidés pour l'élection.

— Je m'en doutais. Mais Absalon va aussi mettre son nez là-dedans. Je ne sais pas ce qu'il a, ce jeune, il est enragé.

— On le surveille.

— Moi aussi. Son journal va être vendu.

— À qui ?

— Beta Force.

— Pourquoi ?

— Il faut renflouer et Arbois n'en a pas envie. Il s'est payé une danseuse pour se mettre dans les petits papiers de Launay qu'il a soutenu. Maintenant il trouve que cela va lui coûter trop cher pour le retour qu'il en attend.

— Qui va remplacer Charda chez Beta Force ?

— On ne sait pas.

— Tu es sur les rangs ?

— Possible. Échanger un empire public de l'électricité et du nucléaire contre une grosse société d'armement et de haute technologie civile ? Il faut voir. C'est une éventualité. Financièrement, c'est plus intéressant. Chez Arlena, salaires et stock-options sont limités. Chez Beta Force, ce serait tout autre chose. Mais je sais que certains actionnaires privés de la société verraient mon arrivée d'un mauvais œil.

— On pourrait t'aider à les convaincre. Philippe pourrait le faire facilement, il a la main sur les commandes militaires publiques, dit Corti.

— Certes, mais le ministre de la Défense est plutôt du côté de Lubiak.

— Pour l'instant.

— Et cette fille qui sait pour Sternfall ?

— Ma collaboratrice ? Je m'en porte garant auprès de toi comme je m'en porte garant auprès des Américains.

— Tu as tort.

— Pourquoi ?

— Elle pourrait parler à la DGSE. Livergan, le patron de la DGSE, est protégé par le ministre de la Défense. Pourquoi ? Je n'en sais rien. Mais il craint tout de même de se faire virer par Launay. Il se doute qu'il y a quelque chose de pas très clair derrière l'affaire Sternfall et il doit se dire qu'il y a là peut-être matière à maintenir Launay à distance. D'où le travail de forcing qu'il fait pour prendre le contrôle de ta collaboratrice.

— Comment tu le sais ?

— Elle se confie.

Le visage de Corti prit la couleur du vin qui était dans son verre.

— À qui ?

— À une Chinoise.

— Tu plaisantes ?

— Elle s'est confiée à l'ancienne maîtresse de Deloire, la photographe qu'elle avait été chargée de tamponner. Cette Li travaille pour moi, entre autres. C'est moi qui l'avais installée auprès de Deloire. C'est une femme qui aime les femmes, comme ta collaboratrice. Ça crée des liens. C'est d'autant moins « bon esprit » que ta collaboratrice pense que Li travaille exclusivement pour les Chinois. Quelle confiance tu peux lui faire ?

Corti exécrait ce sentiment d'être poussé dans un coin. La violence avait envahi chacune de ses cellules et il ne savait plus quoi faire pour la contenir. Il prit sur lui et, signe qu'il se contrôlait, baissa la voix :

— Je vais m'en occuper.

44

Corti prit l'avion le vendredi soir comme il en avait l'habitude. Le temps de vol entre Paris et Calvi lui permettait de lire la presse de la semaine pour y repérer ce qui le concernait ou plus simplement l'intéressait. Ses deux gardes du corps venaient le chercher à l'aéroport. Il lui arrivait de ne pas leur adresser la parole sur le chemin qui conduisait à sa maison. Aussi ne furent-ils pas surpris de voir leur patron complètement fermé à tout échange. Il continua à lire un journal, assis sur le siège passager. Il n'aimait pas être conduit assis sur le siège arrière. D'ailleurs, il n'aimait pas être conduit du tout. Chacun, même dans les moments les plus sombres, se doit d'aller vers la lumière. Cette lumière pour Corti, c'était la perspective d'aller faire un tour à moto, sur une des vieilles bécanes de sa collection, toutes fabriquées l'année de sa naissance, en 1957. Un bon millésime pour l'espèce. Tout le reste n'était que contrariété. Sa femme ne l'énervait jamais volontairement, mais sa seule présence faisait planer de gros nuages sur son moral. Comme ses enfants, qui heureusement prenaient de la distance. Mais cela ne les empê-chait pas de passer pendant le week-end, moins pour le plaisir de voir leur père que pour solliciter de lui une faveur pour un copain ou un autre. Des petits passe-droits insulaires pour des bons à rien qui se fourraient dans les ennuis avec des réseaux corses ou avec la justice. Et lui, juge de paix sur son temps libre, en consacrait une grande partie à passer des coups de fil pour prévenir les conséquences souvent redoutables de comportements stupides. Sur cette île sèche en été qui battait tous les records d'Europe de morts violentes, une étincelle suffisait aussi bien à allumer un incendie de maquis qu'à déclencher une fusillade dans un bar d'Ajaccio. L'administration continentale se trouvait globalement inadaptée à des coutumes ancestrales qui n'avaient pas mis l'État-nation au centre de leurs préoccupations sauf à s'en servir pour piller les autres, ce que Bonaparte et Napoléon avaient su si bien faire en leur temps. Alors Corti, qui connaissait si bien l'un et l'autre, intervenait, temporisait, menaçait parfois, mais rarement.

Sa femme remarqua sa mauvaise humeur mais ne la releva pas. D'ordinaire, Corti maugréait plus qu'il ne parlait à son épouse, aboutissement de trente-quatre années de mariage. Un bail, pendant lequel il avait bien pensé la tromper à l'occasion, mais il ne s'y était jamais résolu. Sans avoir lu *Malaise dans la civilisation* de Freud, Corti s'accordait assez bien au principe de plaisir. Tromper sa femme lui aurait causé un déplaisir moral plus grand que le plaisir physique fugitif qui en aurait résulté. Il lui arrivait même de douter qu'il aurait pu en tirer un vrai plaisir physique.

À son arrivée, il s'était assis devant la télévision, à regarder des documentaires animaliers, plein de cette confusion et de cette rage qui concluaient la semaine passée. Drôle de conjonction, se disait-il, entre l'émergence de sentiments pour cet agent et la déception qu'elle lui avait causée. Ses sentiments pour elle s'étaient levés comme un voile sur une gorge naissante, aussitôt terrassés par la nouvelle de sa trahison. Plus grave que la défection, elle s'était épanchée auprès d'une femme qui certes travaillait pour Volone mais probablement aussi pour les Chinois. Elle lui avait confié sa peur d'être liquidée par la CIA ou la

DGSE. Cette femme n'avait donc pas de nerfs et elle constituait bien une menace pour le secret d'État qui les liait, lui, Volone et Launay, à la CIA. Il n'était pas décidé à agir lui-même, mais désormais, si l'agence américaine voulait s'en charger avec suffisamment de tact, il ne s'y opposerait pas. Sternfall était vivant en Irlande sous la protection de la CIA et personne ne devait le savoir. Elle était la seule à pouvoir divulguer cette information. La veille encore, il la considérait aussi fiable que lui-même, mais depuis les révélations de Volone il découvrait une femme fragile. Et surtout manipulable, sinon, comment avait-elle pu être dévoyée par cette espionne ? Sa confiance en Lorraine, qu'il avait bâtie comme un muret en pierre protégeant un rang de tomates des vents salés, s'était effondrée. Son projet de l'utiliser pour manipuler la DGSE tombait à l'eau.

Il se souvint d'une discussion avec son grand-père, alors qu'ils menaient son troupeau de brebis dans la montagne. Le vieil homme, pâtre depuis son enfance, se complaisait à parler en sage, lui dont on disait qu'il avait plus de morts sur la conscience qu'il ne lui restait de doigts, deux d'entre eux ayant été avalés par une scie circulaire.

« Moi, je n'ai jamais tué personne, mon petit. Mais il m'est arrivé de débarrasser quelques personnes de leur corps. Ce n'est pas la même chose. Je leur ai laissé leur âme. Je les ai même empêchées de procéder plus loin dans la destruction de celle-ci. Le corps n'est qu'une étape. Avant la naissance, on ne l'a pas, après la mort, on ne l'a plus. Et de toute façon le corps n'est que trahison. Il nous emmène vers des désirs où on n'aurait pas forcément envie d'aller. C'est lui qui nous corrompt, si on y regarde de près. Tuer un homme, c'est priver son âme de bras armé, rien de plus. »

Corti connaissait bien le dossier de Lorraine. Elle avait certes ce gosse un peu spécial atteint du syndrome d'Asperger et un ex-mari défaillant, une sorte d'artiste. Mais qu'y pouvait-il, lui ?

Il ne lui ferait pas de mal directement, à cette femme. Il allait se contenter de la renvoyer de la DGSI. On la recaserait dans la police judiciaire. Puis arriverait ce qui devait arriver, ce n'était plus son problème. Il s'endormit tard sur cette conclusion et se réveilla tôt.

Il déjeuna rapidement et enfila sa tenue en cuir de cheval, une combinaison de moto pour la course datant du début des années soixante. Il chaussa les bottines qui allaient avec et prépara son casque Cromwell et ses lunettes. Il descendit au garage. Il avait jeté son dévolu sur la Matchless, mais il ne put la démarrer. Il essaya la Triumph, mais son bruit ne lui plaisait pas, comme si elle ne tournait que sur un cylindre. Alors il prit le Sportster Harley. Cependant, la contrariété ne le quitta pas. Il voulait faire un tour en Matchless ce matin-là. Décidément, rien n'allait dans la bonne direction, il sentait les vents contraires. L'emprise des Américains commençait vraiment à lui peser.

Les gardes du corps étaient postés dans leur voiture, devant la maison du patron, dès 6 h 30. Il passa devant eux sans les saluer. La combinaison le serrait aux plis du ventre. Il se dirigea vers le désert des Agriates avec l'idée de rejoindre Saint-Florent pour y boire un café à une terrasse où il avait ses habitudes. La rumeur de sa présence se répandrait vite. Comme par enchantement, l'un après l'autre, défileraient une dizaine de solliciteurs auxquels il ne répondrait pas et qu'il s'arrangerait pour ne pas regarder pendant la conversation. Puis, quand il en aurait assez, il ferait savoir au patron du bistrot que « le bureau des réclamations » était fermé, alors personne n'oserait plus rien lui demander, pas même l'heure.

45

Il restait vingt minutes avant que la séance ne commence dans les salons de l'Élysée. On allait y décorer une fournée d'hommes et de femmes, reconnaissants que la nation consacre une importance qu'ils s'étaient eux-mêmes depuis longtemps reconnue. Parmi eux, une dizaine de membres bienfaiteurs du complexe militaro-industriel, dont Charles Volone, qui allait être élevé au rang d'officier. Le président et Volone étaient convenus de se voir un peu avant la cérémonie pour y évoquer les affaires courantes.

— Si je me porte candidat à la présidence de Beta Force, tu seras derrière moi ?

Launay regardait dans le vide. Il revint sur son interlocuteur.

— Si tu prends la tête de Beta Force, on barre la route à Lubiak. Il va essayer de se constituer son trésor de guerre sur les contrats d'armement et de surveillance avec les Émiratis. Ce serait une bonne chose. Mais il faudrait que tu sois remplacé chez Arlena par quelqu'un de confiance.

— On va trouver. De toute façon, l'État y est majoritaire. Donc si cela ne va pas… dehors.

— Très bien.

— J'ai un autre point à évoquer avec toi rapidement. J'ai vu Corti. Je lui ai annoncé que sa collaboratrice qui a pisté Sternfall commence à parler.

230

La contrariété envahit le visage de Launay.

— C'est très ennuyeux. Et Corti peut gérer ?

— Entre nous, je ne le sens pas. Et il ne fait rien pour nous débarrasser de cette emprise de la CIA. Sans Sternfall à exhiber, ils ne nous tiennent plus.

— Je ne sais pas si je suis prêt à aller jusque-là.

— Il le faudra bien, Philippe. Tu n'es pas un vassal des États-Unis. La France mérite mieux.

— Je vais réfléchir.

Launay n'avait pas assez de recul sur lui-même pour se libérer des entraves de sa condition mais suffisamment pour remarquer une situation cocasse telle que décorer de la Légion d'honneur des personnalités d'un monde dont l'honneur était la dernière qualité requise. La remise des décorations donna lieu à une vingtaine d'accolades dont il se serait bien passé. La réception dura ensuite une bonne heure où chacun échangea sur un mode policé et courtois. Parmi les invités se trouvait Livergan, le patron de la DGSE. Launay, sans plus de protocole, lui proposa de le suivre dans son bureau. Livergan était un diplomate d'action plus que de bavardages aux constructions habiles. Selon sa conception du service, le renseignement extérieur relevait directement du président et non du ministre de la Défense, même si du point de vue de l'organigramme c'était le cas. Le prédécesseur de Launay n'avait pas eu d'intérêt particulier pour la question. Launay le regarda croiser et décroiser ses jambes un moment. Un temps très court pendant lequel il avait préparé une volte-face d'une intrépidité inouïe.

— Je comptais vous voir prochainement. Je porte un grand intérêt au renseignement extérieur. Je sais que les deux services, intérieur et extérieur, ne s'entendent pas et je le déplore. Je connais bien Corti, sa façon d'être est particulière. On m'a dit que vous aviez fait du très bon travail avec mon prédécesseur. Je n'ai pas de raison de vous remplacer. J'ai d'ailleurs une urgence et, si vous le permettez, nous parlerons du service plus générallement une autre fois. Vous avez entendu parler de Sternfall, le syndicaliste d'Arlena : il est vivant et coule des jours heureux en Irlande, protégé par la CIA, pour laquelle il travaillait.

Launay savait qu'il jouait un coup de poker extrêmement risqué. Il fixa Livergan longuement comme s'il cherchait sur son visage la suite de leur entretien.

— Qui le sait ? Vous maintenant, Corti, Volone, moi et l'agent de la DGSI qui l'a localisé. Corti a tout fait pour vous laisser en dehors.

— Un agent du service action a d'ailleurs failli en perdre la vie.

— Sous quelques semaines, il faudrait que ce Sternfall soit sorti du jeu. Je ne sais pas comment, je vous laisse l'initiative. Et la femme qui l'a vu vivant aussi. Corti n'est pas compétent pour une opération de ce type à l'étranger. Vous me rendez ce service, enfin... vous rendez ce service à la nation. Si vous réussissez, vous pourrez compter sur moi. Plus que sur le ministre de la Défense que j'ai nommé par souci d'équilibre politique mais qui ne fera pas partie de nos intimes, je préfère que vous le sachiez.

Livergan montra sa satisfaction : il aimait les situations claires.

— Qu'est-ce qui ne fonctionne pas entre vous et Corti ? reprit Launay.

— Nous ne sommes pas du même monde. Je fais mon possible pour servir le pays, il n'est qu'au service de lui-même. Il a été formé aux renseignements généraux, qui sont au renseignement ce qu'une mare saumâtre et putride est à l'eau. Alors que je viens de la diplomatie.

Launay sourit :

— Je préférerais que vous vous accordiez. C'est toujours mieux quand les renseignements intérieur et extérieur cohabitent harmonieusement. C'est sans doute aussi chimérique que de vouloir faire cohabiter pacifiquement Israéliens et Palestiniens, mais en début de mandat on peut se permettre de grandes illusions. J'apprécie Corti, cependant pas à vos dépens, vous avez ma parole. Je sais que les hommes du renseignement n'accordent pas beaucoup de valeur à la parole des politiques, au point de s'abstenir aux élections, m'a-t-on rapporté. Mais la mienne, vous pouvez en tirer un peu plus qu'un euro symbolique.

Livergan sourit.

— Circuit court. Spaak quand je ne suis pas joignable directement. Vous avez mon numéro de portable. Faites-le sécuriser. Corti devrait s'en charger, mais je crois qu'il va plutôt en profiter pour me mettre sur écoute. À vous de voir si vous voulez qu'il profite ou non de nos conversations.

— Il m'écoute aussi, j'en ai la preuve.

— Et les Américains nous écoutent tous les trois. Tout le monde écoute tout le monde. Combien de temps nous reste-t-il à pouvoir penser sans que d'autres sachent ce qui se trame dans notre esprit ? Je suis certain qu'un jour il existera des détecteurs de pensée comme il existe des détecteurs de mensonge.

Les deux hommes se quittèrent sur une forte poignée de main sans équivoque.

Après le départ de Livergan, Launay resta un moment seul dans son bureau à réfléchir. S'affranchir de l'emprise américaine était une nécessité pour la France. Il avait ordonné d'en payer le prix humain, pour la première fois. Il n'avait pas eu le choix. Laisser Sternfall et cet agent les affaiblir, lui, la République ? Aucun président ne gouvernait sans prendre des décisions conduisant à une ou plusieurs exécutions. Cet attribut de la fonction, il devait l'assumer. Il se souvenait de ce déjeuner où Corti leur avait appris, à Volone et à lui, qu'ils étaient sous l'emprise des services américains. La question de l'élimination de cette fille s'était posée, il s'y était opposé avec toute la force de ses convictions. Mais les temps avaient changé, désormais il était le plus haut représentant de l'État. Ces mesures d'exécution n'étaient pas les siennes, mais celles de tout un peuple trop heureux de déléguer le sale travail. Il ne se cachait pas que le financement de sa campagne, et lui seul, était à l'origine de ce tournant dramatique. Mais sans cela, les États-Unis auraient trouvé un autre moyen de l'infléchir, de le subordonner à leur vision de la globalité. L'avance dont ils disposaient dans le renseignement leur permettait de prendre le contrôle de n'importe quel dirigeant occidental ou presque. Avant lui, ni de Gaulle ni Mitterrand, les deux seuls de ses prédécesseurs dont il souhaitait se réclamer, n'auraient laissé faire. Il avait fait le bon choix. Il allait se renseigner sur cette femme et faire en sorte que ses proches soient traités avec égard. Quant à Sternfall, il n'avait plus de famille. Il ne nourrissait pas l'intention d'éliminer Corti, mais l'affaiblir un peu semblait nécessaire. Depuis de longs mois, son principal adversaire était Lubiak et il ne pouvait pas le contrer sans la collaboration du renseignement extérieur, il en était persuadé.

46

Après avoir joué le juge de paix une bonne moitié de son samedi, l'autre étant consacrée à rouler à moto dans la brise, Corti avait appelé Lorraine pour la convoquer le dimanche. Elle était arrivée en taxi le lendemain en fin de matinée sur une petite place de village où quelques tables et chaises métalliques cherchaient l'ombre sous un tilleul. Corti était attablé seul, un café devant lui. Il ne lui proposa rien. Il était plongé dans *Corse matin* et ne daigna pas lever les yeux. Lorraine ne savait comment cacher sa gêne.

— Je vous ai convoquée ici pour avoir la certitude qu'on ne soit pas écoutés. Je ne sais même pas si ces diables d'Américains n'ont pas trouvé un moyen de sonoriser mon bureau. Ici, en tout cas, pas de risque. Je vous demanderai seulement d'éloigner votre veste avec votre téléphone. Mettez-les sur le bord de la fontaine, le bruit de l'eau couvrira toute velléité de nous écouter. Bon… on en est où sur nos différents dossiers ?

Lorraine bafouilla, impressionnée par l'expression du visage de son patron.

— Rien d'extraordinaire. Sauf une information qui va bien avec le cadre, ici. Un enregistrement d'une conversation entre Stambouli et sa patiente qui aurait été violée par Lubiak fait état d'un deuxième homme, un deuxième violeur. Un Corse.

Corti la dévisagea comme si elle lui avait assené une horreur.

— Un Corse ?

Puis il baissa la garde.

— Il sera toujours plus facile à retrouver qu'un Limousin. Pour qu'un Corse viole, il faut qu'il y ait une histoire, une narration, vous voyez ce que je veux dire. Il n'a pas fait cela juste pour le plaisir, l'intention est autre… Sinon ?

— Sinon rien.

— Vous êtes certaine de m'avoir tout dit ?

Le visage de Lorraine s'empourpra.

— Je crois.

Corti l'aurait saisie à la gorge entre ses mâchoires, elle ne l'aurait pas trouvé plus effrayant.

— Pourquoi ne pas me parler de la photographe chinoise ? Li ?

Lorraine, tétanisée, n'osait plus respirer.

— Vous m'avez mis dans la panade au moment où je réfléchissais à votre avenir. Non seulement vous allez pleurer sur les misères que vous font la DGSE et la CIA auprès d'une femme que vous avez été chargée d'espionner mais en plus vous couchez avec elle ? Comment je le sais ? Simple. Votre maîtresse travaille pour le président d'Arlena, c'est pour lui qu'elle surveillait Deloire. Il est possible que cette Li travaille aussi pour les services chinois. Il est vrai qu'on couche beaucoup dans les films d'espionnage, mais enfin, mademoiselle, là on est en France, réveillez-vous. Je ne suis pas très heureux de l'avoir appris de l'extérieur. En une semaine, j'ai appris qu'un type de l'antiterro était une balance, qu'une de mes collaboratrices à qui je prêtais un bel avenir manquait de nerf, de perspicacité, mais pas de désir pour le même sexe que le sien. Pour couronner le tout, je réalise que le service de la DGSI chargé de surveiller nos propres agents n'a pas été capable de détecter vos faiblesses.

Corti s'essuya le nez du dos de la main.

— Allez, c'est déjà assez pour vous virer. Vous lui avez parlé de Sternfall entre deux... ?

— Non, jamais.

— Elle aurait fini par savoir, avec une confidente aussi zélée que vous. Vous êtes mise à pied, votre habilitation tombe à partir de maintenant, et je vais prendre un peu de temps pour réfléchir à ce qu'on peut faire de vous.

Après un moment de confusion totale, Lorraine se ressaisit.

— Vous allez continuer à me protéger ?

Corti afficha une moue dubitative exagérément appuyée.

— Vous savez, ma petite, il en faut dans ce pays pour exécuter quelqu'un des services. Que la CIA ait des velléités, c'est bien possible, mais ils ne le feraient pas sans mon accord. Que la DGSE vous allonge pour m'énerver en faisant croire que c'est la CIA, nous n'en sommes pas là, même si un de leurs agents a été salement abîmé en Irlande. Ne comptez pas vous recaser à la DGSE, sauf si vous cherchez vraiment les ennuis. Soyez à Levallois lundi, et prenez du tricot, l'attente risque de durer un peu. Ça y est, vous pouvez partir maintenant. Et n'oubliez pas d'éteindre la lumière en sortant.

Lorraine ne comprit pas à quoi il faisait référence. Le soleil éblouissait le village désert à cette heure et la chaleur envahissait tout. Le taxi était reparti. Corti s'en alla seul sur sa moto après avoir ordonné à ses gardes du corps de reconduire Lorraine à l'aéroport.

L'avion du retour était plein et retardé par les vents qui tourbillonnaient au-dessus de l'aéroport de Calvi. Il finit par décoller. Après les violentes turbulences du départ, la situation se calma au-dessus de la mer. La peur qui l'étreignait depuis son entretien avec Corti disparut. Quelque part, au tréfonds de son esprit, elle avait pris une décision, qu'elle était encore incapable d'acheminer jusqu'à sa conscience. Lorsque l'avion atteignit son altitude de croisière, elle décida de se rendre aux toilettes. Elle n'en avait pas fermé le loquet que l'avion se mit à tanguer, bousculé par des turbulences imprévues. Elle fut jetée contre les parois du cagibi sans pouvoir résister à l'extraordinaire force qui s'exerçait sur elle. Elle réussit à rouvrir la porte. Mais l'appareil rebondissait comme un vieil autocar sur une route défoncée. Tous les sièges étaient occupés, et le sien était à l'avant. Elle dut ramper à genoux en se tenant à l'armature des sièges. Elle lâcha prise plusieurs fois, emportée par l'avion qui dévissait brutalement. Les autres passagers, prisonniers de leurs propres angoisses, la regardaient, médusés, incapables de l'assister. Elle finit par rejoindre son siège et là, miraculeusement, l'avion se stabilisa dans une mer de nuages de haute altitude.

47

Launay avait de bonnes raisons de se réjouir de sa journée. Le chemin qui le conduisait de l'Élysée à son appartement de la place Saint-Sulpice lui parut plus riant que d'habitude. Il avait croisé Spaak quelques minutes avant son départ. Elle avait abordé la question du calendrier de la réforme constitutionnelle qu'ils projetaient ensemble. Il préférait attendre que l'affaire Sternfall soit réglée, que l'emprise se desserre. Il ne pouvait rien lui en dire, évidemment, et il trouva un prétexte : il voulait d'abord s'entretenir avec les chefs du centre droit et du centre gauche, puisque le vrai centre n'existait pas dans le pays. Une discussion sur le mode de scrutin. Les centres, comme l'extrême droite, étaient sous-représentés au Parlement. Ils allaient le soutenir, mais il voulait s'en assurer au préalable. D'ailleurs, il s'accordait mieux avec les centristes de tout bord qu'avec la droite de son propre parti, et il comptait sur eux pour l'aider à écraser Lubiak. L'alliance du courant de ce dernier avec l'extrême droite à l'issue de la réforme constitutionnelle ne devrait pas lui permettre de former une majorité. Le nouveau mode de scrutin diminuerait significativement son nombre de députés, et celui des partisans de Launay aussi, mais la nouvelle majorité reconstituée autour de la droite modérée et de la gauche modérée aspirées par les centres serait établie pour longtemps. Launay savait que cette réforme allait briser son parti comme la coque d'un vieux chalutier sur un récif en granit et il s'en félicitait. Ce parti n'avait aucune cohérence. La droite réaliste et raisonnable qu'il représentait n'avait rien à faire avec la droite radicale, affairiste et aventurière que symbolisait Lubiak. Des circonstances historiques les avaient réunis, opportunisme d'un moment, héritage d'un monde disparu. Mais il était temps d'en finir. Pour mener ce combat, il voulait s'affranchir du moins glorieux de son passé, de cette histoire de mainmise d'une force étrangère sur sa présidence. La haute trahison planait au-dessus de lui. Pour quelques jours, quelques semaines au plus. Le directeur de la DGSE lui avait laissé entendre qu'il savait comment remonter jusqu'à Sternfall en faisant pression sur les services irlandais. Il n'en avait pas dit plus mais il semblait confiant.

Comme chaque fois qu'il rentrait dîner et dormir chez lui, Launay fut raccompagné jusqu'à sa porte par un de ses gardes du corps après qu'on eut sécurisé l'escalier et tous les accès. Ces hommes l'avaient vu pénétrer dans l'appartement aux côtés d'Aurore à plusieurs reprises, sans la voir ressortir. Sachant que Mme Launay n'en bougeait pas, ils pensaient qu'Aurore restait tard pour travailler et qu'ensuite elle dormait dans une chambre mise à sa disposition. Aucun d'entre eux n'avait l'esprit assez tordu pour imaginer qu'Aurore couchait dans le lit de son patron.

Launay entra sans faire de bruit. La précaution était inutile, il le savait, car sa femme ne dormait jamais. Comme il passait devant sa chambre, elle le héla. Il la trouva assise dans son lit. Ses lunettes sur le nez, elle lisait. Il n'y prêta d'abord aucune attention puis, quand elle tourna la tête de son côté, il vit qu'elle n'avait pas le même regard que d'habitude : ce regard était animé.

— Assieds-toi.

Launay s'installa au bout du lit et la regarda sans rien dire. Elle posa ses lunettes et son magazine près d'elle.

— Pas de reproches, rien que des faits. Je n'ai jamais été atteinte de cécité. Mais je ne voulais pas te voir investi de cette fonction, vraiment pas. Maintenant, c'est fait. Je t'ai vu aussi avec Aurore. Là, je dois dire que tu m'as épatée. Dormir avec sa maîtresse sous le même toit que sa femme, c'est une démonstration de duplicité comme je ne t'en croyais pas capable. Voilà pour le résumé des épisodes précédents. Maintenant la suite. Première étape, pour le public, je recouvre la vue. Tu peux en tirer un avantage politique en termes de popularité, monter l'affaire comme un miracle... Étape suivante, on divorce. Cela va te coûter très cher. En gros, je veux tout. La moitié au titre de la dissolution de la communauté, l'autre moitié au titre de l'indemnité compensatoire. Évidemment, tu vas être tenté de te défendre. Je te le déconseille. J'ai tout, films en situation, photos, je balance ça sur le Net et tu deviendras tellement ridicule que la mort te paraîtra un soulagement. Je ne me souvenais pas à quel point tu es maladroit dans un lit, tu as l'air tellement encombré. Pardon, je dévie. Notre divorce se fera sous le signe du consentement mutuel, de l'estime et du respect réciproques. Comment tu vas te refaire ? On n'a jamais vu un président de la République mourir de faim.

Elle reprit ses lunettes, les ajusta sur son nez, et se remit à lire. Launay se fit la réflexion que la journée n'avait pas fini aussi bien qu'elle s'était déroulée. Il alla se coucher et s'endormit aussitôt.

48

Les yeux de Mansion couvaient Debord. Lubiak avait envisagé la compétition, de la simple jalousie jusqu'à la guerre, et voilà que devant lui, dans son bureau de Bercy, ses deux plus proches collaborateurs se livraient à une parade amoureuse. Il était stupéfait. Les deux hommes s'en rendirent compte et conclurent une trêve tacite dans leur jeu de séduction. Debord étala des documents sur la table puis se mit à parler de sa voix à la fois précieuse et précise, distinction des membres de l'aristocratie du mérite qui peuplent les grands corps de l'État depuis la fin de la guerre. Tout était lisse chez lui. Son corps, sa pensée, son âme étaient mobilisés contre l'aspérité. Mansion y voyait le signe d'une maîtrise hors pair au service d'une intelligence exceptionnelle. Lui qui ne possédait ni l'une ni l'autre, il en rêvait. En fait, Debord était seulement doté d'une mémoire prodigieuse qui s'ordonnait facilement. Son mérite eût été d'avoir une pensée, une conscience élevée du monde et de son devenir. Pour cela, il aurait fallu que son émotivité n'ait pas été brimée par son intelligence pratique et son cerveau reptilien. Mansion n'avait pas fait carrière grâce à ses capacités intellectuelles mais uniquement grâce à une absence de morale effrontée. Il pressentait que Debord en avait à peine plus que lui, ce qui rendait cet être parfait irrésistible. Debord déroula son plan.

— J'ai fait travailler trois experts sur la valorisation de l'hôpital Saint-Barnabé. Ils s'accordent autour de 420 millions d'euros. On ne devrait pas trouver de chiffre supérieur à cela dans les réponses à l'appel d'offres.

Il s'adressa à Mansion.

— Pour en être certain, il faudrait que tu fasses le tour des soumissionnaires. L'un après l'autre, tu les convaincs qu'à 420 millions ils emportent l'adjudication. Et le fonds Luxor fera une offre à 425 millions. La Cour des comptes ne trouvera rien à y redire. Immolux leur facturera 50 millions de commissions. Aroubi fera gérer Immolux pour notre compte.

Lubiak parut circonspect.

— Comment va-t-on justifier auprès des Émiratis qu'on leur fait payer au final 55 millions de plus que le prix du marché ?

Debord eut un court instant cette expression commune à ceux qui ont réponse à tout.

— Le Premier ministre émirati veut acheter un hôtel particulier à Paris. On lui a trouvé un très joli bien dans le 7e qui appartient à une banque. Elle est disposée à le lui vendre vingt pour cent au-dessous de sa valeur.

— Quelle contrepartie ?

— Elle nous accompagne comme banquier dans les ventes d'armes qui vont suivre, ce que je leur ai garanti. Ainsi on fait un cadeau personnel de 4 millions d'euros au Premier ministre, lequel nous en fait un de 55 millions sur les fonds des Émirats. Mais avec les dispositions fiscales que nous avons prises en leur faveur, ils récupéreront très vite cet argent.

La décision de vente massive de biens immobiliers publics peu ou mal exploités avait été prise en conseil des ministres comme une des multiples façons de réduire la dette publique. L'hôpital Saint-Barnabé ne correspondait plus à la carte sanitaire élaborée par le nouveau ministre de la Santé qui, compte tenu de l'état de délabrement des bâtiments, ne s'était pas opposé à sa vente, dont il ignorait tout des conditions.

Le Premier ministre émirati était charmé par l'hôtel particulier qu'on lui proposait pour lui servir de résidence personnelle à Paris. Le développement des affaires avec la France allait le conduire à y passer de plus en plus de temps. Comme responsable opérationnel du fonds d'investissement Luxor basé au Luxembourg, il savait que cette première transaction se concluait par un dépassement qui correspondait en quelque sorte à un droit d'entrée pour investir à des conditions privilégiées dans le pays. Il avait misé sur les bonnes personnes, il en était convaincu. Lubiak était placé au bon endroit, et il n'en changerait que pour une position encore plus favorable. L'émir en était également convaincu. Bien que déclinante, la France montrait une avance stable dans nombre de secteurs technologiques. Son problème était plus généralement la rationalisation du processus industriel, sa commercialisation, que sa conception, dopée par un niveau élevé d'ingénierie. Si l'investissement des réserves financières des Émirats était une priorité, sécuriser son territoire face aux islamistes radicaux en était une autre, de taille. L'acquisition de matériels de surveillance des communications entre individus leur paraissait une priorité à laquelle la technologie française était capable de répondre.

L'appel d'offres sur l'ensemble hospitalier Saint-Barnabé eut lieu dans des conditions irréprochables. Comme convenu, aucun des compétiteurs induits en erreur par Mansion ne proposa plus de 420 millions d'euros.

Immolux reçut les 50 millions de commissions facturés à Luxor en temps et en heure. Aroubi portait Immolux pour le compte de Lubiak à 70 %, Debord 20 % et Mansion 10 %, moyennant une commission annuelle raisonnable. Pour Debord s'ajoutait la promesse, une fois sa mission au ministère des Finances terminée, de prendre la direction générale du fonds Luxor sous la présidence du Premier ministre émirati. Ce qui ferait grincer des dents, on s'en doutait, mais les dents pouvaient bien grincer jusqu'à en perdre leur émail, sa signature n'apparaissait sur aucune des transactions conclues avec les Émiratis. Mansion était comblé par sa part. 5 millions d'euros gagnés en trois mois s'apparentaient à un gain au loto, avec plus de certitude et à peine plus de risque. Il jubilait. La part de Lubiak était justifiée. Personne n'imaginait que cette somme considérable allait lui revenir en particulier. Non, il s'agissait aussi de constituer un trésor de guerre, une réserve financière pour ses prochains combats politiques. Il ne s'interdisait pas d'en utiliser une partie pour son propre compte, à condition bien sûr d'investir à l'étranger afin d'éviter toute traçabilité. Lubiak ne rechignait jamais au partage. Il savait d'expérience que les juges étaient incapables de démonter la mécanique de transactions complexes sans que quelqu'un ait parlé, et ne parlaient que ceux qui n'étaient pas mouillés jusqu'au plus profond de leur squelette.

Aroubi prenait certes cher pour porter l'ensemble, mais cet homme domicilié au Luxembourg assurait un service irréprochable qui allait jusqu'à livrer à Paris en main propre des valises de billets de banque. Son expertise lui venait d'années d'expérience dans les relations entre la France et l'Afrique. On l'avait surnommé le « Facilitateur ». D'une exquise politesse, il n'avouait jamais, ne paniquait jamais, et était capable d'assurer le cas échéant l'élimination physique d'un délateur potentiel ou avéré avec discrétion et élégance. La justice française tournait autour de lui depuis une bonne vingtaine d'années sans avoir jamais trouvé un point d'entrée dans son monde. Son seul échec était, malgré sa forte connivence avec les milieux corses, de ne jamais avoir réussi à bâtir avec Corti une relation d'estime. Pour autant, il avait ses informateurs à la DGSI, lanceurs d'alertes à leur façon, pour reprendre un terme à la mode, qui le prévenaient de possibles interférences. En revanche, pour avoir longtemps coordonné les basses œuvres de Volone au temps de ses fonctions à Futur Environnement, la relation entre les deux hommes ressemblait à une arthrose soudant deux vertèbres. Aroubi nourrissait un complexe vis-à-vis de Volone, celui de n'avoir jamais fait d'études, de ne pas avoir son niveau intellectuel. Ce qui se traduisait par des sentiments bienveillants entre Debord et Mansion débouchait parfois chez Aroubi sur une volonté délibérée de montrer sa supériorité sur Volone. Il en est ainsi lorsque deux membres d'une loge maçonnique observent dans celle-ci une hiérarchie inverse de celle qu'ils respectent dans la vie courante. Mais Volone et Aroubi continuaient à être en affaires, une affaire en particulier. Si Aroubi avait un talent incontestable, c'était bien celui de compartimenter, de fractionner, car il travaillait pour des intérêts souvent contradictoires, voire antagonistes. Ce qui lui faisait dire en petit comité qu'il était le maître du jeu, car lui seul avait une vision exhaustive du système. Par souci de répartir les risques, il était venu à l'idée de certains de se passer des services d'Aroubi. Celui qu'on avait voulu lui substituer avait été rapidement découragé par la persuasion ou par la force, comme cet intermédiaire libano-syrien qu'on avait découvert récemment noyé dans le Danube : on n'avait pas trouvé d'eau dudit fleuve dans ses poumons, preuve qu'il était mort avant d'y avoir été plongé.

Quelques semaines après la signature de la vente de l'ensemble hospitalier Saint-Barnabé, Aroubi et Lubiak déjeunèrent ensemble dans un fameux restaurant de caviar de la Madeleine. Aroubi, très élégant, hâlé, reçut Lubiak en bienfaiteur. Il lui avait apporté une valise de billets et Lubiak lui en était reconnaissant. Cependant, le train de vie de Lubiak était largement supérieur à ses revenus déclarés et quelqu'un finirait par le souligner. Absalon travaillait dans cette direction, il en avait la confirmation avec les premières écoutes réalisées par le hacker qu'il employait.

Aroubi, qui connaissait la réponse au problème, fit mine de réfléchir longuement. Puis il découvrit ses dents impeccables en un sourire qui avait renversé plus d'une femme et séduit plus d'un homme.

— J'ai une solution à te proposer. As-tu une collection de quelque chose, livres anciens, tableaux... ?

— Non, je n'ai même jamais collectionné un papillon.

— Un papillon, ce n'est pas une collection, c'est un assassinat.

Lubiak sourit, d'un sourire raide qui était chez lui l'expression la plus avenante.

— Bon, alors on va faire comme ça. On va vendre une collection de manuscrits anciens. On va se fournir chez un vrai collectionneur que je connais en Suisse. Tu n'auras rien à justifier. Dans le secret et dans l'ombre, tu collectionnes depuis des années des manuscrits anciens, un par un, à la faveur de tes petites économies.

Il explosa de rire puis reprit :

— On ne pourra jamais t'interroger sur leur provenance, tu ne gardes pas de justificatifs, comme tant de collectionneurs, c'est ton jardin privé. On va vendre cette collection aux enchères, très cher, 3 millions d'euros. Je la ferai acheter par un intermédiaire que je financerai avec l'argent de ton fonds au Luxembourg. Après la vente, tu auras officialisé, pour ne pas dire blanchi, 3 millions d'euros. Notre acheteur rendra ensuite la collection à son propriétaire moyennant une petite rémunération, et voilà, ni vu ni connu. 3 millions d'euros sur les trois années à venir, tu places tes revenus au niveau de tes dépenses, c'est parfait, non ?

Lubiak, pourtant expert en montages tordus, trouva l'idée d'Aroubi lumineuse. La conversation se poursuivit, sereine. Lubiak, pour qui la fréquentation de l'autre était du temps perdu si elle n'éclairait ou ne favorisait pas son intérêt, essaya de faire glisser la conversation sur Volone et sur Launay. Il cherchait à l'évidence des points d'entrée dans le couple ennemi. Aroubi ne savait rien de Launay, qu'il n'avait jamais fréquenté personnellement. Mais il avait personnellement organisé la circulation et le stockage des rétrocommissions sur le contrat Mandarin, dont une partie était revenue à Launay pour abonder le financement de sa campagne. Il ne connaissait pas d'autre détail. Sans rien dire, il prit l'air de celui qui savait.

— Je ne joue jamais les uns contre les autres. Je rends un service de la même qualité à tout le monde et je n'interfère pas dans les luttes.

— Launay est un homme du passé, un politique à l'ancienne, un radical socialiste défraîchi qui a pris le pouvoir comme une vieille se rue sur le sucre dans un supermarché de peur qu'une crise ne l'en prive. Volone est en cheville avec lui, mais son intérêt à long terme serait plutôt de se rapprocher de moi. C'est quelque chose qu'il pourrait entendre, non ?

— Surtout si cela vient de moi.

Aroubi se rengorgea et inspira longuement. Lubiak poursuivit :

— Je sais que j'ai été un peu… comment dire, un peu brutal quand j'ai lancé un journaliste sur la piste des incinérateurs de deuxième génération. Mais il peut comprendre que la fin justifie parfois les moyens. Je n'ai rien de personnel contre lui. Si Beta Force l'intéresse, fais-lui savoir qu'il ne pourra pas accéder à la présidence du groupe sans mon aide. Et je suis prêt à l'aider.

— Je ferai passer le message. Mais je dois t'avouer que Volone est rancunier.

— La rancune ne sert à rien dans notre monde. Elle est

consubstantielle à la loyauté, à la fidélité, deux notions totalement caduques. On ne tient pas les gens par les sentiments mais par l'intérêt. Je laisse aux grandes âmes le soin de brûler des cierges pour l'amour entre les hommes, la paix dans le monde et le retour de Mireille Mathieu en *prime time* sur TF1. Volone doit analyser les faits d'un œil objectif. Je représente l'avenir, et dans mon sillage les affaires seront prospères plus que dans celui de l'autre archimandrite qui n'y connaît rien. Moi, je joue gagnant-gagnant avec le pays. Si je suis à sa tête, je ferai une politique qui lui profitera. Les affaires connaîtront une embellie qui bénéficiera à tout le monde. Quand je draine l'argent des Émiratis en France, le pays en bénéficie largement. Et ce que je prends pour moi, on doit le considérer comme une commission de succès, pas autrement.

Aroubi scrutait curieusement le visage de Lubiak. Sa propre carrière lui revint brièvement en pensée. Parti du plus bas de la délinquance, il en avait franchi chaque étage jusqu'à s'imposer dans les hautes sphères, celles où l'on tue rarement, où la prison est l'exception, où il est rare de craindre pour sa vie, où les sommes d'argent sont considérables et les restaurants fins. Et cela sans le baccalauréat, ni même le brevet, ni même un diplôme de fin d'études. Il avait d'ailleurs deux coquetteries. La première était un prénom chrétien à rallonge, et la seconde se lisait sur ses cartes de visite :

Charles Édouard Aroubi
Ancien élève

Le tout porté par une calligraphie stylée.

Rarement un intermédiaire était parvenu à se maintenir en lévitation à un niveau de scrupule aussi bas. Si bas que la seule évocation de son nom effrayait nombre de journalistes. Ceux qui le faisaient agissaient par inadvertance ou par méconnaissance profonde de l'individu.

Terence en savait long sur lui. Ce personnage apparaissait de façon plus ou moins nette dans tous les dossiers d'« affaires » de la République. « Mon ami Charles Édouard » était connu de tout le personnel politique impliqué dans les grands contrats internationaux qui concernaient l'Afrique, l'Asie, le Moyen-Orient ou encore l'Europe de l'Est où Aroubi avait ses réseaux, particulièrement en Russie où on le montrait volontiers dans les journaux avec le président à la chasse à l'ours en Sibérie. La chasse aux grands animaux le liait aussi avec le vieux Charda, le président et principal actionnaire de Beta Force que la maladie d'Alzheimer emportait loin des affaires malgré lui. Il arrivait à Aroubi de lui rendre visite. Il n'oubliait jamais de lui offrir un fusil qu'il achetait spécialement pour lui à Londres chez Purdey. Charda, héritier d'une longue lignée d'industriels, et Aroubi, héritier de la cité et de la rue, partageaient un « cynisme d'orfèvre », comme disait le premier. À chaque changement de gouvernement, la classe politique, quel que fût son horizon idéologique, se ruait chez Charda pour faire allégeance au pape de la vente de matériel militaire. Le vieil homme méprisait ceux qu'il nommait les « interchangeables » et se vantait de les plier à ses exigences. Dans un ultime moment de lucidité, il s'était plaint à Aroubi que les politiques fondaient sur sa dépouille pour partager son empire au gré de leurs intérêts. Aroubi avait affectueusement démenti, alors qu'il était lui-même au centre de ce démantèlement.

49

Mise à pied, son habilitation perdue, Lorraine avait passé le début de la semaine chez elle à méditer sur sa faiblesse. Elle avait commis une bévue et s'était laissé emporter par son désir.

L'univers français des submersibles parvenait rarement à se résoudre à l'élimination physique d'un de ses agents. Il fallait qu'il soit impliqué dans des affaires considérables, comme celle des « frégates de Taïwan » de triste mémoire pour le contribuable français en particulier, appelé en réparation pour corruption par le gouvernement taïwanais. L'officier de renseignement qui aurait trahi en révélant par exemple la connivence de l'ensemble de la classe politique dans cette affaire aurait certainement dû craindre pour sa vie. L'affaire Sternfall était-elle de ce niveau ? Lorraine ne disposait d'aucun élément pour le savoir. Sternfall vivant entre les mains des services secrets irlandais, le bateau d'un skipper éperonné par un porte-conteneurs transportant du combustible nucléaire vendu à la Chine, voilà tout ce qu'elle savait. C'était bien peu mais apparemment énorme. Selon la DGSE, l'ombre de la CIA se profilait derrière cette affaire, et toujours selon la DGSE, la CIA voulait en finir avec elle, ce qui n'avait jamais été infirmé par Corti.

Depuis quelques semaines, Gaspard se passionnait pour les séries télévisées étrangères plus ou moins anciennes. Elles n'avaient pas échappé à son esprit de classement. Il avait placé *Les Soprano* au sommet de la hiérarchie, suivi de *Breaking Bad*. La troisième place restait ouverte. Il n'avait malheureusement pas accroché à *The Wire*, jugé trop confus, et il avait commencé à regarder les épisodes de *House of Cards*, juste assez pour y remarquer le parallèle avec *Richard III*. Frank Underwood, comme son illustre aîné, allait accéder au pouvoir par le meurtre et la trahison. Gaspard était profondément choqué par ce manque de cohérence. Un homme politique du niveau de Frank Underwood, aux marches de la présidence, ne pouvait pas éliminer lui-même, de ses propres mains, un député et une journaliste encombrants. La scène où le futur président des États-Unis précipitait la jeune journaliste sous le métro lui paraissait particulièrement suspecte, comme si les scénaristes donnaient eux-mêmes le moyen de décrédibiliser le propos politique de leur série, réaliste par ailleurs.

Gaspard sortit de sa chambre pour en faire part à sa mère, qui l'écouta d'une oreille distraite. Il en profita pour lui rappeler l'apparition de Kevin Spacey dans *Looking for Richard*, le film d'Al Pacino. Sans doute ne fallait-il y voir qu'une coïncidence ? Lorraine n'avait pas la réponse, ni l'envie de l'avoir. Prostrée sur le canapé, son regard se posait à travers la fenêtre sur la perspective de toits en zinc, vide comme celui des pigeons qui en recouvraient les arêtes. Gaspard était tenté de comparer l'adaptation américaine de *House of Cards* à la série britannique qui l'avait précédée. À peine y avait-il pensé qu'il fut pris par l'impérieuse nécessité de sortir l'acheter. Il enfila la veste qui lui donnait l'air d'un paysan du Middle West endimanché pour affronter son centre commercial local et quitta l'appartement, guilleret.

Lorraine s'assoupit. Son état dépressif l'immergeait dans une douce léthargie. Elle avait aussi peu envie de vivre que de mourir, et moins encore de mourir par décision d'autrui. S'ils en venaient à l'exécuter, elle devait savoir pourquoi. Elle se reprocha sa conduite passée, cette passivité qui l'avait incitée à n'être que l'instrument d'une machine complexe. Elle était décidée à comprendre la globalité du schéma dans lequel on l'avait enterrée. Peu lui importait les uns ou les autres, désormais, elle saurait, même si elle finissait par gêner plus encore. Elle se leva pour boire du lait. Le réfrigérateur s'ouvrit sur deux tomates grelottantes et deux tranches de jambon qui se relevaient aux extrémités. Elle sortit à son tour pour faire des courses. Elle réfléchissait sur fond de migraine et pourtant sa détermination s'affermissait. Elle fit demi-tour quand elle réalisa qu'elle avait oublié son arme. Elle allait devoir bientôt la rendre mais, en attendant, elle préférait l'avoir sur elle.

À la supérette, la consommation s'opérait dans un climat de tension. Les prix pratiqués y étaient certainement pour quelque chose. Ils étaient calculés en tenant compte de la situation des Parisiens, assiégés loin des hypermarchés de banlieue. On pouvait lire dans le regard des caissières, toutes issues d'une immigration plus ou moins récente, l'amertume d'un avenir tronqué. Il leur restait une vingtaine de minutes avant d'être débarrassées de ces bourgeois étriqués, de leur fausse politesse, avant de rejoindre leurs cités aux noms fleuris.

Lorraine sortit du magasin, la tête dans les étoiles. Elle s'avança sur le passage clouté sans regarder. Une voiture pila pour ne pas la renverser. Le conducteur l'insulta d'autant plus violemment qu'elle était une femme et qu'il pensait ne rien craindre en retour. Lorraine resta plantée au milieu du passage, passa lentement ses sacs dans la même main et de l'autre sortit son arme. Puis elle contourna la voiture et vint pointer celle-ci à quelques centimètres du crâne d'où s'étaient échappées les insultes ordurières. Le conducteur tétanisé balbutia quelques mots d'excuse. Elle remit son arme dans son fourreau et lui envoya un violent coup de poing au visage.

Un homme qui avait observé la scène la rattrapa tandis qu'elle marchait vers chez elle.

— On dirait que vous êtes sur les nerfs.

À sa façon de s'adresser à elle, Lorraine comprit qu'il était de la maison ou d'une des autres maisons qui composaient le renseignement français. Elle ne répondit rien et continua à marcher d'un bon pas.

— Il semblerait que vous soyez virée de la DGSI.

— Comment pouvez-vous le savoir ?

— Mon patron, qui le tient non pas d'un homme qui a vu l'homme qui a vu l'homme mais du président de la République lui-même. Vous qui pensiez être une anonyme du grand cirque... Je peux vous faire une confidence ? Vous encombrez beaucoup de monde. Corti, la DGSE, le président, la CIA. Il vous faut un protecteur.

Lorraine s'arrêta et se planta devant lui.

— Des protecteurs de votre genre qui m'offrent un parapluie quand il fait beau et qui me le retirent quand il pleut, je peux m'en passer.

— Cette fois, vous n'avez pas le choix. Vous devez collaborer. Ordre d'en haut, du plus haut qu'on puisse regarder la France. Et nous n'avons pas beaucoup de temps. On ne cherche plus à vous recruter. Mais on veut savoir tout ce que vous savez. Ordre nous a été donné de retrouver Sternfall, il en va de la sécurité de la nation, je ne plaisante pas. On vous emmène. Je vous laisse trois heures pour préparer votre départ, trouver quelqu'un pour garder votre fils. Pas forcément votre ex-mari, on l'a mis sur écoute et vraiment il ne nous fait pas bonne impression.

254

— Et quand ce sera fini, qu'est-ce que vous avez prévu ? Que je me suicide en me jetant par la fenêtre après l'avoir refermée derrière moi ? Ou que je passe sous une voiture à un passage clouté ? Ou que je glisse dans ma baignoire ? Ou encore mieux, que le fil électrique de l'applique de la salle de bains tombe dans mon bain…

— Nous n'en sommes pas encore là.

— Et si je refuse ?

— Je n'envisage pas cette hypothèse. Mais les petites probabilités méritent d'être respectées. Dans ce cas, on vous oubliera. Corti aussi. C'est déjà fait, pour lui vous n'existez plus. Mais la CIA ne vous oubliera pas. Et si elle apprend qu'on se met en branle, sa première action sera d'éliminer celle qui en sait le plus. Dans les trois jours qui suivront l'information, vous serez morte. Pour vous protéger, vous devez être chez nous, avec nous. Si on réussit, la CIA n'aura plus aucune raison de vous effacer. La menace qui pèse sur votre vie pourra être écartée en quelques semaines.

Lorraine comprit qu'elle n'avait pas le choix.

— Et Sternfall ?

L'homme regarda le sol qu'ils étaient en train de fouler.

Puis il releva les yeux.

— On verra.

Ils arrivaient devant l'entrée de l'immeuble de Lorraine. Un peu plus loin, Gaspard rentrait aussi, une pochette de DVD serrée contre lui.

L'homme le vit et s'arrêta. Il regarda sa montre.

— Deux hommes de mon groupe seront garés ici dans trois heures, ce qui vous laisse largement le temps de vous organiser. Mais je dois vous dire que je vous ai menti. Si vous refusez de coopérer, on ne vous laissera pas croupir à attendre de vous faire ramasser par le grand vautour américain. L'ordre qui vient d'en haut est beaucoup moins clément. Ensuite, on verra sur

255

le compte de qui on met le crime. N'essayez pas de quitter l'immeuble, la sanction serait immédiate.

Il se rapprocha d'elle.

— Cela fait pas mal d'années que je suis au service action de la DGSE. J'en ai beaucoup vu, j'ai même participé à l'élimination d'un chef d'État étranger. Et je n'en suis pas fier, car si l'homme le méritait, les raisons pour lesquelles on l'a fait n'étaient pas glorieuses, vraiment pas. Mais c'est très rare qu'on soit obligés d'effacer un des nôtres. Il faut vraiment que cela tourne mal sur une affaire très importante. Or, si vous faites défection, on sera en droit de dire que cela tourne mal sur une affaire très importante. Justifier votre mort ? C'est de l'enfantillage, les gens gobent n'importe quoi.

— En même temps, on ne peut dire la vérité qu'à celui qui est prêt à l'entendre. Si les gens étaient capables d'entendre la vérité sur eux-mêmes, si on ne devait pas constamment les ménager, on ne serait pas obligés de mentir.

— C'est la contrepartie du phénomène d'infantilisation des masses par l'État. Mais ce n'est pas la question. Ce que je voulais dire, c'est que quand le renseignement s'y met, c'est du travail d'orfèvre. Souvenez-vous de Snowden, le chevalier blanc qui a tout balancé sur le contrôle des individus par la NSA. Un héros ? Peut-être. Ou alors une taupe de la CIA qui n'a pas digéré que la NSA ait divulgué l'adultère de son patron, ce qui a conduit à son limogeage. Personne ne connaîtra jamais le fin mot de l'histoire, pas même lui, qui ne sait pas qu'il a été manipulé. Et on peut très bien imaginer que c'est la NSA qui a manipulé Snowden pour faire croire que la CIA l'avait retourné pour nuire à la NSA. Bref, pendant le temps qui reste, pas un seul coup de téléphone qui puisse donner une indication à la CIA de ce qui se prépare. Je compte sur vous. Et… bienvenue parmi nous.

Lorraine le quitta sans dire un mot.

Dans l'appartement, Gaspard avait oublié d'enlever sa veste, impatient qu'il était de visionner la version anglaise de *House of Cards*.

Debout dans l'encadrement de la porte, elle l'informa de son départ pour une durée indéterminée.

— Ce serait bien si tu pouvais aller chez ton père.

De son habituel ton monocorde, Gaspard répondit sans la regarder :

— Ce ne sera pas possible. Il est pris par les répétitions de son *Richard III*. Tu vas essuyer une fin de non-recevoir. J'ai mieux à te proposer : tu évalues le nombre de jours d'absence, tu le multiplies par 10 euros, tu poses cette somme sur la table. Quand j'aurai fini la version anglaise de *House of Cards*, il est probable que je visionne à nouveau la version américaine. Ensuite, je relirai *Richard III*. Je voulais apprendre le rôle mais mon père n'a pas voulu me le confier. Non, pour être plus exact, je lui ai proposé de jouer un rôle secondaire, il n'en a pas été question non plus. Je vais peut-être essayer d'apprendre le rôle de Frank Underwood en version originale, premier épisode de la saison 1. Tout cela, plus mes cours de théâtre, devrait m'occuper à vue de nez entre quinze et vingt-cinq jours. Dans l'hypothèse où tu t'absenterais plus longtemps, selon la même démarche, je peux m'occuper entre un et deux ans. Mais l'argent manquera. Plutôt que demander à mon père de m'héberger, ce qu'il acceptera de mauvaise grâce dans le meilleur des cas, propose-lui de venir abonder la dotation financière d'origine si ton absence dépasse trois semaines. Si la mission à laquelle tu te prépares se révélait dangereuse, et c'est mon sentiment, et que pour telle ou telle raison tu n'en revenais pas, j'aimerais que tout reste en l'état, que mon père vienne déposer une somme d'argent toutes les semaines, mais qu'on ne me change pas d'appartement, qu'aucune modification ne soit envisagée concernant son aménagement et sa décoration.

257

Lorraine se retourna et se mit à pleurer doucement. Puis elle appela son ex-mari et lui fit part de la situation.

— Tu ne me demandes tout de même pas de le prendre avec moi à ce tournant décisif de ma carrière ? dit Vincent.

— Non, je ne te le demande pas. Ce que je te demande, c'est de l'appeler tous les jours et de passer à l'occasion.

— Tu pars longtemps ?

— Je te l'ai dit, je n'en sais rien.

— On pourra te joindre ?

— Non, impossible. En aucun cas. Je peux te le confier ou pas ?

— Est-ce que j'ai le choix ? Hein ? Tu me fais ça au moment où j'aurais besoin de ne pas briser cette intimité avec moi-même qui m'est nécessaire pour diriger d'autres acteurs. Eh bien non ! Je ne serai pas tranquille.

Il conclut :

— Laisse-lui le plus d'argent possible pour qu'il ne me dérange pas.

Lorraine prépara ses affaires, le minimum, vint embrasser son fils. Elle le serra dans ses bras et remarqua que son corps était froid comme s'il revenait d'une excursion dans les catacombes. En guise d'argent, elle laissa sur la table de la cuisine sa carte de crédit avec le code. Elle savait que, chaque jour de son absence, il descendrait au distributeur bancaire situé un peu plus loin sur le boulevard et qu'il y tirerait 10 euros. Qu'ensuite il irait à la supérette et qu'il achèterait pour 10 euros de nourriture, pas plus, pas moins. Que si le total s'élevait par malheur à 9,97, il resterait dans le magasin jusqu'à ce qu'une combinaison d'achats le mène à 10 euros pile. Par fainéantise, il se pouvait qu'une fois qu'il aurait trouvé cette combinaison il s'y tienne, ce qui le conduirait à manger exactement la même chose pendant des semaines. Il fallait souhaiter qu'un produit vienne à manquer pour qu'il reconsidère la composition de son panier. Son attrait pour l'espèce humaine et sa fréquentation étant limités, il y avait tout à parier que Gaspard se lasse de faire physiquement ses courses. Elle ne lui donnait pas une semaine pour passer ses commandes sur Internet, raison pour laquelle elle ne lui avait pas laissé d'espèces, mais sa carte bancaire. Elle réalisa qu'il pourrait avoir besoin de prendre le bus. Gaspard ne supportait de voyager qu'en surface, à condition que le bus ne soit ni vide ni trop plein, auquel cas il préférait marcher.

Lorraine était prête à partir quand il lui revint qu'elle oubliait quelque chose. Lors de sa visite à Sternfall en Irlande, l'année précédente, elle l'avait photographié pour apporter si nécessaire la preuve qu'il était en vie. Personne ne l'avait contrainte à produire ces photos, sa parole faisant foi. Elle n'avait jamais pensé à les sauvegarder sur un ordinateur. C'est ce qu'elle fit, avant de descendre à la cave où elle le cacha dans un lieu insoupçonnable. Puis elle remonta pour embrasser une nouvelle fois son fils, qui ne détourna pas son regard. Il pleura brièvement et mit ses larmes sur le compte de ses yeux fatigués.

50

Terence avait rejoint son bureau aux aurores. La défection de Sylvia l'avait surchargé de travail. Il y passait ses journées, ses soirées et une bonne partie de ses nuits. L'enquête guyanaise avançait et allait lui permettre de s'y rendre bientôt. Certainement pas pour y retrouver sa mère, ce n'était pas son intention. Mais une fois là-bas… Il avait jusqu'à midi ce jour-là pour remettre son papier sur Lubiak. L'article n'était pas agressif mais il posait des questions. Il était le premier à déclencher les hostilités entre le journal et le gouvernement, symbolique que ce dernier ne manquerait pas de remarquer. Cette idée embarrassait les actionnaires mais les ventes avaient brutalement chuté récemment, l'hebdomadaire se devait de les relancer par un sujet accrocheur. Pendant que Terence finalisait son papier, la rédaction travaillait sur le titre. Il n'était pas question de faire toute la couverture sur le sujet. Il serait annoncé en gras mais la photographie serait sans rapport avec lui, une accroche sur le gaspillage dans la fonction publique territoriale. « Enquête sur le train de vie d'un ministre. » Lamarck, le directeur de la rédaction, n'était pas ravi que cet article sorte avant son transfert dans la holding du groupe. Lubiak le tiendrait pour responsable, il n'avait aucun doute là-dessus. Mais il savait aussi qu'un article similaire se préparait chez un concurrent, et l'opportunité commerciale qu'il représentait ne pouvait pas être ratée.

L'article commençait en rappelant les règles d'endettement imposées aux Français. L'usage voulait que les remboursements d'emprunt ou les loyers atteignent au plus un tiers des revenus perçus par un individu. Dans le cas de Lubiak, le loyer qu'il était censé verser pour l'appartement où il logeait représentait 120 % de ses revenus déclarés. Il apparaissait d'ailleurs que pendant plusieurs mois les loyers n'avaient pas été payés au propriétaire, une SCI basée au Luxembourg, filiale d'un fonds d'investissement émirati si l'on en croyait l'enquête menée par Terence. Ce fonds était d'ailleurs celui-là même auquel venait d'être octroyée la vente de l'ensemble hospitalier Saint-Barnabé. Absalon ne manquait pas de le souligner, rappelant au passage le cas d'un ancien président de la République logé à Paris dans un appartement propriété d'un chef d'État étranger.

Terence s'en tenait aux faits, seulement aux faits. Comment pouvait-on payer un loyer supérieur à ses revenus et être indirectement le locataire d'un fonds qui venait d'acquérir un bien d'État ?

Pour répondre à ces interrogations, Lubiak convoqua une miniconférence de presse à Bercy. Il arriva en retard sur l'horaire prévu, mais il semblait détendu et souriant.

— Vous ne m'en voudrez pas pour ce retard, mais j'ai heureusement des questions à traiter nettement plus importantes que les spéculations calomnieuses et les sous-entendus fallacieux d'un journal.

Il avait pris cette petite voix empreinte de modestie, presque minaudante de douceur, typique des truands de haut vol.

— Je ne répondrai pas à vos questions parce que je n'en ai malheureusement pas le temps. Il est intéressant, alors que notre pays connaît une grave crise de croissance commencée sous le quinquennat précédent, de voir qu'une certaine presse s'occupe de détails ménagers. De quoi m'accuse-t-on ? Mon loyer est supérieur à mes revenus. Comment m'en suis-je acquitté ? Ai-je volé ? Non, j'ai demandé à mon propriétaire, un gros investisseur émirati, de me faire crédit et je lui ai donné en gage une collection de manuscrits anciens d'une valeur qui couvre largement les loyers passés et ceux à venir. L'amalgame pratiqué par un certain journalisme qui se veut d'investigation tombe à pic, juste au moment où mon ministère se prépare à publier le bilan de l'équipe précédente. Sans doute parce qu'il s'annonce catastrophique de lâcheté politique et de mauvais choix, une contre-offensive a été orchestrée dans un journal dont habituellement on louerait plutôt le sérieux. Il en va ainsi de la dérive de la démocratie, un journalisme d'insinuation soutenu par des politiques sans consistance cherche à discréditer un homme. Il n'y parvient pas. D'ailleurs, vous aurez remarqué, même si je ne prête pas beaucoup d'attention aux sondages de popularité, que ma cote est inchangée depuis que ce journal a publié cette pseudo-investigation, preuve que les Français ne voient qu'une chose en moi, mon énergie, mon dynamisme, ma détermination. Quant à la vente aux Émiratis de l'hôpital Saint-Barnabé, elle a été réalisée au-dessus des conditions du marché. Je n'ai pas de temps pour répondre à la calomnie mais si je n'avais rien dit on m'aurait accusé de brader le pays à des étrangers. J'ai beaucoup de respect pour la presse. Pas pour celle-là qui obéit à de sombres desseins.

Lubiak quitta la conférence satisfait de sa prestation. Il avait su se montrer détaché, ce qu'il était. Les faits en eux-mêmes ne l'inquiétaient pas. En revanche, il s'interrogeait sur l'identité de ceux qui manœuvraient pour altérer son image. L'opposition était trop occupée à panser ses plaies pour s'activer aussi vite après sa défaite. Son mépris pour la corporation des journalistes était tel qu'il ne pouvait imaginer qu'une enquête démarre sur la seule initiative de ces individus malgré la mesquinerie et la jalousie qu'il leur prêtait. Il ne voyait que Launay et Corti pour soutenir une telle offensive. Mais quel pouvait être leur intérêt à ce moment du calendrier politique ? Certes, la popularité de Lubiak le mal-aimé montait spectaculairement alors que celle de Launay restait stable avec une majorité d'opinions positives, chiffre supérieur à celui de son élection. Pourquoi Arbois, le propriétaire du journal dont on savait que le groupe avait une situation fiscale complexe et litigieuse, prenait-il le risque d'agresser le ministre des Finances, le grand patron de l'administration fiscale ? La réponse viendrait, triviale, il n'en doutait pas.

51

La place des Martyrs du 21 janvier ouvrait sur le journal et trois magasins de grandes marques disposés en cercle. De création contemporaine, aucun effort n'avait été fourni pour lui donner une âme. De grandes dalles jointes en constituaient le sol, une fontaine octogonale occupait le milieu, surplombée d'un taureau qui semblait sorti de la pièce montée d'un mariage andalou. Personne ne pouvait désirer s'asseoir sur les rebords de cette fontaine sauf à céder à la fatigue ou au découragement. Quelques marginaux s'y assemblaient pour partager l'enthousiasme de l'ivresse, leurs chiens couchés à leurs pieds, l'œil torve, la sobriété ne leur permettant pas de s'abandonner à l'optimisme de circonstance de leurs maîtres. Puis ils migraient pour laisser la place à d'autres, pas moins abîmés. Le clochard restait dans son coin. Il guettait la sortie du journal. Il s'avança vers deux femmes qui partaient déjeuner. Il leur dit qu'il avait des révélations à faire. Les deux secrétaires, condescendantes, lui conseillèrent de s'adresser au responsable des enquêtes qui, par chance, quittait lui aussi le journal. Elles le désignèrent avec un grand sourire, trop contentes de se débarrasser du vieil homme. Le clochard se dirigea vers Terence :

— J'aurais des révélations à vous faire, mais cela a un prix.

Terence sourit, circonspect.

— Cela dépend de la valeur de vos révélations.

— Je ne marchande pas, c'est un prix forfaitaire.

— Alors dites !

— Un *irish shot* dans un café convenable.

— Un *irish shot* ?

— Oui, un dé de whisky tombé dans une chope de bière.

— À cette heure ?

— Voyez-vous, jeune homme, il y a longtemps que je me suis affranchi de la question de l'heure, comme de celle du temps. Ce sont des notions pratiques qui ne me concernent pas. Rapport à Hermann Hesse, je dirai que l'homme est un passage entre la nature et l'esprit, une expérience divine de mettre un peu de spiritualité dans l'univers. L'expérience n'est pas concluante et il ne sait pas comment s'en sortir. L'humanité se remet à croire en lui, le plus souvent pour de mauvaises raisons. Mais l'esprit permet des choses que la nature n'a prévues chez aucune espèce, y compris de détruire cette nature. Moi, je suis optimiste, je crois que tout cela va s'arrêter. Quand la terre sera trop petite et qu'on sera trop nombreux à être trop cons, on va essayer de migrer. Là je crains que le souverain dise : « Ça suffit, vous m'avez pourri une planète, pas deux. » Reste aussi l'hypothèse que le souverain soit une création de l'esprit, que la nature aille naturellement vers l'esprit par le jeu de l'évolution. Le jour où toutes les espèces en seront au stade de l'esprit, il risque d'y avoir du sport dans l'univers, moi je vous le dis. D'accord pour le *shot* ?

— D'accord.

Un café semblable à ceux qui meublent les coins de rue des petites villes de province faisait l'angle de la sortie de la place sur l'avenue.

Les deux hommes s'attablèrent sous le regard suspicieux d'un serveur qui dévisageait Terence, à la recherche de ce qui pouvait justifier qu'il ait invité cette cloche à l'odeur douteuse. Le clochard s'en rendit compte.

— Ne me regarde pas comme ça. Tu es comme les autres, pas

loin de mon état. Il suffit d'une étincelle, tu sais, on ne naît pas dans les guenilles. De l'idéal bourgeois à la réalité du clochard, le pas est vite franchi. Un *irish shot*. Si vous ne comprenez pas l'anglais, un dé de bourbon dans une Affligem pression. Et pour vous ce sera ?

— Un café, répondit Terence, amusé.

— Pardonnez-moi d'être direct mais je ne vois aucun bonheur poindre dans votre jeune personne, ce qui vous éloigne de ma condition. On en vient à ce qui nous réunit ?

— Volontiers.

— Votre journal a sorti récemment un papier sur le ministre Lubiak. Il se trouve que j'étais couché sur ce journal. Je mets toujours des magazines entre le sol et mon sac de couchage, cela garantit une meilleure isolation. Bref, je me réveille, je me lève et je vois le gros titre. Déjà, quelques semaines plus tôt, j'étais tombé sur un autre article à propos de ce personnage, un long entretien. Je ne l'avais pas lu parce que, voyez-vous, j'avais cassé mes lunettes. Par chance, hier, un camarade s'assied à mes côtés. Il portait des lunettes avec le même coefficient de presbytie que moi. Je les lui emprunte. Je n'en crois pas mes yeux. Voilà que l'homme en plus d'une carrière politique se lance dans le roman en racontant comment son père s'est suicidé un matin de Noël après l'ouverture des cadeaux. Je n'ai pas aimé lire cela, voyez-vous, parce que cela induit l'idée d'un abandon lâche et pathétique. Alors que je suis parti par la porte d'entrée après avoir tiré ma révérence à une famille qui complotait contre l'intelligence. J'avais une petite société, qui a déposé le bilan. J'ai tout perdu. Mais il restait la fortune de ma femme. Elle m'a fait savoir que cet argent ne serait pas pour moi mais pour nos enfants et leurs études, qui s'annonçaient brillantes, on ne peut pas leur enlever ça. Alors je les ai vus commencer à m'ignorer, me rendre invisible, ne plus me parler. Pas de chance, la radine a chopé une mauvaise maladie. Quand elle est morte, mes enfants ont récupéré tout ce qui lui appartenait et m'ont congédié. Voilà l'histoire, aussi résumée que possible. Maintenant, ma vie est ailleurs, et me faire passer pour mort c'est une métaphore, je peux le comprendre, mais pour un lâche ou un fou qui abandonne ses enfants devant le sapin de Noël pour s'offrir un vol plané qui se finit sur le toit d'une voiture, c'est un peu fort de café. Vous ne connaissez rien à la condition des gens comme moi, n'est-ce pas ? La mort joue sur nous autant comme une attraction que comme une répulsion. Quelque chose au fond de nous nous révolte mais nous ne savons pas le convertir en énergie. Cette force se retourne contre nous. Il faut du courage pour vivre ce que nous vivons, vous savez, beaucoup de courage pour résister à la tentation du confort hiver après hiver. On pourrait être mieux lotis si on le voulait, une couche décente, un repas chaud par jour, mais ce serait un peu renouer avec ce qu'on a quitté. J'ai dit cela à une femme de SOS je ne sais plus quoi qui voulait m'emmener dans un refuge, une SPA pour vieux des rues. « Pourquoi le monde que vous me proposez vaudrait mieux que le mien ? Je parie que vous êtes jalouse de ma liberté. Je suis rendu à un point où rien ni personne ne peut m'atteindre. La société a décidé que je devais en être là pour retrouver ma liberté, eh bien j'y suis et j'y suis bien. Vous aimeriez me ramener dans le rang. Ce serait vous faire du bien à vous, mais pas à moi, rien de plus égoïste que les bonnes intentions. Les gens qui m'ignorent, qui me méprisent, me sont plus supportables que vous, car vous essayez de faire le lien entre leur monde et le mien. Leur univers est celui de la soumission au conformisme, du renoncement, leur individualisme leur est dicté car c'est un mode de production et de consommation optimisé. Vous n'êtes qu'un agent de la servitude volontaire, dégagez, espèce de toupie. » Je ne suis pas certain qu'elle ait compris ce que je voulais dire.

Il but d'un trait son breuvage, s'essuya la bouche et ajouta :

— Un café, ce serait abuser ?

52

Aurore, jambes croisées dans un tailleur étroit qui criait grâce, chemisier sous tension boutonné haut, écoutait Launay se plaindre. Elle avait ce privilège, il ne se plaignait qu'à elle. De la même façon que, parfois, il se vidait en elle, brutalement, sans tendresse ni préliminaires, sous l'effet d'une impulsion brutale. Launay faisait l'amour comme un asthmatique inhale de la Ventoline. Elle réalisa qu'une fois de plus il ne lui parlait pas mais se parlait à lui-même devant témoin. Aurore avait cette fantaisie de faire les choses sans se soucier des conséquences. Elle s'avouait qu'elle avait eu plaisir à coucher avec Launay chez lui, en présence de sa femme dans une autre pièce. Et elle le regrettait d'autant moins que l'épouse légitime, sachant jusqu'où son mari était capable de pousser la perversité, prenait désormais sa revanche. Leurs ébats avaient été filmés par une petite caméra commandée à distance. La révélation de la duperie de Launay alors que sa femme était supposée être aveugle pourrait ruiner sa carrière politique. Elle n'avait donc pas désarmé. Des insinuations sur la responsabilité de son mari quant à la mort de sa fille, elle était passée au chantage direct. Elle voulait tout, absolument tout, des immeubles aux meubles, aux bibelots, en faire le président nu. Elle avait l'idée de tout vendre et de partir pour un voyage autour du monde, « profiter de sa vue recouvrée », sachant qu'elle ne l'avait jamais perdue et que personne ne pourrait jamais prouver le contraire. Elle avait pris un avocat pour établir une stratégie et un protocole. Dans un premier temps, il serait annoncé à la presse que la Première dame avait recouvré la vue. Quatre mois après, le couple présidentiel annoncerait sa séparation. L'argument avancé alors par l'avocat de Faustine Launay serait sa difficulté à s'accoutumer au poids de la charge présidentielle, une façon de tourner la rupture à l'avantage de Launay, trop dévoué à sa fonction pour que son couple y résiste. À une époque où les couples ne résistaient pas à grand-chose, l'argument plairait au public, ils en avaient la certitude. Le protocole prévoyait un divorce par consentement mutuel avec partage de la communauté par moitié, la moitié de Launay revenant à sa femme comme indemnité compensatoire. Belle âme, elle renonçait à toute prétention sur sa rémunération de président.

— Il ne me restera plus rien. Elle demande que l'héritage de mes parents soit ajouté à l'indemnité pour compenser le fait qu'elle ne pourra prétendre à aucune retraite.

— Et si tu refuses ?

— Elle recouvre officiellement la vue, demande le divorce en montrant les films.

— Mais sur les films…

Aurore voulait dire que leurs ébats étaient si fugitifs sous la couverture que le film ne pouvait en rien se révéler croustillant.

— Il suffit que les images nous montrent tous les deux dans le même lit, ce qui est le cas.

— Tu les as vues ?

— Oui. Il y en a même une qui te montre nue sur moi, et on me voit très bien à ce moment-là enlever mes lunettes.

— C'est flagrant ?

— Flagrant.

Aurore osa :

— Tu es contrarié parce qu'elle te ruine ou parce qu'elle
s'en va ?

Launay se recula dans le fauteuil de style feu le roi décapité
qui lui servait de siège de bureau.

— Elle ne me manquera pas.

Il soupira aussi longuement qu'il avait brièvement inspiré.

— C'était écrit. Je suis contrarié, certes, mais je ne suis pas
révolté. Une bonne part des évènements qui nous marquent
sont écrits d'avance. Je ne sais pas ce qui m'a poussé à t'amener
chez moi, à coucher et à dormir avec toi sous le même toit que
ma femme. Je ne mesure pas la portée de cette provocation,
pourtant je l'ai fait, comme cet homme politique qui a ruiné sa
carrière à cause de son priapisme. J'ai dépassé le stade de ceux
qui ont l'air surpris de ce qui leur arrive. Le hasard est une
machination, nous ne savons pas de qui, voilà la vérité, mais
c'est un pur complot. De même qu'il était écrit que ma fille
cadette se suiciderait. Elle le portait en elle, elle ne goûtait pas
l'existence. Faustine est grotesque de penser que c'est moi qui
l'ai poussée à cette extrémité. J'ai très vite vu qu'elle ne désirait
pas vivre et je lui en ai voulu, certes, mais je ne l'ai pas encoura-
gée à se précipiter dans cette fin pathétique et punitive. La mise
en scène, la pendaison, c'est la punition des survivants. Bref,
nous n'avons de réelle influence que sur peu de choses. Faustine
devait partir. Sa peine, sa vindicte, sa haine se sont transformées
en argent. Il lui a fallu tous ces drames pour qu'elle revienne
à sa vraie nature, qui est celle d'une femme intéressée. Elle a
patiemment élaboré le plan qui devait conduire à me ruiner.
Peu de gens vont vers le mal délibérément, ils doivent d'abord
s'affranchir de ses conséquences, créer les conditions pour le
pratiquer. Seul le psychopathe néglige cette préparation. Ce qui
devait arriver est arrivé. Je repars de zéro. J'ai toujours méprisé
l'argent mais pas au point de vivre sans. En vérité, il m'en faut
assez pour ne pas devoir y penser.

— C'est une façon d'aimer l'argent.

— Possible, mais ce n'est pas la question, ce n'est pas à moi de me justifier. Je vivais finalement avec assez peu pour un homme comme moi. Ce n'est donc pas un problème…

— Alors quel est le problème ?

— Le problème ? Réfléchis un peu. Le vide, un vide sidéral. Ma femme partie, une fille morte, une fille évaporée pour de bon. Viviane ne veut plus entendre parler de moi, c'est évident, pas un appel depuis son départ, pas un merci.

— Merci pour quoi ?

— Merci pour lui avoir envoyé l'argent que je lui devais…

Launay prit sa tête dans ses mains puis les ouvrit, paumes tournées vers le ciel.

— Il ne me reste plus que ça. Ceux qui pensent qu'ils vont pouvoir me déloger ne savent pas que je n'ai plus rien à perdre, plus rien.

Aurore vit passer dans son regard une expression de folie qu'elle ne lui avait jamais vue. Sans illusion, elle demanda :

— Et moi ?

Launay entra dans une fureur terrifiante.

— Toi ? Quoi, toi ? Qu'est-ce que tu veux ? Les cendres de ma vie précédente sont encore rouges et tu penses déjà à te placer ? Pourquoi ? Parce que tu as un beau derrière et une magnifique paire de seins ? Tu crois qu'on peut m'attraper avec ça ?

Il se leva et avança vers elle, menaçant.

— Tu crois que ce moment de détresse totale pour moi signe le début de ton apogée ? N'y compte pas.

Aurore se contenta de sourire, lasse. Puis elle répondit, le regard absent posé au-delà de la fenêtre sur des jardins verdoyants où rectitude et symétrie régnaient en maître.

— Je devrais te quitter. Je ne te ferai pas ce plaisir, dont je suis certaine qu'il serait supérieur à celui de me voir asservie à tes humeurs, à tes désirs hiératiques, à cette affectivité tortueuse qui est la tienne. Le monde politique est peuplé d'individus qui voudraient être aimés mais qui ne parviennent pas à s'aimer eux-mêmes. Tu en es la caricature, c'est pour cela que tu es leur chef. Si demain le pouvoir t'échappait, tu perdrais l'amour des autres ou l'illusion que tu en as et tu devrais te confronter au désamour de toi-même. Tu n'y résisterais pas. Moi, je ne t'aime pas, mais notre relation me distrait.

53

Lubiak, adossé à ses oreillers, comprit que sa femme aurait volontiers fait l'amour. Il en avait envie lui aussi, mais pas avec elle. D'ailleurs, ce n'était pas la base de leur relation. Il l'avait épousée pour sa ressemblance avec Agathe et pour l'absolue connivence qui les liait. Elle ne lui résistait sur rien, s'accommodait de tout, y compris de ses maîtresses pour autant qu'elles fussent occasionnelles. « Pas plus d'une fois » était la règle. Au-delà, Edwige considérait cela comme un manque de respect. Elle savait pour Agathe. Dans son esprit, la soirée avait dégénéré, conduisant son mari à aller plus loin que ce que la prétendue victime souhaitait, au moins consciemment. Elle s'était persuadée, sans la connaître, qu'Agathe avait longtemps convoité son mari, même si elle s'en défendait aujourd'hui. Edwige avait le triomphe modeste. En revanche, elle ne savait pas qu'ils s'étaient revus.

Aucune combine financière de son mari ne lui était étrangère. Elle avait été longtemps son assistante parlementaire, chargée de faire le lien avec les sources de financement occultes dont bénéficiait le couple. Cela avait commencé dans les départements et territoires d'outre-mer en coopération avec des élus locaux véreux, s'était poursuivi au Maghreb puis étendu aux Émirats dans l'attente de grosses opérations à venir liées à la défense. Le couple s'était fixé des objectifs financiers élevés. Pour Edwige, la présidence de la République ne s'imposait pas, mais son mari lui avait justement fait remarquer que toutes ces opérations finiraient par suinter et qu'il leur faudrait un jour se défendre contre des attaques judiciaires. Pour ce faire, il fallait voir venir l'ennemi de la plus haute position possible. Edwige savait aussi que, mal-aimé du grand public, son mari avait une revanche à prendre. Et pour y parvenir, il avait compris que la démago-gie, ce moulage de l'ineptie qu'on renvoyait au peuple comme sa propre sculpture, était son meilleur outil : aussi l'utilisait-il sans compter, un peu comme on le fait d'une source d'énergie inépuisable.

Lubiak lui prit la main, signe que de possibles ébats allaient s'évaporer dans une discussion sérieuse, ce qui au fond ne lui déplaisait pas non plus.

— J'ai vu mon hacker aujourd'hui. Il est venu se faire payer. Imagine-toi qu'en espionnant le journaliste d'investigation qui essaye de me nuire, il a enregistré à distance une conversation entre ce type et un clochard. Merveilles de la technologie ! Bref, le clochard est mon père, il se plaint de ma version de sa dis-parition.

Edwige soupira profondément, désolée pour son mari.

— Cela devient ridicule : Agathe qui remonte à la surface, l'histoire du train de vie, ton père qui réapparaît... Qui veut ta peau pour exhumer de pareilles immondices ?

Lubiak semblait s'en délecter.

— C'est ce qui arrive, on te reproche tellement de choses que cela devient irréel. Plus ils me chargeront, tous, moins les gens y croiront, plus ces attaques passeront pour de l'acharne-ment, plus il sera difficile de démêler le vrai du faux. Je suis le seul homme d'avenir dans ce pays, le seul qui colle à l'époque, tous pensent « pire que la malhonnêteté, il y a la faiblesse ». Donne-leur de l'énergie, du dynamisme, et ils fermeront les yeux sur ta rétribution. Tu sais pourquoi je monte dans les sondages ? Parce que je ne fais pas semblant de les aimer et que je me montre efficace.

Lubiak se redressa dans le lit.

— Je les vois comme un pêcheur voit la mer. Une masse informe, menaçante, magnifique certains jours, sombre et désespérante d'autres jours, mais toujours dangereuse. Le touriste se baigne, pas le marin.

Ils parlaient dans la pénombre mais ne se touchaient pas. Compagnons de fortune plutôt qu'amants, voilà ce qu'ils étaient. Le niveau de complicité qu'ils avaient atteint était rare entre un homme et une femme. Lubiak n'aimait l'argent que parce qu'il collait aux nombres. L'accumulation qu'on pouvait en faire lui paraissait infinie. Étendre son territoire par toujours plus d'argent était une forme moderne de l'accomplissement reptilien. Il ne l'aimait que pour cela.

Edwige, elle, aimait l'argent pour tout le reste, la sustentation dans la vacuité des privilégiés en particulier. Elle aimait recevoir, épater, impressionner. Fréquenter les autres ne lui apportait aucune autre satisfaction que celle de les frustrer, leur faire envie ou les utiliser pour aller plus haut, toujours plus haut. Nul besoin d'être fin psychologue pour comprendre que son esprit d'enfant s'était lové autour de l'envie et de la jalousie. Dans son milieu d'origine, être femme de ministre était déjà un exploit impensable, mais rien comparé à la vie dans le monde de la richesse sans partage à laquelle elle se préparait. À titre préventif, elle avait coupé toute relation avec sa famille, qui lui rappelait la médiocrité sociale dont elle se sentait issue. La prise de conscience de sa beauté incontestable l'avait persuadée de pouvoir faire mieux, beaucoup mieux. Mais pour cela, après des études respectables sans plus, il lui avait fallu trouver la bonne personne, l'homme sur qui miser. Ils étaient nombreux à répondre à ses critères mais elle pensait que la plupart, au tournant de la quarantaine, fortune faite, la quitteraient. Lubiak aimait les femmes, les séduire et les bousculer. Une fois qu'il les avait possédées, leur charme s'effondrait à ses yeux, sans appel. L'exception avait bien sûr été Edwige, qu'il avait choisie d'abord pour sa ressemblance avec Agathe, même si au fil du temps cette raison avait été supplantée par une complicité qui d'une certaine façon faisait penser aux Thénardier.

— Au fond, pour le moment, seules deux personnes cherchent à te contrarier, suggéra Edwige.

— Je me demande tout de même qui est derrière Absalon. Il enquête tous azimuts, Cayenne pour des choses tellement anciennes qu'on ne comprend pas ce qu'il peut en espérer, Agathe, prescrite, l'adéquation entre notre train de vie et nos revenus, un sujet qui ne fait jamais plus qu'égratigner, et mon père. Lui, je me doutais qu'il resurgirait un jour telle une statue du commandeur en guenilles.

— Qu'est-ce qu'il veut, le vieux ? Que comptes-tu faire ?

— Ce qui pourrait arriver de mieux, ce serait qu'il meure. Imagine qu'on révèle qu'un ministre, celui qui tient les cordons de la bourse de la nation, laisse dépérir un vieil homme dans la rue. Tout ce que je pourrais dire se retournerait contre moi. Pourtant c'est son choix, c'est lui qui est parti. Je lui ai certes coupé les vivres après sa banqueroute mais je ne l'ai jamais contraint à vivre comme un loqueteux, certainement pas. Ce serait catastrophique pour mon image, pire que d'être convaincu de tous les maux dont on m'accuse.

Lubiak se gratta la tête longuement.

— Je pense que Launay profite de sa position pour monter contre moi une vaste opération de destruction. Je ne vois pas d'autre explication. Il est vrai que je n'ai pas l'intention d'attendre cinq ans pour le remplacer, il peut le subodorer, mais je n'ai encore rien entrepris contre lui. Il faut être philosophe, c'est toujours celui qui attaque qui se découvre, je m'en suis rendu compte avec l'histoire des incinérateurs. Je vais le laisser faire. Volone est son talon d'Achille. Ils sont très liés mais ce type n'a ni fidélité ni loyauté. Et il aime l'argent, le vrai argent, au moins autant que nous. Il sait que dans une entreprise en grande partie publique comme Arlena il n'a pas les mains aussi libres que s'il présidait Beta Force.

— Mais qu'est-ce que tu vas faire au sujet de ton père ?

— Je ne sais pas, je me donne la nuit pour réfléchir.

Edwige dormait à heure fixe. Lubiak, sans être insomniaque, sommeillait quelques heures avant d'être propulsé par une fabuleuse énergie. On le suspectait de se doper aux amphétamines. Il n'en était rien. Pas plus qu'il n'absorbait du phosphore pour entretenir sa mémoire d'hypermnésique.

Alors qu'Edwige s'endormait rapidement, Lubiak continua à penser. Arc-bouté sur le futur, il n'entrevoyait le passé que fugitivement. Cependant, le souvenir d'Agathe l'obsédait. Il avait tremblé à l'idée qu'elle parle et ruine sa carrière, mais le système de défense qu'elle s'était imposé lui avait interdit de porter plainte. Longtemps elle avait nié ce qui lui était arrivé, au grand soulagement de Lubiak. Pourtant, son seul désir, autre que la soif d'argent et de pouvoir, était tourné vers Agathe. Peu enclin à l'introspection, il ne comprenait pas cette nécessité qu'il avait de la posséder légalement. Effacer son crime ne suffisait pas à justifier sa violente inclination pour cette femme qu'il avait abusée et qui avait eu la force de se présenter devant lui comme si elle avait surmonté l'agression. Son incapacité à analyser ce qu'il ressentait pour elle renforçait son obsession, qu'il confondait avec le sentiment amoureux. Or, tout comme il se rêvait une des premières fortunes de la planète, il se rêvait amoureux. Edwige, elle, n'était rien d'autre que sa complice. Elle savait tout sur lui, elle le tenait, mais transcender son emprise l'excitait beaucoup. Dans l'ordre des priorités, son père occupait la première place. Le tort qu'il pouvait lui causer par sa seule révélation était considérable. Il fallait agir, vite. Les rixes entre clochards étaient fréquentes et parfois meurtrières. Tuer le père. Il l'avait fait une première fois en l'expulsant, en le condamnant à l'avilissement. Mais le tuer une seconde fois ? Une liasse de billets glissés à un SDF, des faux papiers sur le corps. Un plan à peu de frais, à peu de risques. Il n'avait pas le choix. Si, quand même, une autre idée surgit. Le réhabiliter, lui fournir un appartement et l'argent qui va avec. Il refuserait. S'il refusait, ce serait pour lui nuire. Alors ses scrupules s'évanouiraient.

De l'intelligence, Lubiak en avait au sens où la société l'entendait et il avait tous les diplômes requis pour en attester. Sa prodigieuse mémoire lui permettait d'entretenir l'illusion qu'il était un homme érudit. Selon certains, l'intelligence ne serait rien sans la morale, comme l'absence de morale serait inoffensive sans un peu d'intelligence, bien que l'histoire ait démontré le contraire. Lubiak n'avait pas poussé sa pensée à imaginer que le monde pouvait être autre chose qu'un fourmillement d'intérêts au milieu duquel il fallait prévaloir. N'ayant connu ni l'empathie ni l'indignation qui pouvaient en découler, il n'agissait que sous la pression de son instinct servi par un vernis de civilisation étudié. Il en résultait que ses mots sonnaient creux, ses phrases sonnaient faux. Edwige était sans doute la seule personne à laquelle il pouvait parler vrai. S'en serait-il rendu compte, il lui en aurait été reconnaissant. Les deux associés couchaient dans des draps de prix qui enveloppaient un grand lit surmonté d'un monochrome qui ne l'était pas complètement selon l'angle et la lumière. Le couple s'était mis à acheter de l'art moderne sur les conseils d'un courtier « ami » dans un but purement spéculatif. D'ailleurs, ni l'un ni l'autre n'aimaient les artistes modernes, qu'ils considéraient comme des escrocs parmi tant d'autres. Mais ils se gardaient bien de le montrer dès le moment où ils en partageaient les bénéfices. Ils ne voyaient de sincérité nulle part, une façon de considérer que si chacun n'avait pas leur talent pour réussir, tout le monde leur ressemblait.

54

Ils se faisaient face, timides plutôt que gênés. Agathe était radieuse avec ses yeux d'un bleu profond, peu ordinaire, qui rappelaient à Terence ceux de Jacqueline Bisset apparus furtivement dans *Bullitt*, un film qu'il tenait en aussi haute estime que *Les hommes du président*. Terence, sans affecter d'être taiseux, n'était pas bavard car il accordait aux mots une valeur dépréciée par ce début de siècle où chacun maltraitait les mots plus que son chien.

— Elle s'est évaporée.

— Comment ?

— À la première alerte. Sa porte a été forcée probablement pour sonoriser son studio, son téléphone a été mis sur écoute. Pas facile de devenir un centre d'intérêt pour des gens qu'on ne connaît pas. D'un seul coup, on en vient à se demander si on a quelque chose à cacher, à se reprocher. Le seul fait de se le demander pour la première fois déclenche un sentiment d'avilissement, de servitude, qu'il est très difficile de surmonter.

— Elle travaille où maintenant ?

— Elle a repris son poste à la culture. Chacun a une place qui lui est assignée dans l'existence et il est difficile de s'en abstraire.

— Vous le croyez vraiment ?

— Oh oui.

— Et la vôtre, c'est de traquer inlassablement…

— La schizophrénie sociale, mettre le discours en face de la réalité.

— Comme ?

— Le discours sur la recherche scientifique qui ne dit jamais que dans ce pays la moitié du budget de la recherche va à l'industrie militaire. Autrement formulé, on dépense plus pour tuer que pour soigner et maintenir en vie. Très peu de gens ont intérêt à dénoncer cette situation. La croissance, l'emploi, qui sont les saints du dieu marché, permettent de tout justifier. État, partis politiques, industriels, banquiers, syndicats, dès lors que leurs intérêts convergent, s'accordent facilement. D'autant que cette industrie de l'armement est le paravent, un prétexte à opacité, le mur légal derrière lequel a lieu la grande partouze du cynisme absolu. Si j'étais paranoïaque, je dirais que les complexes militaro-industriels alliés aux services secrets dirigent les nations et laissent aux politiques les vieux jouets obsolètes et la scène pour produire un spectacle qui hypnotise la presse et les foules par une gesticulation pendulaire. La politique est de plus en plus un cabinet d'aisances où se pratique l'incontinence verbale sans pudeur. Je n'aime pas l'idée qu'en créant des besoins sans cesse renouvelés on nous asservisse à consommer toujours plus, à nous reproduire toujours plus pour développer le marché, et qu'on nous éloigne résolument de l'essence de ce qui fait notre particularité, l'esprit, comme si celui-ci n'était que source de danger.

— C'est désespérant.

— Tant que le peuple se laissera infantiliser et ne reprendra pas le pouvoir à son échelon, car malgré tout l'État, tout en soufflant sur la braise de l'individualisme, parvient à se maintenir en fédérant des intérêts antagonistes. Et il reste un fond d'honnêteté chez les élus de base et dans la fonction publique.

Mais devant le spectacle qui leur est donné en haut, jusqu'à quand ? Jamais l'écart entre les plus fortunés à l'échelle de la planète et la grande masse des individus n'a été aussi important. On a l'impression qu'on maintient une partie du monde dans l'absolue pauvreté comme une menace à l'idéal petit-bourgeois, pour montrer aux gens jusqu'où ils pourraient défaillir. Ils sont enfermés dans une logique de survie matérielle qui va jusqu'à une relative aisance sans aucune perspective spirituelle. Ce qu'ils ont, ils ont peur de le perdre et toute la politique fonctionne sur ce principe conservateur, de l'extrême gauche à l'extrême droite. On les encourage à se reproduire sans leur signaler que la terre n'est pas extensible. La plupart des gens sont piégés.

Terence parlait sans emphase ni rancœur en s'arrêtant à chaque fin de phrase comme s'il s'assurait que son propos était pertinent.

— La France a un problème particulier dans le concert des pays occidentaux. Elle est comme un adolescent qui se vautre de siège en siège dans une pièce sombre, ne sachant où poser son mal-être. Personne n'a voulu l'aider à éclairer les blessures de son enfance, alors il se paralyse dans une obscure léthargie. Notre pays n'a jamais voulu se payer une vraie psychanalyse et il le paye d'un empêchement à évoluer. Notre histoire n'est qu'une fiction mensongère. Nous n'avons rien gagné depuis 1814. Notre révolution régicide a été un leurre. Nous n'avons pas gagné la guerre de 14 parce que tout le monde l'a perdue. L'Allemagne nous a cueillis en 40 parce que nous n'avions plus rien d'autre à défendre que des paysages...

— Et vous avez une famille ?

La question paraissait incongrue à ce moment de la conversation. Agathe, sans préavis, avait sauté des idées à l'homme, qui commençait à lui faire un drôle d'effet.

Terence en prit conscience et s'en trouva gêné. Il émanait d'Agathe quelque chose qui touchait viscéralement les hommes, une force sexuelle qui ne pouvait s'expliquer que par une compensation inconsciente de ses anciennes et douloureuses lésions, comme si son corps, de sa propre initiative, cherchait à affirmer sa présence plus que sa disponibilité.

— Vous voulez parler d'une femme, d'enfants ?

— Par exemple.

— Se peut-il que nous entrions dans une relation personnelle ?

Agathe éclata de rire.

— Si demander à quelqu'un s'il a une femme et des enfants c'est entrer dans une relation personnelle...

Terence sourit à son tour.

— Ni femme ni enfants. Rien devant, rien derrière.

— Comment, rien derrière ?

— Pas de parents non plus.

D'un ton étonnamment brusque, il ajouta :

— J'espère que cela vous attendrit. Passons. Vous aviez des révélations à me faire.

Agathe rassembla ses esprits éparpillés par cette courte joute de séduction.

— Oui, je voulais vous suggérer quelque chose puis je me suis ravisée. Non que j'aie fait marche arrière mais j'ai une meilleure idée pour parvenir à mes fins concernant Lubiak.

— Quelle était l'idée première ?

— De retrouver le type, le Corse qui a participé au viol. Je ne l'ai jamais revu. Lubiak n'a jamais voulu me dévoiler son identité et j'ai très peu d'indices. Je me souviens seulement qu'il se vantait, sous l'emprise de l'alcool, d'être le fils d'un homme qui purgeait une longue peine à Orléans pour le meurtre à Marseille d'un trafiquant de drogue.

— Il doit être possible de le retrouver. Je vais enquêter. En quelle année ?

— 88.

— Et l'autre idée ?

— Elle est plutôt vicieuse. Je pense savoir comment il faut s'y prendre pour le désintégrer. C'est une suggestion de mon thérapeute.

Terence vit passer dans son regard un éclair, une illumination semblable à celle d'une psychopathe. Un court instant il douta de sa sincérité, ce qu'il aurait fait de toute façon par conscience professionnelle. Quelle que soit la source, il devait la suspecter de le manipuler avant de lui accorder une crédibilité.

— Vous voulez le rendre fou d'amour, c'est ça ?

Elle retrouva une expression normale.

— Non, il en est incapable. J'ai mieux.

Terence se leva après avoir réglé l'addition mais, alors qu'ils étaient sur le point de se séparer, elle lui proposa de faire l'amour sur un ton anodin. Spontanément, il suggéra d'aller dans un hôtel pour éviter les écoutes. Elle accepta à condition de payer, ce qu'il refusa. Elle trouva exotique d'enfourcher sa moto derrière lui, profitant du second casque qu'il emportait toujours comme un trophée d'Indien. Le trajet vers l'hôtel donna le temps à Terence de réfléchir à ce qu'il était sur le point de faire. Il conclut à une démarche professionnelle, nécessaire, l'opportunité de connaître cette femme de l'intérieur, pour mesurer la réalité de son traumatisme.

Puis l'idée de l'hôtel lui devint insupportable. Il se dirigea finalement vers chez lui. Il n'allait pas se priver d'ébats au prétexte que son appartement était certainement sonorisé. Depuis la mort de son grand-père, il le laissait de longues journées à la disposition des équipes techniques de la DGSI ou de la DGSE. L'atelier d'artiste de la rue Campagne-Première sembla pittoresque à Agathe, qui ne fréquentait que les demeures haussmanniennes occupées par les gens de son milieu. La disposition de l'atelier ne correspondait à aucune fonction de représentation. Il y régnait un ordre relatif, celui d'un homme seul qui ne laissait pas d'objets mal placés prendre le pas sur les œuvres accrochées aux murs. Agathe balaya les tableaux du regard, puis ses yeux se creusèrent comme un puits. Elle l'attira vers un canapé et l'enlaça sans rien dire. Ensuite, à aucun moment elle ne lui fit face. La fusion ne dura pas plus de quelques minutes, sous l'impulsion d'Agathe qui fit beaucoup pour lui plaire sans jamais lui donner le sentiment d'y puiser d'autre plaisir que celui d'une hôtesse scrupuleuse. Elle l'avait reçu dans son corps comme elle l'aurait fait dans sa maison de campagne, en toute simplicité, sans affectation mais avec la distance propre à son milieu. Terence l'avait possédée sans que jamais elle ne lui appartienne. Tout lui avait été proposé, rien ne lui avait été refusé, pourtant leur intimité lui paraissait sans perspective. Ce qu'il venait de vivre allait se reproduire à chaque fois, comme la répétition d'un ouvrage bien fait. Cette idée l'incommoda. Elle le sentit mais n'en dit rien. Ils se quittèrent bons amis sans rien se promettre. Elle monta dans un taxi et, les trois jours suivants, aucun des deux ne prit son téléphone pour appeler l'autre.

55

La petite salle à manger de l'Élysée ne se distinguait en rien de celles qui agrémentent la multitude d'hôtels particuliers qui peuplent Paris. Les huisseries y poussent les mêmes gémissements de contrariété, le parquet y grince avec la même prévention, les fenêtres donnent sur les mêmes jardins apprêtés. Launay et Volone déjeunaient en tête à tête. Ils s'interrompaient chaque fois que le maître d'hôtel faisait son entrée pour servir soit les plats soit le vin. Launay trempait les lèvres dans son deuxième verre de chassagne-montrachet alors que Volone, qui s'interdisait de boire à midi, n'avait pas touché au sien.

— Si tu quittes Arlena pour Beta Force, qui on met pour te remplacer ?

— Bouchard, un fidèle.

— Deloire aussi l'était, et pourtant…

— Deloire c'était différent, mais je ne te cache pas que j'ai été sidéré d'apprendre qu'il m'avait trahi. Si Corti et la CIA ne s'étaient pas occupés de lui, je l'aurais fait de mes propres mains.

Launay posa son verre, jeta un œil à travers la fenêtre embuée et ne vit rien d'autre qu'un bout de jardin triste. Quand Volone eut quitté sa mine menaçante qui le faisait ressembler à un caïd calabrais, le président poursuivit :

— J'ai pris sur moi d'effacer ce dossier.

Volone haussa un sourcil noir.

— C'est-à-dire ?

— J'ai demandé à la DGSE de nous débarrasser de Sternfall. C'est la raison d'État qui a dicté mon acte. Une grande nation comme la France ne peut pas être sous la coupe des États-Unis au prétexte qu'on s'est pris les pieds dans le tapis. Je solde notre position débitrice, pour reprendre un terme comptable.

— Et pour l'agent, l'officier de la DGSI qui est au courant et qui parle à l'occasion ?

— Ils l'intègrent dans leur équipe de nettoyage, ensuite on avisera. J'ai bien peur que... Tu vois, je ne l'aurais pas fait pour moi, ni pour toi d'ailleurs, mais maintenant la question dépasse largement nos petites personnes, les intérêts fondamentaux de la nation sont en jeu. Qu'une histoire de financement de campagne politique tourne mal, ce n'est pas la première fois, mais on ne peut pas accepter qu'elle débouche sur une prise de pouvoir étrangère. Ils ont commencé leurs pressions dans l'affaire de la vente de la branche systèmes de Beta Force. Je ne serai jamais leur laquais.

— D'ailleurs, si je prends la présidence de Beta Force derrière le vieux Charda, je ne vendrai plus cette division.

— Pourquoi ?

— Le contrat qui s'annonce avec les Émiratis permet de relancer la machine pour un moment et d'éviter de toucher à l'emploi.

Launay sauça son assiette méticuleusement.

— Je vais être sincère avec toi. Je ne sais pas tout à propos de ce que tu as fait chez Arlena, mais tant que tu seras à la tête de ce groupe, je dormirai tranquille. Donc, après réflexion, je suis défavorable à ton départ pour Beta Force.

Volone repoussa son assiette.

— Je ne quitterais pas Arlena s'il y avait le moindre risque.

Le deal que j'ai avec Bouchard est un peu celui que Poutine avait avec Medvedev. Je pars et quand je le juge bon, si tu es d'accord bien sûr, je reviens.

Launay renifla à trois reprises avant de se montrer intransigeant.

— C'est hors de question, Charles, je suis désolé. Et puis tu es loin d'avoir la majorité requise en ta faveur dans le conseil d'administration de Beta Force.

Volone perdait patience et ne savait comment le cacher.

— Je sais, mais je crois que je peux réunir très vite cette majorité.

Launay recula sa chaise et étendit ses jambes. Il joua avec les reflets de son verre.

— Combien reste-t-il sur le contrat Mandarin ?

— Nous avons utilisé 17 millions pour ta campagne, et pas loin d'1 million pour ta fille.

— Et toi ?

— 7 millions. Et c'est exactement ce qui te reste. À ta disposition.

— Je risque d'en avoir besoin. Ma femme veut divorcer et tout prendre. En même temps, j'ai un problème moral.

— Un problème moral ?

Ce terme, Volone en connaissait évidemment la signification mais ces mots lui paraissaient désuets.

Launay inspira un grand coup.

— Je n'ai pas de rêve matériel. Ce que nous avons construit sur Mandarin, c'était exclusivement pour financer ma campagne parce que les finances du parti étaient au plus bas et pour financer ma fille qui m'a aidé à gérer sa mère. Mais je n'en ai tiré aucun bénéfice personnel, tu es d'accord ?

— Bien sûr.

— Je ne souhaite pas franchir cette ligne, sauf si j'y suis forcé.

— Question de morale…

— Non, d'esthétique, je ne veux pas être sali. Les décisions que j'ai prises concernant les personnes, c'est autre chose. Je répare les dégâts de Deloire. Es-tu convaincu que Sternfall avait l'intention de tuer sa femme et son fils anormal ?

— Oh oui, nous avons toutes les preuves qu'il s'apprêtait à suicider sa famille et lui avec, si cela peut soulager ta conscience.

— Il n'est pas question de conscience, ne me prends pas pour un niais. Je n'ai pas d'état d'âme, j'essaye juste de faire le point. La conception de mon mandat a changé depuis mon élection et je me prépare à l'annoncer au pays. J'ambitionne de grands changements.

— Lesquels ?

— Il est un peu tôt pour en parler.

Launay soupira puis but une gorgée de vin. Il se sentait à moitié satisfait. Volone en profita.

— Tu vas m'aider à prendre la présidence de Beta Force ?

Launay sourit :

— Je t'ai dit que non. Je ne crois pas en avoir le pouvoir, je n'ai pas d'influence sur le conseil d'administration.

Puis il se ferma comme le fait un prince après avoir lâché une décision.

56

Un soleil timoré souriait à la campagne normande qui défilait à travers les vitres de la limousine ministérielle. Seule Edwige en profitait. Lubiak parcourait des notes, confidentielles pour la plupart, qu'il annotait nerveusement en ne se privant pas de tancer l'auteur. Depuis qu'ils avaient quitté l'autoroute, la voiture serpentait sur de petites routes dont les lacets avaient fini par donner la nausée au ministre. La campagne délasse autant qu'elle crispe certains conservatismes liés à la terre, mais ni Lubiak ni sa femme n'y étaient sensibles, ils aimaient la ville et Paris par-dessus tout. La capitale participait de la conscience de ce qu'ils étaient à un point qu'ils ne soupçonnaient qu'une fois rendus au milieu de cette verdure, qui sans être hostile leur semblait inutile. Ils traversèrent quelques villages inanimés. À certains détails, on pouvait s'assurer qu'ils n'étaient pas abandonnés, néanmoins ils laissaient une impression de torpeur qui glaça le sang d'Edwige, animée par la peur rétrospective que, sans sa formidable détermination, elle aurait pu échouer là, enterrée vivante, à attendre la saison des confitures cernée par une horde d'enfants hagards. Elle soupira d'aise d'avoir été élue pour se mouvoir dans les plus hautes sphères, d'avoir choisi la bonne personne pour y accéder. Elle regarda Lubiak, qui, bien que luttant toujours contre la nausée, continuait à annoter consciencieusement, avec des yeux qui confondaient l'amour et la reconnaissance. Cet amour supposé les avait conduits à faire deux enfants, tous deux pensionnaires dans un collège anglais car leurs parents ne croyaient pas au système éducatif français. Les adolescents, un garçon et une fille, ne rentraient qu'aux vacances scolaires, qu'ils partageaient avec leurs amis plutôt qu'avec leurs parents. Cette semaine ils étaient là et comme d'habitude ils en avaient profité pour sortir et boire. Julien, l'aîné, avait été arrêté la veille au soir en possession de cocaïne à la sortie d'une fête arrosée et n'avait rien trouvé de mieux à dire aux agents qui l'interpellaient que « son père allait leur peler le cul jusqu'à l'os », ce qui, on s'en doute, n'avait pas mis les policiers dans les meilleures dispositions. Edwige n'avait pas osé en informer son mari et son fils avait été relâché dès l'aube, mais l'incident faisait la une des réseaux sociaux. Lubiak n'avait jamais rien espéré de ses enfants et, par une sorte d'honnêteté intellectuelle, il ne se plaignait jamais de leurs bêtises, qu'il attendait comme un voyageur attend son train. Cependant, pour la première fois, il s'agissait de sa réputation. Son fils s'était permis de parler en son nom. Il le prit mal même si au fond il ne le désapprouvait pas de s'être fait respecter pour ce qu'il était, un adolescent peu ordinaire. Lubiak appela son chef de cabinet et lui demanda de régler le problème avec son homologue à l'Intérieur, précisant qu'il ne réagirait pas à cet incident, à aucun moment.

La demeure où ils allaient passer trois jours se découvrit alors, saisissante. Une allée longue de plusieurs centaines de mètres y conduisait entre des lisses blanches. Celles-ci clôturaient de vastes prés vallonnés parsemés de taches brunes. Des chevaux fins et racés y paissaient tranquillement. À l'approche de la voiture, certains d'entre eux levèrent la tête, plus curieux que craintifs. Un spécialiste aurait reconnu à l'arrondi de leur ventre et à la proximité de leurs poulains des juments suitées, mais Lubiak n'avait pas plus d'intérêt pour les animaux que pour l'espèce humaine.

— Al Jawad a racheté l'écurie de courses de Charda. Je n'ai plus le chiffre en tête mais c'est faramineux. Certains de ces poulains vaudront près de 2 millions d'euros aux ventes de yearlings à Deauville d'ici à quelques mois. Il avait déjà la plus grande écurie de chevaux d'endurance, paraît-il.

La maison se rapprocha, et on pouvait lire sur le visage d'Edwige son étonnement devant l'ampleur et la forme de la bâtisse.

— Ils l'ont construite à l'identique de toutes leurs autres maisons. La femme d'Al Jawad ne supporte pas le changement. Ils ont donc au centimètre près la même maison dans les Émirats, à Singapour, à Marbella, à Los Angeles et ici en Normandie. Idem à l'intérieur. Tout est fait pour que la princesse ne puisse pas savoir où elle se trouve. Elle ne sort jamais, ne regarde jamais par les fenêtres, se déplace toujours dans une voiture aux vitres teintées.

— J'imagine qu'elle vit aussi sous une burqa.

— Pas du tout. La dernière fois que je l'ai vue dans les Émirats, elle donnait une réception en minijupe, talons hauts, lunettes noires. J'ai aussi remarqué un décolleté d'anthologie. Elle a d'ailleurs bu du champagne toute la soirée. L'émir compte sur toi pour l'habituer à sortir dans Paris.

Lubiak rangea ses papiers dans un porte-document luxueux. Il jeta de nouveau un œil à la propriété.

— C'est moi qui les ai aidés à trouver ces 270 hectares et à leur obtenir le permis de construire. Ils ont conservé le château et ils s'en servent pour loger les invités. Personne ne dort dans leur maison, à part eux et les gardes du corps.

Une liste des invités les attendait dans leur suite au manoir. L'ensemble faisait penser à un intérieur anglais, avec d'authentiques tableaux et lithographies portant principalement sur les

292

chevaux et accessoirement sur les chiens. Des papiers peints aux motifs longitudinaux verts et bleus séparés de filets dorés agrémentaient de lourdes poutres apparentes. Le mobilier était anglais.

La liste indiquait également la situation des invités dans le manoir sur un plan où chacun pouvait lire l'importance de la surface qui lui était allouée. Lubiak et le ministre de la Défense disposaient sensiblement du même espace. Volone était là en qualité de président d'Arlena. Charda, trop âgé, n'ayant pu faire le déplacement, était représenté par le directeur général de Beta Force. Le cinquième invité, Aroubi, était le moins bien logé. Tous les convives étaient venus accompagnés de leurs épouses ou compagnes respectives. Aroubi était flanqué d'un mannequin dont la sensualité avait résisté miraculeusement à une alimentation pauvre en calories. Elle contrastait fortement avec l'épouse du ministre de la Défense, une femme boulotte et velue, sans intelligence et sans charme, apparemment résignée à ne pas comprendre pourquoi un amour sincère pour son mari connu sur les bancs de l'école communale l'avait conduite aussi haut dans la hiérarchie sociale. Volone était avec Sonia, sa compagne, député d'une banlieue parisienne depuis que Launay l'avait imposée. Rarement une femme au physique aussi banal avait suscité aussi violemment le désir des hommes. Cela tenait à une harmonie surprenante entre l'éclat noir de ses yeux et la sensualité de sa bouche. Volone aimait se montrer à ses côtés, même si depuis peu il entretenait une relation régulière avec une femme plus jeune. Il n'était pas doué pour les ronds de jambe et Sonia ne l'aidait pas non plus dans ce sens avec son attitude souvent autoritaire et cassante. Le directeur général du groupe Beta Force était un bel homme de haute taille, élégant, du genre qui peut participer aux plus sales coups à condition de ne pas en sortir décoiffé. Sa femme, elle aussi très élégante, était la seule à connaître et aimer sincèrement les chevaux, ce qui entraîna le désintérêt immédiat des autres convives à son égard. Elle n'avait aucune idée des affaires que traitait son mari. Elle se contentait de vivre honorablement de leurs revenus considérables, qu'il aurait gagnés de toute façon n'importe où ailleurs puisqu'il avait les diplômes et l'expérience requise pour être au premier plan. Savenède – il se nommait ainsi – était moins serein que sa femme. Il savait que lors du week-end se jouerait une partie qui allait bien au-delà des contrats avec les Émirats. La succession du vieux Charda, actionnaire principal mais non majoritaire, était ouverte et on racontait que Volone était sur les rangs. Savenède, qui n'était pas né de la dernière pluie, savait que Volone était motivé autant par la rémunération de cette fonction, bien supérieure à celle de patron d'une entreprise largement publique comme Arlena, que par les à-côtés que procuraient de juteuses affaires développées sous le sceau du secret-défense. Entre la première entreprise française de défense privée et la première entreprise d'énergie publique, Volone ne tergiverserait pas longtemps. Cependant, il lui fallait réunir tous les soutiens, ceux d'actionnaires minoritaires en particulier, sur lesquels Savenède s'appuyait pour succéder à son patron en espérant le convertir à sa candidature, sujet que les deux hommes n'avaient pas encore évoqué. À plus de 85 ans, Charda n'imaginait pas qu'on puisse lui succéder et il aurait sans doute préféré la fin du monde à une continuité intelligente. Savenède n'était pas étonné de la présence d'Aroubi, qu'il avait croisé dans plusieurs dossiers et avec lequel il entretenait une relation courtoise et distante. Il pouvait se le permettre car, en dehors de ses émoluments confortables, il n'avait jamais touché d'argent à titre personnel sur le moindre contrat, même s'il ne répugnait pas à en distribuer largement en fonction de la nécessité des affaires. Dans ce cadre, s'agissant de faire circuler des commissions, il savait Aroubi incontournable sur certaines zones géographiques, comme l'Afrique francophone ou même l'Angola et l'Afrique du Sud où, depuis la disparition de l'icône Mandela, la corruption régnait en maître. La mort du saint avait permis un temps de couvrir la rumeur de ces pratiques d'une petite musique liturgique, mais l'espoir d'une démocratie transparente dormait désormais à côté de la dépouille de son inspirateur.

Un grand dîner fut donné par la princesse dans sa maison, les convives passant d'un monde à l'autre comme dans un parc d'attractions Disney. Ce fut l'occasion pour le prince d'afficher sa richesse. Il était né dans la bonne famille, elle-même positionnée au bon endroit, sur un sous-sol regorgeant d'un liquide noir et épais, il n'avait donc aucun mérite, mot dont il n'avait cure car il ne figurait pas dans son dictionnaire. À moins de 50 ans, il entrevoyait les premières menaces sur son pouvoir. La bienveillance, la protection des Occidentaux ne suffisait plus. Une république islamo-fasciste menaçait désormais toute l'Arabie, risquant de balayer ces principautés obsolètes. Il n'avait d'autre choix que de préparer l'avenir, un terme qui ne figurait pas non plus dans sa culture puisqu'en principe le futur relevait du seul Dieu. Par conséquent, il s'était convaincu d'endormir les radicaux en finançant leurs exactions hors de ses frontières, tout en investissant résolument en armes et surtout en outils de surveillance contre la subversion intérieure. Ses liquidités, d'autant plus considérables qu'elles n'avaient jamais été partagées qu'entre nantis, devaient être investies dans les plus brefs délais pour préparer la fuite éventuelle de cette kleptocratie héréditaire à laquelle il appartenait. Sa décision d'affecter une bonne partie de ces disponibilités à la France tenait à sa place particulière dans les nations occidentales.

— Les Français n'ont pas une grande confiance dans le capitalisme ni dans l'entreprise. C'est pour cela que votre indice de production industrielle est au même niveau qu'il y a vingt ans. Cela reflète un manque de dynamisme général même si dans certains secteurs la France est très avancée. C'est dans ces secteurs que nous voulons investir, et pour le reste nous ferons comme les Français, en privilégiant l'immobilier qui ne chutera jamais durablement dans ce pays, car c'est lui qui draine l'épargne et l'investissement. Vous nous aidez pour réaliser les investissements les plus profitables chez vous et en contrepartie on vous achète du matériel de défense et de renseignement, c'est ce qu'on appelle une relation gagnant-gagnant.

— Qui n'est pas très bien vue par les Américains, ajouta le ministre de la Défense.

— Les Américains nous suspectent d'encourager le terrorisme. Disons plutôt qu'ils n'ont pas montré qu'ils étaient capables de protéger ceux dont ils se prétendent l'allié. Défendons-nous nous-mêmes tant que nous le pouvons. Et je vais être franc avec vous. À moyen terme, je ne pense pas que l'on puisse faire quelque chose contre les fondamentalistes. Ensuite ils se fragmenteront, et adviendra une autre forme de chaos. Nous allons vers une période de guerre permanente et nous avons juste le temps de recycler nos intérêts car de toute façon, territorialement, je pense que la partie est perdue. Vous voulez que je vous dise, je ne suis pas attaché à mon pays. C'est la raison pour laquelle nous avons la même maison dans plusieurs endroits du monde, pour être chez nous partout.

La princesse, qui n'avait rien dit mais qui hypnotisait Volone et Lubiak par son décolleté, acquiesça, affectant une douceur de martyre qui n'abusa personne, pas même l'épouse du ministre de la Défense qui s'ennuyait pourtant ferme. Elle pensait à ses petits-enfants, qu'elle verrait le week-end suivant, et se demandait ce qu'elle allait leur préparer à manger. Edwige la comparait à la princesse en se félicitant d'être plus proche de cette dernière que de cette femme insipide qui n'avait même pas l'air méchante. Voyant qu'Edwige la fixait, Simone Marin lui sourit. Edwige, plutôt que de lui sourire en retour, détourna la tête comme si quelque chose l'attirait irrésistiblement à l'autre bout de la table.

Les sujets sérieux furent rapidement évacués, puis chacun rentra au manoir par un agréable chemin de castine blanche, trop blanche d'ailleurs. Les convives étaient précédés d'un huissier muni d'une grosse torche bien que le chemin fût aussi éclairé que les Champs-Élysées la nuit. Dans le manoir, un salon avait été mis à la disposition des invités. La plupart d'entre eux prirent la direction de leurs fastueuses chambres, sauf Lubiak qui retint Volone en lui proposant un dernier verre. Volone se fit prier et finalement accepta. Sonia fut tentée de rester, mais au regard de Lubiak elle comprit que sa présence compromettrait l'échange, alors elle se retira de mauvaise grâce, non sans avoir exigé de Volone qu'il n'oublie pas de se vaporiser son produit antironflement dans le nez avant de se coucher, façon de lui faire payer son exclusion même si elle la savait nécessaire. Aroubi décida de se joindre aux deux hommes, sans que Lubiak et Volone n'aient le cran de s'y opposer. Ils manifestèrent toutefois leur désapprobation de voir sa compagne arpenter le salon pendant une discussion importante.

— C'est un petit oiseau. Elle est incapable de comprendre et de mémoriser dix pour cent de notre conversation.

— Alors que toi tu mémorises parfaitement les dix pour cent que tu nous prends, n'est-ce pas, Charles Édouard ?

Aroubi esquissa un sourire, se retourna pour regarder une dernière fois la fille dont le balancement de hanches le rassura comme le ferait le pendule d'une horloge dans une maison de campagne. Puis la conversation débuta pour de bon. Lubiak se montra extraordinairement affable.

— Je sais que vous avez des raisons de m'en vouloir, Charles. Je n'ai pas été très élégant dans l'affaire des incinérateurs mais, vous le savez, ce n'était pas contre vous. Et puis j'ai changé. Maintenant, nous sommes du même côté. Je suis le ministre de

Launay et, comme vous le savez, Launay me cédera sa place à la prochaine présidentielle. C'est un pacte entre nous. En attendant, il y a de belles choses à faire. Mes amis émiratis sont inquiets de la situation au Moyen-Orient et ils doivent se renforcer considérablement sur le plan de la sécurité intérieure autant que sur celui de l'armement classique. J'ai proposé à Corti de se joindre à nous mais il a décliné. Les montants vont être considérables, ils donneront un joli coup de fouet à notre balance commerciale, et rapidement. En contrepartie, je leur ai accordé des dérogations fiscales très importantes et je leur donne accès à des pans entiers du patrimoine national que nous mettons en vente, et cela à des conditions favorables. Pour Beta Force, l'enjeu est de taille. Mais je ne veux pas n'importe quel interlocuteur. Le vieux Charda s'écroule et son remplacement a été avancé. On me dit que le poste vous intéresse. Je sais que Launay ne tient pas à vous voir quitter l'énergie, pour quelles raisons, cela ne me regarde pas. Je sais aussi que même avec l'adoubement de Charda, votre élection à la présidence du conseil d'administration n'est pas gagnée. Mon ami le prince est disposé à entrer dans le groupe Beta Force via une augmentation de capital qui pourrait intervenir dans les huit semaines. Ce serait seulement cinq pour cent du capital mais suffisamment pour vous assurer la majorité avec son soutien.

Volone se mit à cligner compulsivement des yeux, signe qu'il était sur le point de prendre une décision importante. Il s'agissait d'un basculement considérable de sa part dans les jeux de pouvoir : d'un côté il désobéissait à Launay, de l'autre il faisait allégeance à son pire ennemi. Il lui apparaissait clairement que même si Launay avait été récemment élu, il était déjà par on ne sait quelle magie de la démocratie un homme d'hier, en particulier pour le monde des affaires. Son regard pivota brusquement vers Aroubi, qui assistait d'un air bienveillant à la conversation sans rien dire. Il se détacha de lui comme s'il voulait donner le sentiment que l'avis d'Aroubi ne pouvait en rien l'influencer.

Volone se vantait toujours d'avoir un coup d'avance, de devenir systématiquement l'allié de l'homme pressenti pour être le prochain président avant même que la chose ne soit certaine. Alors que son cerveau mûrissait lentement sa décision, son instinct l'avait déjà prise. Il avait cru en Launay comme président, il ne croyait pas en lui pour le rester. D'ailleurs, pensa-t-il, sans lui ni Corti, Launay n'était rien.

Lubiak avait besoin de connaître la position de Volone avant de lancer la négociation sur les aspects les plus délicats de la transaction.

Volone se leva d'un bond.

— Je crois en effet que le passé est le passé. Si j'ai votre soutien pour prendre la présidence de Beta Force, on garde la division systèmes et l'opération se fera dans de bonnes conditions, croyez-moi.

Lubiak en était convaincu. Seul Volone était capable de se prêter à la gymnastique financière qu'il entrevoyait.

— Je pense que tout peut être bouclé sous deux mois, l'entrée des Émiratis dans le capital de Beta Force, votre nomination comme président du groupe et la signature du contrat avec un *side deal* parfaitement ficelé.

Satisfait, il se leva à son tour.

— Une petite précision… Marin, le ministre de la Défense, n'est pas dans la boucle. Il sait qu'il y aura une intermédiation facturée mais il pense que l'intégralité ira au financement de notre mouvement à l'intérieur du parti. Si nous sommes d'accord, il n'y a pas de raison qu'il en sache plus.

Les trois hommes se regardèrent sans rien dire avant de se souhaiter une bonne nuit sans effusion particulière. La compagne d'Aroubi, qui était assise au fond du grand salon à feuilleter des magazines d'un air dégoûté, traversa la pièce en ondulant exagérément.

Edwige regardait la télévision. Elle lut immédiatement la satisfaction sur le visage de Lubiak. Il se déshabilla lentement, souriant, laissant monter le suspense. Quand il eut enfilé son pyjama en soie, il vint s'asseoir à côté d'elle.

— Volone a basculé.

Elle sourit :

— Launay ne va pas être content.

— Il va le prendre comme une déclaration de guerre. Je sais aussi comment lui enlever Corti. Quand les deux seront de mon côté, le président pourra commencer à plier ses petites affaires. Mais nous n'en sommes pas là. En attendant, pour patienter, nous allons nous enrichir considérablement. En quelques semaines, le ciel que j'avais connu chargé s'est allégé. J'ai reçu un SMS tout à l'heure. Ma cote continue à grimper plus vite que celle de Launay. Celui qu'on disait détesté des masses revient en force.

La tenue d'Edwige en disait long sur ses intentions. Lubiak le comprit mais son propre désir lui paraissait lointain. Alors il puisa dans ses souvenirs. Le plus récent était celui de la compagne d'Aroubi, mystérieuse, sombre, provocante. Cette évocation lui parut insuffisante. Comme le paysan d'une terre aride, il fora au plus profond, sachant ce qu'il voulait y trouver, un désir limpide, violent, immédiat. Pourtant, lorsqu'il avait forcé Agathe, il ne se souvenait pas d'avoir pris son plaisir. Mais le souvenir s'était curieusement bonifié, indépendamment de la réalité. Il se tourna alors vers Edwige. Leurs ébats s'éternisèrent, puis quand il jouit finalement il suffoqua. Tout ce qui venait inconsciemment de son enfance entra dans ce goulot d'étranglement qu'est le désir pour en ressortir morcelé dans l'orgasme, une constellation qui le renvoyait dans l'univers. Il eut une fraction de seconde l'opportunité de se voir à sa vraie place, mais il n'en fit rien, obstrué par son ambitieuse avidité, rappelé à son étroitesse par ce qu'il pensait être un destin.

La matinée commença moins bien. Lubiak fut informé que des rumeurs persistantes circulaient sur une possible nouvelle baisse de la notation de la France. Cette baisse avait des conséquences évidentes, renchérissement du coût de la dette, accroissement du déficit, et elle relançait la spirale de l'endettement devant la désapprobation consternée de l'Allemagne. Il fallait l'éviter à tout prix mais Lubiak n'en avait pas le pouvoir. Du pouvoir, il n'en avait d'ailleurs pas sur grand-chose et il en était conscient, cette lucidité pouvant passer pour une qualité. Il se savait une figure du pouvoir, de celles que le peuple identifie d'autant plus qu'elles gesticulent. Mais le vrai pouvoir, lui, n'avait pas de visage. Un mélange de fonctionnaires européens inféodés aux différents acteurs du marché l'écrasait. Tout en remuant son café servi dans du Limoges, il réfléchissait à une nouvelle coupe dans les dépenses publiques, sachant que Launay n'aurait jamais le courage de s'y atteler.

La princesse, habillée de la tête aux pieds de marques de grand luxe comme si elle en était l'exact recensement, emmena les dames visiter le domaine dans une charmante voiture électrique ouverte, conduite par un garde du corps. À chaque monture elle donna un nom et un prix. Sonia ne retint que le prix. Elles allèrent ensuite aux écuries transformées en centre de balnéothérapie pour équidés. De peur de salir ses escarpins dorés, la princesse ne franchit pas la porte et laissa celles qui étaient intéressées s'enfoncer à loisir. Mais aucune ne l'était, pas même la femme de Savenède qui aimait sincèrement les chevaux au-delà de leur valeur marchande. Elle ne pouvait bien entendu pas imaginer que le pacte scellé la veille au soir avait enclenché le compte à rebours pour son mari. Volone avait averti Lubiak aux premières heures : Savenède ne devait rien savoir des à-côtés de la transaction car il ne comptait pas le maintenir à son poste.

On connaît la faconde des gens blessés, même avec un chèque conséquent destiné à adoucir la rancœur.

Le Premier ministre émirati, arrivé en hélicoptère le matin, présida la réunion. Il fut décidé qu'Aroubi, qui deux jours plus tôt ne connaissait pas les Émiratis, était l'apporteur de cette magnifique affaire de livraison d'armes et de matériel de surveillance. Le montant de la commission était de 25 %, soit près de 500 millions d'euros. Un dixième allait à Aroubi pour la gestion des flux qui lui étaient liés et sa répartition à travers divers véhicules offshore. Les neuf dixièmes restants se partageaient entre Lubiak, le Premier ministre et Volone. La rétribution du Premier ministre ne devant pas être connue du prince, elle serait portée par Lubiak. L'accord était à ce stade purement verbal et lié à la signature du contrat de livraison qui devait intervenir dans les huit semaines. Après un déjeuner des plus cordiaux, les invités furent conviés à une partie de golf remportée par le prince. Si l'idée de le laisser gagner avait effleuré certains, personne n'eut à se donner cette peine. Le prince, qui avait fait aménager un trou percé sur un gazon synthétique dans sa chambre, s'entraînait tous les jours et son niveau était inégalable. On ne reparla pas de travail, sauf Aroubi qui suggéra en aparté que le contrat de commission soit antidaté pour donner l'impression que son intervention qui avait permis la conclusion du marché était largement antérieure à sa signature. Personne ne souleva d'objection. La nuit n'avait pas commencé à tomber sur la campagne normande que chacun avait regagné sa voiture. Prise dans le « flot des emmerdés », expression chère à Beckett, celle de Lubiak fut immobilisée un long moment avant d'être absorbée par le tunnel de Saint-Cloud. Lui et sa femme écoutèrent la radio d'une oreille distraite. Un journaliste évoquait la dernière enquête sur le moral des Français, dont il disait qu'il baissait encore.

— Depuis que j'ai entendu parler de cet indice, je ne me

souviens pas qu'il ait monté. Foutu pays où seuls les marchands d'antidépresseurs sont assurés de faire de l'argent !... Enfin, tant que cela n'atteint pas ma cote de popularité...

L'impression générale resta cependant qu'ils avaient passé un bon week-end, même si ni l'un ni l'autre n'aimaient la campagne.

Composition Nord Compo.
Achevé d'imprimer
sur Roto-Page
par l'Imprimerie Floch
à Mayenne, le 4 mars 2015.
Dépôt légal : mars 2015.
Numéro d'imprimeur : 88135.

ISBN 978-2-07-014786-1 / Imprimé en France.

278109